文藝美學論集

楊佳蓉　著

文藝美學論集

目　次

推薦序

　　美食家重視食物的色、香、味；文學鑑賞也常從作品的結構、音韻、情節、意涵、神韻各方面加以賞析。文學評論學者每從文藝作品析論其文藝美學，探究精緻，世多佳作；楊佳蓉博士在文學研究上，加以從事畫作二十餘年的蘊積能量，以其專業畫家的體認，嘗試文物藝術探析與古籍文藝美學研究，值得肯定、值得推薦。

　　本書共收納十二篇專文：有對《詩經・關雎》意象與美學的探析；有涉及《左傳》中夏姬之美與季札觀樂的評述；有老子美學精神、莊子審美境界的發微；有詩畫探索、壁畫賞析、小說俠義之評議。層面廣泛，性質多元；探析的事物，非一般文藝評論者所常有。

　　〈關雎〉一詩，世人所熟稔；楊博士特別指出由女子採摘荇菜的客觀認知意象，融出君子好逑的主觀情慾意象；鍾鼓樂器迸出音節之美與感情思想合一。《三國演義》中有不曾記載其言語的大美人小喬；《左傳》中也有一位只載其一言的絶色美人夏姬，本書夏姬史事與美學探析中，從審美層面、原型層面、現實層面等，指出應呈現文化意識與審美體驗的多元性。〈季札觀樂〉之內容與美學探析中，則指出其中詩歌、樂、舞三者一體，表現音樂與情感美學，「禮樂相濟」形成古代音樂美的內涵。元好問〈論詩三十首〉第十一首：「眼處心生句自神，暗中摸索總非眞。」楊文以詩畫同律的觀點，探討詩畫貴眞、貴心、貴神的義理，從詩畫藝術的理趣相通探索其文藝美學。書中對敦煌壁畫的相關論述，則其畫家本色的經驗鑑賞。至於老子、莊子這般哲理宗師的著作，世人欽仰其卓識高見，楊文卻從美學精神與審美境界去探析著墨，別出途徑，確實難得。

　　讀者在研習這本《文藝美學論集》時，相信有傾心於楊博士的高見之時，也偶有感覺醇中小瑕疵時。美好的事物本就常有些許不足，眞金成份最高也只有 99.99。我們倒要學習楊博士的向學精神，由法學士而藝術碩士而文學博士；再以她繪畫藝術的素養來解讀古籍古事物，學習多元，方法多元。如果我們能本著這種多元而開創的精神，無論是爲學或是做事，相信會有更豐碩的收穫。

柯金虎

謹序於 2014 年 10 月

自 序

　　《文藝美學論集》收集了我十二篇文藝美學論文，這其中大部分論文是我於玄奘大學中國語文研究所攻讀博士期間所完成而發表的作品，包含《詩經》的一篇：「〈關雎〉之意象與美學探析」；《左傳》的兩篇：「夏姬史事與美學探析」、「〈季札觀樂〉之內容與美學探析」；詩學的一篇：《元好問論詩第十一首詩畫同律之美學探析》；敦煌學的兩篇：《敦煌《降魔變文》與經變壁畫之探析》、《敦煌莫高窟之元代石窟藝術探析》；小說研討的一篇：《金庸小說《射鵰英雄傳》之俠義與民族意識探析》；以及《《人物龍鳳/御龍》帛畫與楚人信仰》。

　　除上之外，再加入進博士班之前發表的老莊兩篇：《從老子的美學精神論中國繪畫藝術》與《莊子的藝術審美境界》；以及更早發表而與敦煌學有關的兩篇：《敦煌壁畫中的唐代舞蹈形象》與《莫高窟五代壁畫——〈五臺山圖〉賞析》，正好集結成十二篇，共達十六萬多字。這些單篇論文所發表的期刊有：《國文天地》、《育達科大學報》、國立歷史博物館刊《歷史文物》與《中國語文》；研討會則有：玄奘大學通識教育教學發展學術研討會、玄奘大學東方人文思想國際學術研討會。

　　攻讀博士時陸續書寫的小論文，主要是為撰寫博士論文做暖身，寫作過程歷經長久的時間與艱辛的研究，2014 年 6 月我獲得文學博士學位，接著出版博士論文，也一併將這本《文藝美學論集》出版發行，感激恩師羅宗濤教授為我的這本新書命名，同時非常感謝羅宗濤老師、柯金虎老師、文幸福老師、陳文昌老師、莊雅州老師、季旭昇老師諸位教授在我求學期間的指導、教導，以及對我這些論文的指正與鼓勵，使我在學術研究上逐漸成長。

　　悠悠時光裡我的生活與文學、藝術緊密相連，每天除了在大學授課，就是鍥而不捨的研讀、思考與寫作，如今得到這些研究的小小成果，並獲以出版，內心無比喜悅。在研究展望中，唯有讓內在心靈更為清澄、虛靜，以吸收、發現、衍生新的文學、美學與藝術想法，並秉持堅毅的心持續探討學術論題，及探索文學、藝術與生命的奧妙關係，讓研究的熱忱不斷延續。學術研究是一條漫長的路，本書仍有許多疏漏不足之處，期待未來繼續努力，敬請各位學者、先進多予批評指教，萬分感激。

楊佳蓉

《詩經》〈關雎〉之意象與美學探析

摘　要

　　《詩經·關雎》用地方聲調歌詠男女愛情，從古時社會風俗習尚中，細膩的描寫溫良男子對思慕女子的愛情追求，詩歌的聲、情、文、義皆佳。〈關雎〉對於自然與人生環境裡的物象賦予性情、思想和情感，創作出饒富藝術性質的意象，包含「關雎」鳥意象、「在河之洲」水意象、「荇菜」植物意象、「琴瑟」和「鍾鼓」樂器意象等。〈關雎〉意象在美學層面上是由感性意象向審美意象流動並超越；其審美意象是客觀的認知意象與主觀的情感意象統一，也是內容與形式的統一，即「賦比興」和用韻合樂之形式與感情思想之內容合而爲一，都含有審美的意義。透過〈關雎〉諸意象而延伸的愛情美學，尚有映現溫柔敦厚風格的愛情，以及符合東方圓滿理想的愛情；〈關雎〉揉合審美意象，描繪對幸福愛情和婚姻的嚮往，是風雅性情的根源，亦顯現人生與藝術融合爲一。

關鍵字：《詩經·關雎》、意象、審美意象、愛情美學、溫柔敦厚

The Study of the Imagery and Aesthetic of "Classic of Poetry · The Wooing of the Yearning Osprey"

Abstract

"Classic of Poetry · The Wooing of the Yearning Osprey" praises the affection of man and woman with local songs. In the ancient social customs, it exquisitely describes the courtship of a gentleman to the woman he longs for. The sound, emotion, context, and meaning are wonderful. 'The Wooing of the Yearning Osprey' provides temperament, thought, and emotion to the objects in nature and living environment, creating artistic imagery, including the bird imagery of "Osprey," the water imagery of "In the river's Island," the plant imagery of "Nymphoides peltatum," and the musical instrument imagery of "zither" and "bell and drum." The imagery of 'The Wooing of the Yearning Osprey', in the aesthetic level, flows from sentiment imagery to aesthetic imagery and goes beyond; the aesthetic imagery is the union of objective cognition imagery and subjective emotion imagery, as well as the union of the context and the style. In other words, this is the combination of the style of "description, metaphor, and association," "rhythm and music," and the context of emotion and thought, which contain the meaning of aesthetic. The love aesthetic extended from the imageries of 'The Wooing of the Yearning Osprey' still reflects the gentle and sincere love and in consistence with the ideal love of the orient. 'The Wooing of the Yearning Osprey' combines aesthetic imagery, describing the yearning for happiness of love and marriage, which is the foundation of elegant temperament. This also reveals the combination of life and art.

Keywords："Classic of Poetry · The Wooing of the Yearning Osprey", imagery, aesthetic imagery, love aesthetic, gentle and sincere

一、前言

孔子說：「不學《詩》，無以言。」[1]在中國文化中，極多優美的辭彙和意象出自於《詩經》[2]，《詩經》是以最精煉優雅的語言表達豐富情感與飽滿內涵的詩歌，而「意象」更是《詩經》的基本要素，古人藉著意象將內心的情思表達出來，經由探求詩歌中「意象」，發現《詩經》的精緻美感，《詩經》遂成為中國文學中意象的源流之一，也成為後代詩歌的沿襲和流變的活水源頭。本論文談到文學意象之性質；接著探究《詩經·關雎》意象之內涵，包括鳥、水、植物與樂器的意象；並研討《詩經·關雎》意象之美學層面包含感性意象和審美意象；且歸納出透過意象而延伸的愛情美學，涵蓋意象與「賦比興」關係中的情感表現、意象與用韻合樂關係中的情感表現、映現詩經裡溫柔敦厚風格的愛情以及符合東方圓滿理想的愛情。

《詩經·關雎》這一首簡潔的詩篇，在中國文學史上有著特殊的位置，從性質上判斷，一些神話故事產生的年代雖較《詩經》早些，但只是口頭文學，在書面文學上，首先看到的就是《詩經》。《詩經》寫男女之情，多用虛擬手法，即所謂「思之境」，而〈關雎〉篇最是恬靜溫和，且運用意象，由首至尾一氣呵成，並有一個圓滿的結局想像，是一篇值得探討的詩歌。

本論文主要以三種研究方法進行：（一）文獻研究法：運用文獻、資料，探討與本論文有關的文學與美學的涵意和理論。（二）演繹研究法：由文學理論、美學原理推論《詩經·關雎》意象之美學層面。（三）歸納研究法：由《詩經·關雎》具體的意象內涵與形式事實，探究此詩歌的情感表現，呈現所歸納的愛情美學之研究結果。

二、文學意象之性質

「意象」一詞出自漢代王充《論衡》，儒道的源頭《周易·繫辭》中有《周易》別名《易象》；道教則以「意象」闡述、詮釋自然之道；延伸為所謂「意象」，是客觀的自然物象經過主體內心的體察經驗，脫化出可視的形象。

---

[1] 唐文治編纂，《十三經讀本（五）：論語》（台北：新文豐出版公司，1980 年），頁 2787。

[2] 自漢朝以來，歷代通行至今的《詩經》版本又稱為《毛詩》，即《毛詩詁訓傳》，亦稱《毛傳》，相傳為漢初學者毛亨和毛萇訓釋《詩經》之作；東漢末年鄭玄作《毛詩傳箋》。至唐朝時，唐太宗敕令孔穎達等根據毛傳與鄭箋，作《毛詩正義》，從此為後世所宗尚。

　　意象是一種藝術形象，創作主體對於客觀物象賦予獨特的主觀的情感活動，因而創造出來。意象就是寓「意」之「象」，「意象」的「意」指「意念」或「意圖」，「象」指「現象」或「物象」，「意象」即上述二者的結合，也就是主觀的「意」和客觀的「象」的組合。「意」與「象」代表一虛一實，虛的意念或思想是無形的，藏在主體的腦中，藉助一個可見可感的實體、具體物象來顯露，便架構一個「意象」的呈現。

　　意象在詩經中藉著凝練的語言以配合格律，詩歌的表達含蓄，常以最少的文字，說出最多的意思，最需憑藉緊縮的意象語言來表現，由很多有象徵性的畫面疊加而成想像，使我們感受到感情和愛情的景況，這就是因「象」而知「意」的一種意象構成。總之，詩歌要含蓄與張力並兼，必須依靠意象語言來充實，以顯出豐富內涵；簡言之是借物抒情，融入詩人感情和思想的「物象」，是注入某種特殊含意與文學意味的實體形象；意象是詩中的繁花，因有它，詩便富有美感。

　　意象含有的心理學概念，比形象更準確、更科學，今人楊春時認為它指的是心理體驗的形式，包括視覺意象、聽覺意象種種以及內部情感體驗所產生的意象[3]，即包含心象，在《詩經·關雎》中，以上意象有雎鳩、河水、沙洲、荇菜、琴瑟、鍾鼓等。詩經中的意象思維，含有「物為我用」，以無垠的宇宙為遨遊領域，萬物皆可為我引用；以及「與物交流」，在根源處找著與物互相感應的思維模式；還有「穿梭時空」，能突破時空的限制，出入仙凡界、神交歷史古人的思維模式；這三種主要的意象思維模式，清楚的呈現從觀物態度中所開展的人生情思態度。

三、《詩經·關雎》意象之內涵

《詩經·關雎》詩歌內容於下：

> 關關雎鳩，在河之洲。窈窕淑女，君子好逑。
>
> 參差荇菜，左右流之。窈窕淑女，寤寐求之。求之不得，寤寐思服。悠哉悠哉，輾轉反側。
>
> 參差荇菜，左右采之。窈窕淑女，琴瑟友之。

---

[3] 引自楊春時，《文學理論新編》（北京：北京大學出版社，2009年4月第二次印刷），頁149。

參差荇菜，左右芼之。窈窕淑女，鍾鼓樂之。[4]

此詩採取四章的分法，因各有取興，與意象的探討頗為密合。朱熹從詩義方面論述，在《詩集傳》序說：「凡詩之所謂風者，多出於里巷歌謠之作，所謂男女相與詠歌，各言其情者也。」[5]又鄭樵從聲調方面進行解釋，在《通志・樂略・正聲序論》說：「《詩》在於聲，不在於義，猶今都邑有新聲，巷陌競歌之，豈為其辭義之美哉？直為其聲新耳。」[6]把朱熹、鄭樵二者說法結合起來，可以認為〈關雎〉是一種用地方聲調歌詠男女愛情的歌謠，描寫一個男子對思慕女子的愛情追求；它的聲、情、文、義俱佳。

〈關雎〉流傳久遠，影響深大，仔細欣賞〈關雎〉詩中真率熱烈的感情，大都把它視為一首古老的民間戀歌，詩中娓娓描述一個男子對所愛女子的思念，他的傾慕、愛戀與渴望，正是互古以來每個有情人心中對愛情最深的企盼。以下將對於《詩經・關雎》的意象，包括鳥（雎鳩）、水（河水、沙洲）、植物（荇菜）與樂器（琴瑟、鍾鼓）之意象予以探討：

（一）鳥的意象

《詩經・關雎》的第一句「關關雎鳩」即是飽含意象的詩句，它是鳥的意象，也是視覺、聽覺與內心情感體驗所形成的意象。美妙的雎鳩在沙洲上鳴叫，雌雄兩鳥相互應和的聲音，表示互相關懷的樣貌。天地萬物互有關聯，雎鳩鳥有雄有雌，也就是有陽有陰，代表太極，象徵人間男女。

雎鳩，是一種水鳥，傳說這種鳥類雌雄相愛，形影不離，情意專一，若有其中一隻先死，另一隻便憂傷厭食，憔悴而死；描寫雎鳩者有毛傳：「鳥性摯而有別。」《後漢書・明帝紀》引薛君章句：「雎鳩貞潔慎匹。」[7]《淮南子・泰族訓》說：「〈關雎〉興於鳥，而君子美之，為其雌雄之不乖居也。」《古文苑》張超〈誚青衣賦〉：「感彼關雎，性不雙侶。」《素問・陰陽自然變化論》：「雎鳩不再匹。」《易林》「晉之同人」：「貞鳥雎鳩，執一無尤。」由以上可見雎鳩是貞鳥，不亂偶而居，情摯而有別，取其特性，以牠為意象，意寓堅貞的情感，並為興象，興起以下詩文；第一句借雎鳩連續不絕的相互和鳴，引發男子無盡的情思，想到那位在河邊邂逅的美麗賢淑的女子，正是自己

---

[4] 文幸福，《孔子詩學研究》（台北：台灣學生書局有限公司，2007 年 3 月修訂一版），頁 70、71：「此詩分章，毛公三章，鄭君改五章，朱傳復取三章，皆未得當，本師汪先生謂詩凡四『窈窕淑女』，而又各有取興，故定為四章，其言碻不可易。」以上「汪先生」指書法家汪中。

[5] 朱熹，《詩集傳》（台北：台灣中華書局，1982 年 5 月 11 版），序頁 2。

[6] 鄭樵，《四部精要 11：史部：通志》（上海：上海古籍出版社），頁 659。

[7] 范曄，《後漢書 1》（台北：藝文印書館），頁 54。

理想的佳偶，因而一見鍾情，傾慕追求；男子見雎鳩相親相愛、成雙成對，思念起心中的可人兒。

「關關雎鳩」的「關關」是象聲詞，扁嘴鳥的叫聲。「雎鳩」：俗稱魚鷹，上體暗褐，下體白色；趾具銳爪，善於捕魚；又叫王雎，在北方也叫魚鵰。師曠《禽經》：「雎鳩，魚鷹也。」文幸福先生認爲應是「雁」，以雁符合貞鳥的意象，取其「摯而有別。」的特性。雎鳩從一而終的自然界生命現象，經人類吟咏，成爲對天長地久的愛情的讚頌。從雎鳩水鳥看到君子淑女的合宜搭配，以及完美和諧的愛戀與婚姻，所以〈關雎〉詩反映著當時的婚戀文化。

（二）水的意象

〈關雎〉之詩句「關關雎鳩，在河之洲」，其中「河」表北方流水之黃河；河水悠悠，表示相思，以此詩而言，河水的意象是寄寓著相思之意。在〈關雎〉詩主要指「河之洲」的意象，「洲」屬於水邊洲渚的意象，指水中可居的陸地，此沙洲代表宇宙天地的銀河沙河，意寓男女至情、夫婦之道風於天下；河洲也是「悠閒遠人之地，以興淑女深居簡出。」[8]因而幽閒貞善的淑女，正是君子追求的對象；《說文》中作「州」，後人加水旁以別州縣之字。

「淑女」之淑本意是指水很清澈；由於「淑」可爲「俶」的假借字，因此在本詩中的意思是「善良」；「淑女」這個詞單獨用，也可指善良美好的未嫁女子。「左右流之」：詩中「左右」指小河或小溪的兩邊，「流」是動詞，毛傳說：「求也。」用《爾雅·釋言》文解釋；朱熹也說：「順水之流而取之也。」[9]意思就是順著水流的方向採取荇菜的嫩葉，意寓男子極想追求窈窕淑女。

（三）植物的意象

「參差荇菜，左右流之」，「荇菜」是植物的意象，暗示著少女正在河邊採取荇菜時，她的美妙姿態、窈窕身影，深植在男子的心上，難以磨滅；左右浮動的荇菜就如同少女不可捉摸的心，由是興起「窈窕淑女，寤寐求之。」男子日思夜想，極欲追求，此情不能須臾忘懷，這種纏綿悱惻的情感，道出男子追求未果的愛慕之心與相思之苦。

---

[8] 同文幸福，《孔子詩學研究》，頁71。
[9] 同朱熹，《詩集傳》，頁2。

荇（音幸）菜，龍膽科，多年生草本，是浮水生植物之一，多長於淡水湖泊或池沼中，似水荷。莖細長，葉對生，橢圓形，表面綠色，背面紫色，漂浮水上，根生水底。夏季開花，黃色。嫩葉可食，為江南名菜；葉和根皆可入藥，有解熱利尿之功；亦可作飼料或綠肥。爾雅曰「莕，接余其葉苻。（疏）詩周南關雎云參差荇菜是也，荇與莕同。陸璣疏云：接余，白莖......鬻其白莖，以苦酒浸之，脆美，可案酒。」[10]李時珍云：「俗呼荇絲菜，池人謂之莕公須，淮人謂之薸子菜，江東謂之金蓮子。」荇菜自古供食用。近人陸文鬱說：「河北安新近白洋澱一帶舊有鬻者，稱黃花兒菜，以莖及葉柄為小束，食時以水淘取其皮，醋油拌之，頗爽口。」荇菜是水環境的標誌，因它不用施肥，只能在清水中生長，如果在被污染的水中，則無法生長，以致在短時間會死去；因此〈關雎〉詩之「荇菜」以水中菜取其潔，意寓「窈窕淑女」良善貞潔之美好。

「荇菜」在〈關雎〉詩中出現三次，以荇菜浮水生植物的特徵，經作者感性的體驗，而成意象的表現。「參差荇菜，左右采之」，荇菜在水中左右不齊的流來流去；采通採字，指準備來採取荇菜；暗示君子準備追求窈窕淑女。「左右芼之」，指左右挑取荇菜而束結在一起；暗示君子渴望愛戀有美好的結果。

（四）樂器的意象

《詩經‧關雎》中樂器的意象出現於「窈窕淑女，琴瑟友之」、「窈窕淑女，鍾鼓樂之」的詩句裡。琴瑟與鍾鼓皆是樂器，琴瑟為「樂之小者」，鍾鼓為「樂之大者」，以聽覺意象而言，與一章「關關雎鳩」之「關關」相為呼應，以聲音、樂音之和諧，意喻「淑女」與「君子」情感之和諧。

1. 琴瑟友之

「窈窕淑女，琴瑟友之」，「琴瑟」是樂器的意象。朱熹曰：「『友』者，親愛之意也。」[11]《廣雅‧釋詁》記載「友，親也。」友是親愛相敬之意，表示君子用琴瑟之音表達愛慕之心；暗示著君子與窈窕淑女雙人友好偕行，將成為夫婦琴瑟和鳴。

「琴瑟友之」，古琴有五弦或七弦，古瑟二十五弦，琴瑟皆絲屬，樂器樂聲為小者。按《史記‧孝武本紀》記載：「泰帝（伏羲氏）使素女鼓五十弦瑟，悲，帝禁不止，故

---

[10] 郭璞注，邢昺疏，《爾雅（十三經注疏）》（台北：藝文印書館，1993 年），頁 136。
[11] 同朱熹，《詩集傳》，頁 2。

破其瑟爲二十五弦。」[12]（《爾雅》中記載爲『黃帝』而非『泰帝』）。古代以琴瑟之音爲雅樂正聲，在先秦以前是文人必備的物品，《禮記‧曲禮下》說：「君無故，玉不去身；（卿）大夫無故不徹縣（懸），士無故不徹（撤）琴瑟。」[13]《左傳‧昭公-元年》說：「君子之近琴瑟，以儀節也，非以慆（取悅）心也。」[14]意指君子通曉琴瑟彈奏，是爲了使自己更加合乎法度和禮節，而不是爲了用琴瑟之音去取悅他人或自己。唐鮑溶〈古意〉說：「三五定君婚，結髮早移天。肅肅羔雁（婚聘的禮物）禮，泠泠琴瑟篇。」宋蘇軾〈答求親啓〉說：「許敦兄弟之好，永結琴瑟之歡。」古人還是常把「琴瑟」理解爲比喻夫妻之間的感情和諧；文幸福先生說：「此窈窕之淑女，既得之，則當親愛而娛樂之矣。」[15]因爲良善貞德的女子世上少有，有幸得她，宜「喜樂尊奉」、「琴瑟友之」，發自內心的使她歡喜。

2. 鍾鼓樂之

「窈窕淑女，鍾鼓樂之」，「鍾鼓」是〈關雎〉詩中另一樂器的意象。暗示君子與美好善良的淑女，經過了戀愛，有了圓滿的結果；男方準備正禮正樂之鍾鼓來迎娶女子，之子于歸，家人同歡。

這首詩的原作者推知是貴族青年，因爲當時只有朝廷或王公貴族之家才配有鍾鼓之類的樂器；因此，敲鍾打鼓把窈窕淑女娶回（或讓她高興）。在周朝，確實是只有朝廷、王公貴族、卿大夫之家才能懸掛鍾鼓之類的樂器。

鍾鼓爲樂器，鍾，金屬；鼓，革屬。陳奐《毛詩音》：「今經典鐘鼓字多假鍾爲之。」徐璈《詩廣詁》曰：「鼓鍾，謂擊鍾也。」鍾鼓，金奏也，是盛禮用樂，此詩說「鍾鼓樂之」，乃作身分用語，屈萬里據王國維〈釋樂次〉說：「金奏之樂，天子、諸侯用鍾鼓，大夫、士，鼓而已。」[16]由兩周墓葬中樂器和禮器的組合情況來看，金石之樂的使用，的確等級分明，即使在所謂「禮崩樂壞」的東周時期也不例外。中原地區虢、鄭、三晉和周的墓葬，已發掘兩千餘座，出土編鍾、編磬者，只限於個別葬制規格很高的墓，約占總數百分之一；從青銅樂鍾的製作要求來看，這也是必然「非有力者，實不能爲」。

---

[12] 引自（漢）司馬遷撰、（宋）裴駰集解、（唐）司馬貞索隱、（唐）張守節正義、（日本）瀧川龜太郎考證：《史記會注考證》（臺北，萬卷樓圖書有限公司，1993年），頁218。

[13] 唐文志編纂，《十三經讀本：禮記（三）》（台北：新文豐出版公司，1980年），頁1504。

[14] 楊伯峻，《春秋左傳注》（高雄：復文圖書出版社，1991年），頁1222。

[15] 文幸福導讀，朱熹集傳，《詩經》（台北：金楓出版有限公司，1987年11月），頁53。

[16] 屈萬里，《詩經詮釋》（台北：聯經出版事業公司，1994年12月），頁4。

這一切，與〈關雎〉詩中所反映的社會風貌，恰好互相一致。「鍾鼓」之樂器意象，樂音盛大協調，象徵君子與淑女感情美滿和諧。

四、《詩經·關雎》意象之美學層面

文學意象包含感性意象和審美意象兩個層面，兩者的關係是由感性意象向審美意象流動並超越。[17]

一部文學作品首先呈現在我們面前的是感性意象，它是現實經驗的對象，《詩經·關雎》最先展現的是現實生活的意象：「關關雎鳩，在河之洲」、「參差荇菜，左右流之」、「參差荇菜，左右采之」、「參差荇菜，左右芼之」、「窈窕淑女，琴瑟友之」、「窈窕淑女，鍾鼓樂之」，它們包括在現實生活中的感知經驗和情感體驗，這是具有原初性、完整性和直接性的；因此我們才能找到理解整個〈關雎〉詩篇的通道，進一步邁向審美意象。

審美意象是審美體驗的對象，它是文學意象的更高層面；在感性意象的基礎上，超越為審美意象。《詩經·關雎》中的雎鳩，牠首先呈現為現實生活中的感性意象，使我們聯想到這種鳥類雌雄相互親愛，不離不棄，情感專一；進而聯想到君子淑女合宜和諧，愛戀完美，情意真摯，於是雎鳩成為理想化、夢幻化的審美意象，牠超越了世俗的意義，而具有了審美的品格。因此，文學意象是從現實的感性意象流向超越的審美意象的過程，並不是感性意象與審美意象兩者的相加；在這種意象的流動中，文學意象就呈現在我們眼前。

（一）《詩經·關雎》的意象是客觀與主觀的統一

於感性意象此層面，可說存在認知意象與情感意象兩者的分離；而在審美意象這一層面上，客觀的和主觀的對立消失，認知意象與情感意象互相融合為一體。[18]

《詩經·關雎》中「參差荇菜，左右流之」是對古代社會生活的描寫，意謂著年輕女子正在河邊採取荇菜，呈現為客觀的認知意象；而她的美妙身影也會浮現在我們腦海，對其所描寫的人的一舉一動產生強烈的感觸，呈現為主觀的情感意象；理解此影像深深印在男子的心版上，想去擄獲女子的歡心，因而為她興起愛慕之喜悅與相思之痛

---

[17] 引同楊春時，《文學理論新編》，頁 150。
[18] 引同楊春時，《文學理論新編》，頁 151、152。

苦；此時認知意象與情感意象融合爲一成爲審美意象，這種審美體驗是最高的認識形式。總之，文學意象既是主觀的情感意象，又是客觀的認知意象；《詩經‧關雎》的意象克服了現實領域中客觀與主觀的分裂，達到客觀與主觀的統一。

（二）《詩經‧關雎》的意象是內容與形式的統一

語言的「形式」如音、形，而語言的「內容」指的是意義；文學的意象在感性意象向審美意象超越之時，實現了形式與內容的統一。[19]

在文學意象的感性意象層面，內容與形式存在著分離的狀態。《詩經‧關雎》採用的是詩歌的體裁，這種文學語言的表達屬於形式；而它表達出男女愛戀情感與夫婦人倫思想，這種文學體現的現實意義屬於內容。

而在文學意象的審美意象層面，內容與形式的差別消失不見了。審美意象已經脫離現實，它的內容和形式都已經不是現實的內容和形式；由是內容和形式融合爲一，成爲完整的審美意象，在構成中，語言形式具有了審美意義，從而變成了內容。《詩經‧關雎》的詩歌體裁、句型結構及語言敘述之形式，它們本身就具備特殊的美感，作品的表現力和感染力因而增強，因此具有審美意義，也成爲審美內容的一部分；同樣的，《詩經‧關雎》詩歌的音韻、節奏在感性意象中可視爲形式，雖然它們並沒有意義，但在審美意象中卻產生音樂之美，與語言表達的感情思想相互融合，成爲審美內容的一部分，共同形成審美意象。

相對的，審美意象的內容脫離了現實，現實意義失去了，因而轉化爲審美形式，產生了審美意義。《詩經‧關雎》中的「琴瑟」、「鍾鼓」作爲審美意象，就已經不是現實中的樂器，而是審美對象，具有象徵意義，成爲身爲中國人精神的表達，即君子與淑女相偕親愛，並且愛情達到了圓滿的結果；如此「琴瑟」與「鍾鼓」就被形式化，成爲審美的形式，又具有審美意義；因此，文學意象就成爲形式與內容的統一。

---

[19] 引同楊春時，《文學理論新編》，頁 152、153。

五、《詩經‧關雎》意象之愛情美學

《論語‧陽貨》中說：「詩可以興，可以觀，可以群，可以怨。」[20]「興」意謂引發詩意、興味，上至生命美感；「觀」指可兼觀察時政得失與周遭事物，以及觀照人生自然；「群」則了解交友處眾的道理，並能擴展生命境界；「怨」是指包括喜怒哀樂愛惡欲等所有情緒的表露，提升爲使情感滌清淨化，表達自我情志。從《詩經‧關雎》詩歌可感受到生命的意境與美感，其中自然與文明的意象給予許多人生的觸發，而興發的情感更凝思成愛情的美學。以下將分爲四點加以探討，即：意象與「賦比興」關係中的情感表現、意象與用韻合樂關係中的情感表現、映現詩經溫柔敦厚風格的愛情以及符合東方圓滿理想的愛情。

（一）意象與「賦比興」關係中的情感表現

《詩經》有「賦」、「比」、「興」三種基本作法，此種語言的「形式」與語言的「內容」融合爲一，成爲完整的審美意象；在「賦」、「比」、「興」的構成中，語言形式也具有審美意義，從而也變成了審美內容。

賦是最基本且常用的一種作法，特色在於「敷陳」、「直言」，採用直接式的敘述事物、鋪陳情節和抒發情感，賦的作品顯得表達強烈且別具個人意念在其中。孔穎達疏〈毛詩大序〉中提到：「詩文直陳其事，不譬喻者，皆賦辭也。」「言事之道，直陳爲正，故《詩經》多賦，在比興之先。」[21]由此可知《詩經》之中最爲常見的作法便是賦體。〈關雎〉的二章後四句「求之不得，寤寐思服。悠哉悠哉，輾轉反側。」爲補述意，屬賦體；接續前面「荇菜」的意象以及興句（「參差荇菜，左右流之。」）與應句（「窈窕淑女，寤寐求之。」）。

朱熹《詩集傳》中說：「比者，以彼物比此物也。」[22]劉勰在《文心雕龍》中明確指出：「且何謂爲比？蓋寫物以附意，颺言以切事者也。」[23]可見比是以另外一種事物來表現這種事物的修辭法，如〈關雎〉的一章前兩句，以「雎鳩」比喻淑女、君子，及以「關

---

[20] 同唐文治編纂，《十三經讀本（五）：論語》，頁 2709。
[21] 孔穎達疏，《詩經（十三經注疏）》（台北：藝文印書館，據嘉慶二十年南昌府學刻本影印，1997 年 8 月），頁 15。
[22] 同朱熹，《詩集傳》。
[23] 劉勰，《四庫全書‧集部：文心雕龍輯注卷》（上海：上海古籍出版社），頁 1478-156。

關雎鳩」比喻爲男女情語融融；第二、三、四章前兩句則以「荇菜」比喻貞潔美好的淑女。

《說文》曰：「興，起也。」就字義上面來說，興的本意便是開頭；孔穎達在《毛詩正義》中說：「『興』者，起也。取譬引類，起發己心，《詩》文諸舉草木鳥獸以見意者，皆『興』辭也。」[24]「興」在表現上，多以「先言他物以引起所詠之辭」（朱熹）的方式，即先從別的景物引起所詠之事物，這是一種委婉含蓄的表現手法。「興」分爲三類：所興之源與下文無關者、所興之源與所詠之辭相關而有比喻現象者，以及起興交代了正文背景和烘托形象者。興可以說是引起話題，或者說是由景引起情，這景與情的結合多半是詩人當下的感悟，前者是實景，後者則是心象；《詩》中以純粹的自然風物起的興，大抵不出此意。總之，興之特殊，即在它之於詩人是如此直接，而之於他人則往往其意微渺；詩人把天地四時的瞬息變化，自然萬物的死生消長，都視之爲生命的見證、人生的比照，興的意義非常明白，它雖質樸卻深刻。如〈關雎〉之二章前四句，以荇菜爲意象，象徵採取無方，興淑女之難求；三、四章又以荇菜既得而「采之」、「芼之」，興淑女既得而「友之」、「樂之」等。這種手法的優點在於寄託深遠，能產生文已盡而意有餘的效果。由以上可知，〈關雎〉中以興的作法建構情詩，與意象的關係是極爲密切的。

劉勰《文心雕龍·比興》中提到：「故比者，附也；興者，起也。附理者切類以指事，起情者依微以擬議。起情故興體以立；附理故比例以生。比則畜憤以斥言，興則環譬以託諷。」[25]他認爲比是索物附情，以他物比此情意；興是托物起情，先言他物以引起所詠之情意。文幸福先生曾根據劉勰、李仲蒙、陳奐與今人徐復觀等人的觀點，對比興各歸納出四個特色：

> 比體有下列幾個特色：一、所表達的情志是經過反省的。二、所假借託諷的事物是經過理智的導引，刻意安排的。三、感情的抒發是由內而外的。四、象徵的意象是在言外的。（《幼獅少年·怎樣吐露詩情》）興的特色是：一、所表達的感情尚未經過反省的。二、所興發的感情是由偶遇的事物所導引的。三、感情的觸發是由外而內而外的。四、所要表達的主題就在言內。（同上）[26]

---

[24] 同孔穎達疏，《詩經（十三經注疏）》，頁15。
[25] 同劉勰，《四庫全書·集部：文心雕龍輯注卷》，頁1478-156。
[26] 同文幸福導讀，朱熹集傳，《詩經》，頁19。

由以上可知在比興之間的差異為「比顯而興隱」，比喻的情感確知其存在，內省而發，較為激憤；而起興的感情不自覺其存在，外觸而生，則較加婉轉。比在意象上，物象與主題的關係是客觀的，有條理可尋的；興在意象上，物象與主題的關係是主觀的，是感情的興會。

〈關雎〉詩中「關關雎鳩，在河之洲。」是興句，「窈窕淑女，君子好逑。」是應句，詩人看到了水洲上水鳥關關的求偶，想起自己愛慕的女子，同樣也希望能和她共結良緣，因此引發了內心的相思之情。這本為借物起興的單純作法，而此物即雎鳩，以雎鳩為意象，象徵「摯而有別」，興淑女應配君子；水鳥的和鳴卻又可以比喻為男女間的示愛，在下文「窈窕淑女，君子好逑」中有著意義上的聯繫，因此又有人稱此為「興而比」，是先興而後比之形式。以雎鳩鳥比喻淑女、君子，表達作者欲呈現的愛情，並以其戲遊河畔、沙洲，來營造浪漫、和樂的情景，更醞釀氛圍，是「興兼比」的方式，即興和比同時進行的形式。以上種種形式都成為審美內容，與〈關雎〉詩的意義，共同構成完整的審美意象。

（二）意象與用韻合樂關係中的情感表現

〈關雎〉這首詩採用了一些雙聲疊韻的連綿字，以增強詩歌音調的和諧美和描寫人物的生動性；此種語言的表達在感性意象中可當作形式，卻在審美意象裡產生了音樂的美感，並與感情思想意義相互融合，成為內容的一部分，共同形成審美意象。如「窈窕」是疊韻；「參差」是雙聲；「輾轉」既是雙聲又是疊韻；「輾轉反側」的修飾動作；「窈窕淑女」的摹擬形象；「參差荇菜」的描寫景物，皆活潑逼真，聲情並茂。且用類疊法，疊字有「關關」、「悠哉悠哉」，類字類句有「左右」、「窈窕淑女」、「參差荇菜」等；並用排比的形式「參差荇菜，左右……窈窕淑女……」，重章遞層，氣勢堆疊，富有節奏感。

用韻方面，此詩採取偶句入韻的方式。這種偶韻式支配著兩千多年來我國古典詩歌諧韻的形式。而且全篇四次換韻，又有虛字腳「之」字不入韻，而以虛字的前一字為韻；一章和二章前四句的「洲」、「逑」、「流」和「求」同韻，二章後四句「得」、「服」、「側」同入聲韻，三章「采」、「友」同上聲韻，四章「芼」、「樂」同去聲韻；這種在用韻方面的參差變化，極大地增強了詩歌的韻律感和音樂美。

〈關雎〉的樂曲是周朝宮廷中一些大型典禮必奏的曲子；《論語・泰伯》說：「子曰：『師摯之始，關雎之亂（「亂」指樂章的尾聲），洋洋乎！盈耳哉。』」[27]從太師摯演奏的序曲開始，到最後以演奏〈關雎〉作結尾，豐富而優美的音樂於耳畔迴盪，情感表露無遺；其中展現音樂與情感美學，情感與音樂的關係密切，如〈樂記・樂本篇〉所說：「凡音之起，由人心生也。人心之動，物使之然也。感於物而動，故形於聲，聲相應，故生變，變成方，謂之音。比音而樂之，及干戚羽旄，謂之樂。」[28]故人心產生情感，情感引發音樂。〈樂記〉又說：「凡音者，生人心者也，情動於中，故形於聲。」「樂者敦和，率神而從天。」[29]音樂美的本質是感應於心，而將內在情感表達出來，並感應於天，且使聞者觀者得到共鳴。

對於《詩經・關雎》，我們應當從詩義和音樂兩方面去理解。就詩義而言，它是民俗歌謠，所寫的男女愛情是從民俗反映出來的，相傳古人在仲春之月有會合男女的習俗，此詩描寫的就是當時的社會生活；就樂調而言，全詩重章疊句都是爲了合樂而形成的。鄭樵《通志・樂略・正聲序論》云：「凡律其辭，則謂之詩，聲其詩，則謂之歌，作詩未有不歌者也。」[30]鄭樵特別強調聲律之於詩的重要性，將其以聲調唱出就是歌。凡古代的詩歌，往往都可以歌唱，並且重視聲調的和諧；〈關雎〉重章疊句的運用，說明它是可樂可歌的，是活在人們口中的詩歌。因此，〈關雎〉是把表達的詩義、意象和聲調結合起來，以疾徐聲調傳達意象與詩義。

（三）映現詩經裡溫柔敦厚風格的愛情

〈關雎〉全詩充滿著男子的浪漫情懷，表達思慕、追求、嚮往的情懷，深刻細微而不失理性平和，感情熱烈又能自我節制。「窈窕淑女，君子好逑」開創了永恒的相思情篇，並描寫男子嚮往著願望實現時的歡樂，極富藝術魅力。

「窈窕淑女」意指心地純潔外表美麗的女子；而美與善德的淑女是君子所喜歡追求的。毛傳：「窈窕，幽閒也。淑，善。」《九歌・山鬼》：「子慕予兮善窈窕」[31]，王逸注：「窈窕，好貌。」東漢蔡邕〈青衣賦〉：「金生沙礫，珠出蚌泥；歎茲窈窕，產於卑微。」此處的「窈窕」借指美女。「窈窕淑女，寤寐求之」，美好的淑女，君子無論白天夜晚

---

[27] 同唐文治編纂，《十三經讀本（五）：論語》，頁 2750。

[28] 〈樂記〉是中國古代著名的美學著作，收於《禮記》中。在《史記》中也有收錄，名爲〈樂書〉。均爲十一篇，但篇章順序不同。引文引自唐文志編纂，《十三經讀本：禮記（三）》（台北：新文豐出版公司，1980 年），頁 1632。

[29] 同唐文志編纂，《十三經讀本：禮記（三）》，頁 1632。

[30] 同鄭樵，《四部精要 11：史部：通志》，頁 659。

[31] 繆天華，《離騷九歌九章淺釋》（台北：東大圖書有限公司，1978 年 11 月），頁 147。

都思量追求。「求之不得，寤寐思服」，思服兩字各都是思念的意思；服，毛傳：「思之也。」《莊子·田子方》：「吾服女也甚忘。」[32]郭象注：「服者，思存之謂也。」「服」在古漢語中有「念」或「思」的意思。「悠哉悠哉，輾轉反側」，「悠哉」長嘆貌，日有所思，夜晚翻來覆去，難以入眠；「悠哉」也形容思念之深，因「悠」有憂思之意，哉是感歎詞；「悠哉」一詞到了近代詞意才改變成「悠閒或無所事事的樣子」，在古詩詞中最常見的是取《詩經》中的意思，表達對親人或友人的深深思念，或表示悠然之意；朱熹曰：「悠，長也。」而悠哉悠哉，思念之深長也，因此〈關雎〉詩中君子思念窈窕淑女是如此深長。

王士禎《漁洋詩話》所謂「《詩》三百篇真如畫工之肖物。」〈關雎〉不但以繁弦促管振文氣，而且寫出了生動逼真的形象。林義光《詩經通解》說「寐始覺而輾轉反側，則身猶在床。」這種君子對思念情人的心思的描寫絲絲入扣，呈現君子溫柔文雅、敦厚誠懇的個性。

「君子」，朱東潤說：「據毛詩序，君子之作凡六篇，君子或以爲大夫之美稱，或以爲卿、大夫、士之總稱，或以爲有盛德之稱，或以爲婦人稱其丈夫之詞。」「就《詩》論《詩》，則君子二字，可以上賅天子、諸侯，下賅卿、大夫、士。」男子的擇偶標準是「窈窕淑女」，則他必須是君子，在中國古代，只有道德高尙的人才能被稱爲君子，《論語》說：「人不知而不慍，不亦君子乎？」[33]不被別人理解，也不怨恨、惱怒，就是一個有德的君子；「君子去仁，惡乎成名？君子無終食之間違仁，造次必於是，顛沛必於是。」[34]君子如果背離了仁德，就不能稱其君子，因此《詩經》〈關雎〉又告訴人們必須做一位道德高尙的君子，唯有如此，所追求的理想對象才有可能會追求到，映現詩經裡溫柔敦厚風格的愛情。

孔子說〈關雎〉「樂而不淫，哀而不傷。」（《論語·八佾》）[35]此詩表達真率熱烈的感情，孔子認爲有樂有哀，但不淫不傷，在詩裡有意象、故事和戲劇性，從中呈現美的意涵。《論語·爲政》說：「詩三百，一言以蔽之，曰思無邪。」[36]孔子選詩，以合乎至誠與禮義爲準則，即程子之所謂「誠」（朱子四書集註引），以及司馬遷之所謂「禮義」《史記·孔子世家》，所以說：「思無邪」，這就是「溫柔敦厚」之原由，人性中和之根本；李迂仲說：

---

[32] 郭慶藩編，王孝魚整理，《莊子集釋》（台北：木鐸出版社，1988 年 1 月），頁 709。
[33] 同唐文治編纂，《十三經讀本（五）：論語》，頁 2718。
[34] 同唐文治編纂，《十三經讀本（五）：論語》，頁 2729。
[35] 同唐文治編纂，《十三經讀本（五）：論語》，頁 2728。
[36] 同唐文治編纂，《十三經讀本（五）：論語》，頁 2721。

夫喜怒哀樂未發謂之中，發而皆中節謂之和。方喜怒哀樂之未發，則無思也，及
喜怒哀樂之既發，然後有思焉；其思也正，則喜怒哀樂發而中節而和矣。其思也
邪，則喜怒哀樂發而不中節而不和矣。故詩三百，雖箴規美刺之不同，而皆合於
喜怒哀樂之中節，以其思之正故也。孔子又嘗舉一隅以告學者矣，曰關雎樂而不
淫，哀而不傷。樂之與哀，出於思矣；不淫不傷，思之無邪也。樂而淫，哀而傷，
則入於邪矣。[37]

　　以上李迂仲所言最合乎孔子之意旨，為學詩者之樞要，思正而無邪，則抒發情感之喜怒
哀樂能合於中節平和，達至溫柔敦厚之詩教目的。《禮記經解》說：「入其國，其教可
知也，其為人也，溫柔敦厚，詩教也。」能夠「溫柔敦厚而不愚」，即深得詩之教，而
使為人懷有「溫柔敦厚」之性情，因而在〈關雎〉裡呈顯的愛情是溫柔敦厚的性情所環
繞與驅動的。

（四）符合東方圓滿理想的愛情

　　〈關雎〉的作者以豐富而圓滿的想像來填充眼前無可排遣的相思，屬於典型的東方
式愛情，也是我國傳統的正常戀愛觀，即君子所盼望的是同淑女成為夫妻，而不僅是做
為情侶，這固然有封建統治階級的觀念，卻也體現了漢民族的傳統特色。「窈窕淑女，
君子好逑」，「好逑」意指好的配偶，「逑」通「仇（音求）」，仇的本義為配偶。君
子之「好逑」不但真的是知音，是個知情知趣的淑女，而且更是知心的伴侶。

　　〈關雎〉一詩把中國古代做人的標準潛藏在裏面；其中圓滿理想的情感縈繞於心。
《毛詩序》云：「風，風也，教也。」、「〈風〉之始也，所以風天下而正夫婦也，故
用之鄉人焉，用之邦國焉。」說明夫婦是中國古代的一種倫理思想，所有道德的完善，
都必須以夫婦之德為基礎；〈關雎〉在這方面具有典範意義，所以才被列為「〈風〉之始」。
它可以用來感化天下，用這種好的風俗來教化天下的百姓，既適用於「鄉人」，即普通
百姓，也適用於「邦國」，即統治階層。

　　《史記・外戚世家》記述：「《易》基乾坤，《詩》始《關雎》，《書》美釐降……
夫婦之際，人道之大倫也。」[38]又《漢書・康衡傳》記載康衡疏說：

---

[37] 出自《李黃毛詩集解・周南關雎訓詁傳》，通志堂經解本。引同文幸福，《孔子詩學研究》，頁24。
[38] 同（漢）司馬遷撰、（宋）裴駰集解、（唐）司馬貞索隱、（唐）張守節正義、（日本）瀧川龜太郎考證：《史記會注考
　　證》，頁733。

> 臣又聞之師曰：「匹配之際，生民之始，萬福之原。」……孔子論《詩》，以《關
> 雎》為始，……故《詩》曰：「窈窕淑女，君子好逑。」言能致其貞淑，不貳其
> 操，情欲之感無介乎容儀，宴私之意不形乎動靜。夫然後可以配至尊而為宗廟主。
> 此綱紀之首，王教之端也。[39]

以上說明〈關雎〉宣揚中國古代夫妻倫理思想；而匹配是生靈的啓始，萬福的來源；〈關雎〉顯現綱紀、王紀的重要首端。朱熹集傳指出「淑女」與「君子」：「女者，未嫁之稱，蓋指文王之妃大姒為處子時而言也。君子，則指文王也。」「周之文王生有聖德，又得聖女姒氏以為之配。宮中之人，於其始至，見其有幽閒貞靜之德，故作是詩。」[40]其中文王具有聖德，產生身修家齊治國之效能，而后妃懷有貞德，真是最好的匹配；夫婦為人倫之始，天下一切道德的完善以其為基礎。

　　《詩經》成為儒家經典之後，《詩經·周南·關雎》在儒家的整合中，言志與教化雙管齊下，並行不悖，由對美妙情愛的追求晉級為理想情感婚姻的標準。除了追求的真情愛與琴瑟之好；感情天長地久、從一而終、固若金湯更值得讚美。但這一定要發自內心，出於誠心自願；如果將從一而終的自然生命現象納入社會道德規範，並刻意追求，可能就會在美的基礎上出現醜與惡。

六、結　論

　　孔子對於〈關雎〉的評論：「樂而不淫，哀而不傷。」把此詩當作表現中和之德的典範。〈關雎〉把古代男女戀情從社會風俗習尚中描寫出來；如此描寫能具實的再現社會生活，所呈現的畫面更有真實感。

　　《詩經·關雎》詩歌在本文中所揭示的真實大致包含四項：第一，反映了詩作者的感情，甚至是詩作者的個性人格，這既是《詩大序》中說的「吟咏情性」的主張，也是《左傳》中所記載的「賦詩言志」的宗旨，詩作者對於客觀物象賦予感情、思想和性情，因而創作出充滿藝術特質的意象。第二，《詩經·關雎》中的意象顯示能夠引發情感的現實物象情況，使我們感知人間至情和愛情，由「象」而知「意」的意象於是一一構成；

---

[39] 同文幸福導讀，朱熹集傳，《詩經》，頁52。
[40] 同文幸福導讀，朱熹集傳，《詩經》，頁52。

因而出現鳥意象之「關雎」、水意象之「在河之洲」種種、植物意象之「荇菜」、樂器意象之「琴瑟」和「鍾鼓」等。

第三，《詩經‧關雎》的意象是由感性意象向審美意象流動並超越；其審美意象是客觀與主觀的統一，也是內容與形式的統一；〈關雎〉詩中「賦」、「比」、「興」基本作法之形式和用韻合樂之形式與感情思想意義之內容合而爲一，成爲完整的審美意象。第四，《詩經‧關雎》反映古時地理風氣的愛情特性與社會教化，《荀子‧儒效》有「詩言是其志也」[41]之說，儒家詩教要求詩歌內容「思無邪」、「溫柔敦厚」，形成〈關雎〉意象之愛情美學的養分與發展；〈關雎〉說出圓滿愛情和婚姻的嚮往，這是日常情感生活中實在的和諧和生機。《詩經》是風雅性情最深厚的根源，也是人生與藝術合一的揭示，其翩然出現在中國文學史的開端，給予我們無限的探究寶藏；今探析《詩經‧關雎》一詩之意象與美學，期望未來有更深一層的研究。

（發表於：玄奘大學通識教育教學發展學術研討會&論文集，新竹：玄奘大學，2013 年 5 月。）

---

[41] （唐）楊倞注，（清）王先謙集解，《荀子集解‧考證》（台北：世界書局，2000 年 12 月），頁 115。

參考文獻

一、專書

（漢）司馬遷撰、（宋）裴駰集解、（唐）司馬貞索隱、（唐）張守節正義、（日本）瀧川
　　龜太郎考證，《史記會注考證》，台北：萬卷樓圖書有限公司，1993 年。

（魏）何晏注、（宋）邢昺疏，《論語（十三經注疏本）》，台北：藝文印書館，1993 年。

（晉）郭璞注，（宋）邢昺疏，《爾雅（十三經注疏）》，台北：藝文印書館，1993 年。

（南朝）范曄，《後漢書》，台北：藝文印書館。

（唐）孔穎達疏，《詩經（十三經注疏）》，台北：藝文印書館，據嘉慶二十年南昌府學刻
　　本影印，1997 年 8 月。

（唐）楊倞注，（清）王先謙集解，《荀子集解・考證》，台北：世界書局，2000 年 12 月。

（宋）鄭樵，《四部精要 11：史部：通志》，上海：上海古籍出版社。

（宋）朱熹，《詩經集註》，台北：萬卷樓圖書股份有限公司，2002 年 1 月。

（宋）朱熹，《詩集傳》，台北：台灣中華書局，1982 年 5 月。

（宋）朱熹，《四書集注》，台北：藝文印書館，1999 年。

（清）郭慶藩編，王孝魚整理，《莊子集釋》，台北：木鐸出版社，1988 年 1 月。

于民，《中國美學思想史》，上海：復旦大學出版社，2010 年 1 月。

文幸福，《孔子詩學研究》，台北：台灣學生書局有限公司，2007 年 3 月。

文幸福導讀，朱熹集傳，《詩經》，台北：金楓出版有限公司，1987 年 11 月。

林慶彰，《詩經研究論集》，台北：台灣學生書局，1992 年。

屈萬里，《詩經詮釋》，台北：聯經出版事業公司，1994 年 12 月。

馬承源，《孔子詩論》，《上海博物館藏戰國楚竹書（一）》，上海，上海古籍出版社，
　　2001 年。

姜義華、黃俊郎，《新譯禮記讀本》，台北：三民書局，2007 年。

唐文治，《十三經讀本（五）：論語》，台北：新文豐出版公司，1980 年。

唐文志，《十三經讀本：禮記（三）》，台北：新文豐出版公司，1980 年，

徐復觀，《中國藝術精神》，桂林：廣西師範大學出版社，2007 年。

黃永武，《中國詩學—思想篇》，台北：巨流圖書公司，2009 年 8 月。

張少康，《古典文藝美學論稿》，台北：淑馨出版社，1989 年。

張健，《中國文學批評》，台北：五南出版社，1984 年。

陳植鍔，《詩歌意象論》，秦皇島：中華社會科學出版社，1992 年 11 月。

陳溫菊，《詩經器物考釋》，台北：文津出版社，2001 年 8 月。

莊雅州，《經學入門》，台北：台灣書店，1997 年 9 月。

楊春時，《文學理論新編》，北京：北京大學出版社，2009 年 4 月。

楊伯峻，《春秋左傳注》，高雄：復文圖書出版社，1991 年。

葉朗，《中國美學史》，台北：文津出版社，1996 年。

鍾月芳，《春天魚水與風詩的比興－詩經重註方法示例》，香港：鍾月芳，1992 年 9 月。

二、期刊論文

朱學瓊，〈詩的意象與象徵〉，《大陸雜誌》，1985 年 9 月第 71 卷第 3 期。

何寄澎，〈詩經比興二義探究〉，《幼獅月刊》，1972 年 36 卷 2 期。

李澤厚，〈論形象思維〉，《文學評論》，1959 年第 4 期。

李澤厚，〈形象思維再續談〉，《文學評論》，1980 年第 3 期。

楊佳蓉，〈《左傳》〈季札觀樂〉之內容與美學探析〉，《育達科大學報》，2012 年 9 月第 32 期。

《人物龍鳳／御龍》帛畫與楚人信仰

壹、前言

　　《人物龍鳳帛畫》（圖1）、《人物御龍帛畫》（圖2）是史上記載中國最早的帛畫，也是目前所知先秦時期最具獨特意義和代表性的繪畫作品，畫中傳達楚國的禮俗與信仰。

圖1：《人物龍鳳帛畫》，帛畫，28×20公分，戰國，湖南省博物館藏。

　　本文從《人物龍鳳帛畫》與《人物御龍帛畫》的用途、內容、繪畫特點以及楚人尊鳳崇龍的藝術談起，接著談及這兩幅畫表現楚國喪禮中的宗教儀式，而引領逝者靈魂升天，在楚國的神話和宗教中，都需憑藉巫師來執行任務；本文將藉由這兩幅帛畫，探討楚地所盛行的巫術信仰。

　　楚國物產豐饒，爲楚人的精神生活帶來幻思和對美的渴求，楚人的信仰直接源自於自然崇拜，楚人的禮俗和信仰互爲表裡，相互依存。在南方的代表詩歌《楚辭》中，可感受到楚人豐富的想像和熱烈的情感，其中屈原的作品如《九歌》、《離騷》和「招魂」等，不啻爲探知楚人信仰的寶藏。《人物御龍帛畫》的男子形象映現出屈原的氣度；相對的，屈原的文學養分來自其生長的楚地，他旺盛的創作力與奔放的浪漫情懷源於楚人信仰的濡沐。

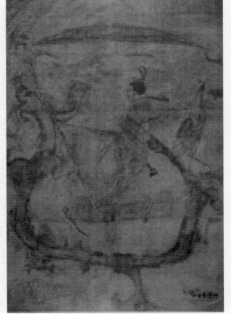

圖2：《人物御龍帛畫》，帛畫，37.5×28公分，戰國，湖南省博物館藏。

貳、中國最早的帛畫：《人物龍鳳帛畫》、《人物御龍帛畫》

一、《人物龍鳳/御龍》帛畫的用途和內容

　　《人物龍鳳帛畫》在 1949 年於湖南長沙陳家大山楚墓中發現（《逸周書·王會》上有貢品「長沙鱉」之說，是「長沙」之名最早可查的依據，這在距今 3000 多年前。商周時期的寧鄉縣炭河裡遺址出土的四羊方尊等青銅器反映當時長沙與中原有所聯繫。長沙在春秋戰國時期開始建城，屬楚國，自此約有 2400 年建城史。「長沙，楚之粟也。」楚成王時設置黔中郡，長沙為其轄域。秦始皇統一中國，設 36 郡，長沙郡為其中一郡，從此長沙以中國行政區名稱載入史冊。）；而另一幅《人物御龍帛畫》在 1973 年於長沙子彈庫楚墓中發現。兩幅畫是至今所發現中國最早（距今 2400 年）的帛畫作品，皆屬於旌幡性質。

　　中國繪畫可推溯到西元前六世紀春秋時代的壁畫，或可更推溯到西元前九世紀，在河南安陽宮殿的牆面幾何圖飾。帛畫是最早使用的繪畫材質，指描繪在絲織物上的圖畫，盛行於前秦到西漢；而紙於漢代才開始使用。這兩幅帛畫雖不是嚴格定義下的書畫，但已具卷軸畫的基本特點：繪於可移動可舒卷的絹或紙材料上；且使用中國毛筆和墨為主要繪畫工具。不過它們在當時並非供人欣賞的繪畫藝術品，而是引導逝者靈魂升天的「銘旌」，或說「放置在墓內棺上」（此言引自石守謙等著，《中國古代繪畫名品》），蓋因出土時覆蓋在棺上，推測是在喪禮路上作幡，引魂升天使用後最後下土的；以上說法即指這兩幅畫原屬於喪葬用品。

　　最初的帛畫內容，大都以神話人事物為主，以流暢的線條描繪，造型頗為傳神；根據當時楚國的習俗並結合文物考證，這兩幅畫中的人物形象都是墓主人，描繪的是喪禮內容。《人物龍鳳帛畫》又名《晚周帛畫》、《夔鳳美女圖》，質地為平紋絹，主題是藉著龍鳳的引領，墓主人能安然抵達西方極樂世界，圖中畫有一貴族婦女，身著長裙，頭梳高髻，封腰寬袖，側身向左，合掌如祝禱狀，婦女上方畫有一鳳昂首飛舞與僅現一足的龍蜿蜒升騰，《說文解字》上解釋「夔」：「如龍，一足。」黃椿昇編著的《藝術導論—談美》中說：「夔紋的特徵是一足，事實上，這是一種古代雙足龍的動物簡化表現，因為在圖案化的表現中動物常以側面的型態出現……」傳說鳳是神鳥，夔是怪類；在騰龍舞鳳的引魂下，墓主人靈魂向天國飛升。墓主人神態莊重虔誠，處於靜態；龍鳳飛動，處於動態，前後者形成對比，畫面構成對比中的和諧。

　　《人物御龍帛畫》又名《馭龍圖》，細絹地，圖中人物為一貴族男子，從墓葬明器來看，可能為一位楚國大夫，身著長袍，頭戴薄紗高冠，蓄有鬍鬚，神情瀟灑，側身向左，腰佩長劍，手挽韁繩立於龍舟上，衣飾如人頰下的繫帶飄向右方，構成強烈的動感，表示乘龍舟迎風挺進，畫面表現男子駕馭舟形巨龍向天國飛升的景象；且頭頂有飛揚著飄帶的華蓋，龍頭高昂，龍尾企立一引頸放歌的孤鶴，龍身下部游動一鯉魚，郭沫若先生題詞說：「仿佛三閭再世，企翹孤鶴相從，陸離長劍握拳中，切雲之冠高聳。」「三閭」即指屈原，《史記·屈原列傳》和王逸《楚辭章句·離騷經序》均對屈原生平事蹟有所記載，王逸說：「屈原與楚同姓，仕于懷王，為三閭大夫。三閭之職，掌王族三姓，曰昭、屈、景。屈原序其譜屬，率其賢良，以厲國士。」故可知屈原曾任三閭大夫之職，主要掌管楚國貴族譜系和教育貴族子弟成為賢能的人材。

二、《人物龍鳳／御龍》帛畫的繪畫特點

　　這兩幅畫的人物都做正側面的立像，儀態優美肅穆；畫中的龍或鳳皆是神獸坐騎，而不是使人心生恐懼的怪獸；主題顯然與戰國流行的升仙思想相關。在繪畫技巧方面，在絲織品上採用墨筆勾線，挺拔流暢，格調莊重富麗；人物畫已有寫實感的傾向，但基本上還擺脫不了圖案化的風格。

　　但是這兩幅畫之間也有一些不同的特點：第一，《人物龍鳳帛畫》中的人物神態恭謹、節奏舒緩，而龍鳳的形象則表現得雄健奔放、華麗非凡。相較之下，《人物御龍帛畫》則是人物駕龍舟乘風飛馳，顯出更強烈的動態感；第二，《人物龍鳳帛畫》的用筆較為單純，線條運轉具有旋律感；《人物御龍帛畫》的用筆則更加豐富多變，《中國古代繪畫名品》中說：「表現出各部位不同的韻致：其華蓋纓絡和冠帶韁繩，皆以勁利粗線繪成，極富迎風飄飛的動勢；而男人袖領衣褶，則用舒緩綿延的線條畫出，表現衣袍柔軟寬適的瀟灑；又眼鼻鬚眉部分以細膩如絲的筆線描就，淡淡數筆卻巧妙地抓住了男子從容的威儀。」線條之外，設色以平塗與渲染兼用，甚至使用金白粉彩彩繪，因此在繪畫表現上更為周密。

三、楚人尊鳳崇龍的藝術

　　楚人既尊鳳又崇龍。周王室尊龍，楚國藝術受中原商周影響；但楚人以遠祖祝融（火神兼雷神）是百鳥之官及鳳鳥化身為由，作為與多邊異裔關係融和的政治手段，因而尊鳳。《人物御龍帛畫》上，是男子乘龍升天的形象；《人物龍鳳帛畫》上，是龍與鳳同

時引魂。再看《楚辭·九歌》中的諸神都是乘龍升天，如大司命是「乘龍兮消期，高馳兮沖天。」湘君是「駕飛龍兮北征，邅吾通號洞庭。」可見楚人也崇龍，後來被「楚人尊鳳」所覆蓋；因此，楚藝術是多元開放而美不勝收的，經歷對龍和鳳的崇拜，開啓我國傳統文化中「龍鳳呈祥」的濫觴；而鳳成為楚人的圖騰，在楚國的文物中，鳳紋彩繪、鳳的刺繡和雕像等藝術千姿百態。

叁、《人物龍鳳／御龍》帛畫表現楚國喪禮中的宗教儀式

《人物龍鳳帛畫》與《人物御龍帛畫》這兩件帛畫在題材上表現楚國喪禮，在內容和作用方面有很多相同的地方：（1）它們實際的用途均是作為葬儀中的「銘旌」；（2）它們表現的內容都皆是逝者（即墓主人）的靈魂在龍或鳳的引領或乘載下往天國飛升；（3）畫中的人物形象——貴族婦女與貴族男子都是墓主人的肖像，有如逝者一起參與宗教儀式，像畫面用意升仙而去。

引導靈魂升天的畫面題材於楚國喪禮中是一重要內容，《人物龍鳳帛畫》中的女子站立在一「半彎月狀物」上，應該稱為「魂舟」，載負靈魂升天的作用；《人物御龍帛畫》中的男子駕馭舟形巨龍，也是表現引魂升天的畫面。

在楚國的神話與宗教中，人和神各分處在兩個不同且隔離的世界，人和神若想溝通，需藉由巫師來完成，負責溝通人神是楚國的巫師最基本的任務。屈原《九章·惜誦》云：「昔餘夢登天兮，魂中道而無杭。」王逸注曰：「杭，渡也。一作航。」在楚人的觀念裡，人世和天界的隔離猶如河水造成的隔離一樣，兩岸之間需要有舟船航渡，「魂舟」可以載負逝者的靈魂飛升進入天國；而用「魂舟」為靈魂送駕引航，只能倚靠巫師，一般常人無法感知這一切的存在。

楚人的巫術祭祀活動，藉著鑼鼓、歌舞以愉鬼神，招魂也需唱招魂曲，用以召喚生者失散之魂或死者飄逝之魂。楚國的詩歌《九歌》、《招魂》、《大招》就是以原來巫術祭祀的招魂歌詞為基礎，再添飾創作而成。

楚人的生死觀來自對大自然的畏懼，他們相信掌管個人生死的是自然界的鬼神，因而崇信巫術，祈求鬼神保護他們的生命。楚人認為人的生死是自然規律，他們相信「萬物有靈」，因而「尚鬼重祀」是必要的禮儀。基本上楚人珍惜生命，但楚國長久受中原壓迫，因此若其個人生命和家國民族利益產生衝突，楚人也會捨己為鄉土。

肆、楚國的宗教

　　由《人物龍鳳帛畫》與《人物御龍帛畫》兩幅畫，可窺知在春秋戰國時代，位於南方的楚國，所流行的宗教風氣主要是巫術和迷信的混合，呈現充滿赤誠的情感和華美的禮儀。《漢書地理志》說：「楚地信巫鬼而眾淫祀。」這種情形一方面導源於殷商時代的「先鬼而後禮」觀念，一方面則來自於楚國的自然環境，在高山大澤、雲煙瀰漫的架構和變幻中，神鬼的思想和宗教的迷信就如此延續下去。故楚國有許多信仰巫鬼的風俗，因著豐盈的想像，孕育出各種神話與傳說，發展出美麗的詩歌和樂舞，表現楚國特別的宗教色彩，流露楚人虛無詭秘的生命觀。

　　楚人崇巫，巫風特別盛行，巫師在楚國社會上享有非常高的地位和聲望，故對於巫師的才智與品格有極高的要求，《國語‧楚語下》觀射父曾對楚昭王說：「民之們爽不攜貳者，而又能齊肅衷正，其智能上下比義，其聖能光遠宣朗，其明能光照之，其聰能聽徹之，如是則明神降之，在男曰覡，在女曰巫。是使制神之處位次主，而爲之牲器時服。」因而當時楚國曾有以巫爲世官的家族。巫師主要工作是作爲神與人溝通的媒介，其他工作如：祈雨、算命、預言、解夢、通醫等，最重要的是在祭祀禮儀中作爲迎接神靈降臨的歌舞表演者。中原華夏民族祭祀，大都在固定的宗廟內進行；而楚人卻喜好在曠野草地上，隨意舉行祭祀儀式。

　　楚人祭祀的神靈較爲駁雜，包括天帝和日、月、風、山、水等鬼神之靈，分爲三類：第一，屬於楚人原有的神祇，如：東皇太一、大司命、少司命、風伯、雨師等；第二，來自於北方華夏民族的神祇，如：高辛、軒轅等；第三，來自於湘水邊的蠻族的神靈，如：湘君、湘夫人。

　　楚國在江淮一帶，充沛的雨水、肥沃的土壤帶來豐饒的物產，物質條件比北方優越，在精神生活上則較富冥思幻想和美感，渴望求取宇宙之謎；劉師培認爲南方多尚虛無，北方多尚實際，他在《南北文學不同論》中提出他的看法：「民崇實際，故所著之文，不外記事析理，二端；民尚虛無，故所作之文，或爲言志抒情之體。」可供參考。在《楚辭》中出現的大山大水、奇花香草，都是南方楚國地帶特有的風物，給予作者許多浪漫的題材；劉大杰在所編著之《中國文學發展史》中說：「《楚辭》是楚國詩歌的代表。它在某些思想內容和形式方面，雖說接受著北方文化的影響，但它仍然很顯明地保存著南方文化的特性和風格。想像的豐富，文采的華美，形式的變化，濃厚的宗教情操，神

話傳說的大量採用，情感的熱烈和奔放，這都和詩經有些不同的地方。……宋黃伯思〈翼騷序〉云：『屈宋諸騷，皆書楚語，作楚聲，紀楚地，名楚物，故可謂之楚辭。』」《人物御龍帛畫》從形象看來呈現屈原的氣度，因而被認爲此畫具有「御天」的涵義，即「致天命而用之」，表人定勝天的意思。

伍、從屈原作品探討楚人信仰

據記載：「屈原是《楚辭》的創作者，是文學史上最初的一個大詩人。《史記·屈原傳》稱屈原名平。…爲楚武王子瑕之後。生於楚宣王二十七年…他因是皇室貴族，故早年便做了官。又因他『明於治亂，嫻於辭令』，具有政治上的長才，故在楚懷王朝做到左徒的高位。是時他『入則與王圖議國事，以出號令；出則接遇賓客，應對諸侯』聲勢甚爲顯赫。後因爲王造『憲令』，被讒見疏，流於漢北。最後，他還使過齊國，做過三閭大夫。終爲鄭袖、子蘭、靳尙等的讒言所陷害，橫遭放逐，漂泊沅湘，飮恨而自沉於汨羅…（大概是在頃襄王初年。那時屈原已經有五十歲左右。）」（引自胡雲翼著及江應龍校訂之《增訂本中國文學史》）從屈原的作品，可探知屈原從南方楚地風俗、神話和傳說獲得許多信仰的題材，配合當地的音樂、舞蹈、祭祀和禮儀等，在他的創作中注入虛無浪漫。在《史記》本傳中可見屈原著有：《離騷》、《天問》、《招魂》、《哀郢》和《懷沙》五篇；班固《漢書藝文志》稱有屈賦二十五篇；朱熹《楚辭集註》亦載其中屈原之作有多篇；王逸的《楚辭章句》，有《離騷》、《九歌》（十一篇）、《天問》、《九章》（九篇）、《遠遊》、《卜居》和《漁父》二十五篇，但後人認爲王逸所收作品有些是有疑問的。以下僅從《楚辭》裡，屈原所著之《九歌》、《離騷》、《招魂》三篇加以探討。

一、《九歌》

《九歌》是一套楚人祭祀神鬼的舞曲，由音樂、歌辭和舞蹈混合而成，王國維在《宋元戲曲考》中提及《九歌》的內容：「『楚辭』之靈，殆以巫而兼尸之用者也。其詞謂巫曰靈，謂神亦曰靈。蓋羣巫之中，必有象神之衣服形貌動作者，而視爲神之所憑依，故謂之曰靈，或謂之靈保。……至於浴蘭沐芳，華衣若英，衣服之麗也。綏節安歌，竽瑟浩倡，歌舞之盛也。……或婆娑以樂神，蓋後世戲劇之萌芽，已有存焉者矣。」在《九

歌》的舞曲中，第一場是尊貴的天神（東皇太一），接著是雲神（雲中君）、愛神（湘君、湘夫人）、命神（大司命、少司命）、日神（東君）、河神（河伯）和山妖（山鬼）。湘君、湘夫人、河伯、山鬼這些神的表演和措辭帶著浪漫情調，由於他們本身就充滿浪漫色彩；而其他神比較莊嚴；最後一場是全劇最悲壯的〈國殤〉，表追悼陣亡的將士的靈魂；〈禮魂〉為全劇的尾聲，僅有五句，是禮成時的贊歌，所禮之魂總括所祭諸魂靈。若說記錄鬼，真正只有兩篇：〈山鬼〉與〈國殤〉，前者是飄盪在山林陰暗處的孤魂野鬼，後者是為國捐軀真誠忠烈的鬼魂。

　　《九歌》的表演聲勢浩大，應屬於楚國宮廷的舞曲，而非民間所用；但《九歌》的原始材料大都來自南方的巫歌，本是楚國民間的祭神歌曲。王逸說：「九歌者屈原之作也。昔楚國南郢之邑，沅湘之間，其俗信鬼而好祠。其祠必作歌樂鼓舞以樂諸神。屈原放逐，竄伏其域，懷憂苦毒，愁思怫鬱，出見俗人祭祀之禮，歌舞之樂，其祠鄙陋，因為作《九歌》之曲。上陳事神之敬，下見已之冤結，託之已諷諫。故其文意不同，章句雜錯，而廣異義焉。」（《楚辭章句》）朱熹說：「蠻荊陋俗，詞既鄙俚，而其陰陽人鬼之間，又或不能無褻慢荒淫之雜。原既放逐，見而感之，故頗為更定其詞，去其泰甚。」（《楚辭集註》）故知屈原的文學內涵來自於本身民族的土地，楚人的信仰豐富了他的創作生命力。

　　《九歌・東皇太一》等詩描述祭祀的禮儀，包括占筮以擇吉日、齋戒沐浴、巫者持長劍負責祭神，祭祀場面浩大生動，巫者歌舞，以祈求神的降臨，祭祀所設神位前有案、幾、席等物件，按時令、方位設各類供祭之物。降神的目的，為使神愉悅享樂，並向諸神祈福，希望天神永遠保佑與賜福人民；巫的祈禱、神的下降與神巫間的對話，就如同一場戲劇。

二、《離騷》

　　《離騷》是中國古代最雄偉的長詩，也是屈原最優秀的詩，寫於他被放逐時。第一段，敘述屈原自己高尚的情操和放逐的經歷；第二段，藉著許多神話傳說，表現超越現實的想像，而達到詩篇的高潮；末段，感情轉入波折，陳志無路，只好向「靈氛」問卜，向「巫咸」請示，這是楚人的信仰，也是屈原的撫慰。他們告訴屈原不如離開楚國，遠赴國外，「曰勉遠逝而無狐疑兮，孰求美而釋女？何所獨無芳草兮，爾何懷乎故宇？」他乘龍駕象，在天空上飛翔，須臾在陽光中又望見故鄉楚國，「既莫足與為美政兮，吾

將從彭咸之所居！」於是他決心犧牲生命以殉祖國；此詩與後來付諸行動的壯舉發揮無限的浪漫主義精神。

三、《招魂》

司馬遷說《招魂》是屈原所作，但王逸說為宋玉所作：「《招魂》者宋玉所作也。……宋玉憐哀屈原而斥棄，愁懣山澤，魂魄放佚，厥命將落，故作《招魂》，欲以復其精神，延其年壽。」古人多從此說。直到林雲銘，才以屈原自招的說法（《楚辭燈》）推倒王逸的意見。後代看《招魂》，覺得應是屈原為招懷王之魂而作，故信司馬遷之說，理由有三，第一，首節與亂辭中的「朕」、「吾」是指作者自述的辭，其他的「君」、「王」是指死者楚懷王，中間有一大段招詞，是作者託巫陽之口表現《招魂》本意，所稱的「君」也是指懷王。第二，從內容看，不論是宮室陳設的雄偉華美，還是女樂肴饌的富麗珍奇，皆符合君王的身分地位；若視為屈原自招，則其身世背景和這些物質環境是不相符合的。第三，因為懷王客死異域，後來雖歸葬楚國，但恐其魂魄流落他國，所以屈原作《招魂》以招懷王之魂。

「招魂」原是楚國民間風俗，直到現代湖南農村仍然盛行，屈原取材自楚人信仰和南方民間藝術形式，寫成《招魂》。在上半篇，透過巫陽的口氣，對於四面八方的恐怖災禍，以及地獄的景象，作了光怪陸離、驚心動魄的描寫，屈原叫魂回到自己的家鄉，別四處亂跑，也不要到天堂或地獄。在下半篇，屈原描寫楚國宮廷富足華麗的生活，叫魂趕快回來，「目極千里兮傷春心，魂兮歸來哀江南。」最後以此兩句作為總結。

陸、結語

《人物龍鳳帛畫》、《人物御龍帛畫》在春秋戰國時代並不是提供欣賞的繪畫作品，但於藝術史上卻具有最初帛畫的特殊價值。這兩幅畫原是「銘旌」用途，用以引魂升天，畫中的貴族女子和男子的人物形象都是墓主人，描繪的是喪禮內容；楚國的巫師擔任溝通人神的職務，故在儀式中藉由巫師為靈魂送駕引航。「萬物有靈」是楚人信仰的中心內涵，世上萬物雖有各種不同的形態和特徵，但在靈性與神性上卻是相通的；而在楚人信仰的表象是「泛神崇拜」，於是形成「信神好巫」與「尚鬼重祀」的風俗和禮儀。

　　由於楚國位於大山多澤的自然環境，因而產生許多巫鬼信仰的習俗；也蘊釀出無數的神話和詩篇。自《人物御龍帛畫》彷彿看到出生於楚國的屈原形氣，而屈原也從楚人信仰獲得豐盛的創作題材，在楚國詩歌的代表——《楚辭》裡，屈原自楚人祭祀神鬼的巫歌寫成《九歌》，透過豐盛的想像，將大自然的景物人格化，描繪出巫信仰的樣貌；另外，自楚地超越現實的巫鬼想像，寫成《離騷》；自楚國民間巫風寫成《招魂》等等。故經由屈原作品可探得楚人信仰，從楚地各種巫風的遺跡，透露楚人流於虛無、神秘與浪漫的生命傾向。

（發表於：《國文天地》第 347 期‧台北：萬卷樓圖書股份有限公司‧2014 年 4 月。）

《左傳》夏姬史事與美學探析

摘　要

　　本文以春秋女子夏姬為探討對象，從《左傳》的記載內容為起點，與夏姬相關的記事分述於宣公九年等計有七處，最後替夏姬作結「殺三夫、一君、一子，而亡一國兩卿矣，……甚美必有甚惡。」可見《左傳》顯現夏姬是紅顏禍水的觀念。文中並參考相關的史實記載，包括《國語》、《詩經·株林》等，對照之下，推演春秋時期存在多元而非單一的社會現象，呈現兩性關係間人類的情欲本能，由此探析有關夏姬史事之美學，包含審美層面：「甚美必有甚惡」相對於「美善合而為一」、原型層面：「女色禍水」相對於「女性崇拜」、現實層面：「人盡夫」相對於「守貞節」；期冀由文獻資料、文學理論與美學原理，以推論其美學。「美」原是純粹的愉悅，若將「美」依附於「道德規範」中，即導致《左傳》等作者及後世學者予以夏姬「美而不善」的論斷。《左傳》的史傳敘述具有內涵、因果與系統性；然而史事也存在文化意識與審美體驗的多元闡釋。

關鍵字：《左傳》、夏姬、甚美必有甚惡、審美層面

History and Aesthetic Analysis of Xiaji in Zuo Commentary

Abstract

This article analyzes a woman in spring and autumn period named Xiaji. Beginning with the records in *Zuo Commentary,* seven events related to Xiaji were described in 9th year of Duke-Xuan ,etc. respectively, finally, summarized as [jeopardized and killed three husbands, one lord, one son, and subjugated one nation and two ministers, ... over-beauty must be with over-evil], thus, *Zuo Commentary* revealed the concept that Xiajia was a dangerous beauty. This article refers to related historical records, including *Guoyu* and *Classic of Poetry- Outside Zhu*, etc. to deduce with compare and find the spring and autumn periods had multivariate social phenomenon, rather than single social phenomenon and appeared the sex-instinct of sexual relationships, so as to analyze the aesthetics related to the history of Xiajia, including aesthetic level: [over-beauty must be with over-evil] compares with [beauty integrates with goodness]; archetypal level: [dangerous beauty] compares with [feminine worship]; realistic level: [adulteress] compares with [chastity]; then expects to infer the aesthetics with literature information, literary theory and aesthetic principle. [beauty] was pure pleasure, [beauty] should be attached in [ethics], so as to cause the conclusion of [beauty without goodness] for Xiaji by writers of *Zuo Commentary* etc. and later scholars. The historical narratives of *Zuo Commentary* had connotations, causes and effects and systematicness; however, historical records also had multiple interpretations of cultural consciousness and aesthetical experience

Keywords：*Zuo Commentary*, Xiaji, over-beauty must be with over-evil, aesthetic level.

一、前言

　　春秋夏姬史事於《左傳》中的記載有多處，《漢書‧藝文志》說：「丘明恐弟子各安其意，以失其真，故論本事而作傳，明夫子不以空言說經也。」[1]清朝桐城派古文大家方苞（1668－1749年）也在〈古文約選序〉裡說：「蓋古文所從來遠矣，六經、論、孟其根源矣，得其支流而義法最精者，莫如《左傳》……」《左傳》寓含某種價值取向，義法精湛，而能為法為戒，以供垂鑑；但也存有史家主觀意識與客觀事實產生不一定相合的情形，浮現史事其實存在著文化意識與審美體驗的多元性。

　　本論文以世稱「殺三夫、一君、一子而亡一國兩卿」[2]的春秋女子夏姬做為探討對象，從《左傳》的記載內容與書寫形式為起點，並參考相關的史實資料，以各史書經典的記載做一對照，推演春秋時期存在多元而非單一的社會現象，呈現兩性關係間人類的情欲本能，以此探析有關夏姬史事之美學，包含審美層面：「甚美必有甚惡」相對於「美善合而為一」、原型層面：「女色禍水」相對於「女性崇拜」、現實層面：「人盡夫」相對於「守貞節」；期冀經由文獻資料、文學理論與美學原理以推論《左傳》夏姬史事之美學。

二、《左傳》中夏姬相關記事

　　夏姬為春秋鄭國公主，父親是鄭穆公姬蘭，母親是少妃姚子，嫁給陳國皇族分支的夏御叔為妻，故被稱為夏姬。婚後，生子徵舒，又號子南。夏御叔很早就過世，有一傳說，是因他過度耽於妻子夏姬的美色而死，之後夏姬帶著徵舒在夏氏的采邑相依生活，陳靈公執政十多年後，子南已長成十多歲的青年，於下做陳國大夫；自此時期始有與夏姬相關史事的記載，《左傳》中提及夏姬之事計有七處，以下將分年代予以探討。

（一）宣公九年：

　　《左傳》首次提及夏姬，內容是陳靈公與孔寧、儀行父主臣三人，不但與夏姬私通，

[1]　《新校本漢書集注》（台北：鼎文書局，1978年），頁1715。

[2]　《春秋左傳正義‧成公二年》卷25（台北：藝文印書館十三經注疏本，1976年），頁1896。

且行為也相當的放蕩不羈，無夜無日的往來於夏。陳國君臣穿著夏姬的褻衣戲謔於廟堂上，公開他們的淫行，大臣洩冶[3]私下直諫靈公，陳靈公雖口頭允諾一定會改正，卻還是告訴孔寧和儀行父，這兩人要求靈公快殺掉洩冶，而靈公也就把洩冶殺了。洩冶進諫卻慘遭殺身之禍，因而孔子引《詩經》斷案。原文於下：

> 陳靈公與孔寧、儀行父通於夏姬，皆衷其衵服，以戲于朝。洩冶諫曰：「公卿宣淫，民無効焉！且聞不令，君其納之。」公曰：「吾能改矣。」公告二子，二子請殺之，公弗禁，遂殺洩冶。孔子曰：「《詩》云：『民之多辟，無自立辟。』」其洩冶之謂乎。」[4]

《左傳》之傳義，在於洩冶欲正國君之婬昏，以君王與卿士公然宣揚淫亂，讓人民無所法效之事諫陳靈公，竟遭殺害；而同意孔子引《詩經》之語，認為人民多邪辟，國家瀕臨危亂，切勿自立法度導致危害自身，即指像洩冶之遭遇。《左傳》對於此事件，一方面直斥陳國君臣的無道，且褒揚洩冶的忠誠；一方面也隱約勾勒出夏姬淫狎的蕩婦形象。

以上《左傳》傳文是評述《春秋》經文：宣公九年（公元前六百年）「陳殺其大夫洩冶。」《公羊傳》在此經文下，並無傳；而《穀梁傳》曰：

> 稱國以殺其大夫，殺無罪也。泄冶[5]之無罪如何？陳靈公通於夏徵舒之家。公孫寧、儀行父亦通其家。或衣其衣，或衷其襦，以相戲於朝。泄冶聞之，入諫曰：「使國人聞之則猶可，使仁人聞之則不可。」君愧於泄冶，不能用其言而殺之。[6]

《穀梁傳》之傳義在於舉出陳國名說殺其大夫洩冶（同「泄冶」），殺的是無罪之人。因陳靈公、孔寧、儀行父和夏徵舒的母親私通之事，洩冶勸諫陳靈公：「讓宮內的人聽到還可，讓仁人聽到就不行了。」靈公對洩冶表慚愧，但不聽其勸還殺了洩冶；而洩冶是無罪的。依洩冶之言，「仁人」不齒陳靈公等人與夏姬的行為，言下之意也批判夏姬浪蕩的行徑。

---

[3] 《左傳》「泄」作「洩」，乃避唐太宗李世民諱而改；「洩」，《公羊傳》、《穀梁傳》作「泄」。以上據楊伯峻《春秋左傳注》、雪克《新譯公羊傳》、薛安勤《春秋穀梁傳今註今譯》。

[4] 楊伯峻，《春秋左傳注》（高雄：復文圖書出版社，1991年），頁701-703。以下所引《左傳》、《春秋》內容皆出自此書。

[5] 同註3，《左傳》「泄」作「洩」，乃避唐太宗李世民諱而改；「洩」，《公羊傳》、《穀梁傳》作「泄」。以上據楊伯峻《春秋左傳注》、雪克《新譯公羊傳》、薛安勤《春秋穀梁傳今註今譯》。

[6] 薛安勤，《春秋穀梁傳今註今譯》（台北：臺灣商務館，1994年），頁364、365。

（二）宣公十年：

《春秋》經文：「癸巳，陳夏徵舒弒其君平國。」《左傳》傳文：

> 陳靈公與孔寧、儀行父飲酒於夏氏。公謂行父曰：「徵舒似女。」對曰：「亦似君。」徵舒病之。公出，自其廐射而殺之。二子奔楚。[7]

內容是隔年靈公等三人又到夏姬處飲酒作樂，陳靈公對儀行父說：「徵舒長得很像你。」儀行父也回說：「長得也很像您。」聽在血氣方剛的徵舒耳中是奇恥大辱，他自己是夏御叔的兒子，怎會是他人所生？徵舒躲在馬廐裡，放暗箭將靈公殺害；孔寧與儀行父兩人迅速逃到楚國。且當時靈公的太子午正在宮外，後來逃到晉國。在陳國完全無主時，是由夏徵舒等人理政，然他並沒有繼位。宣公十年的記載中，描寫陳靈公、儀行父君臣兩人的對話，肆無忌憚中流露敗德淫行，讓隱藏在後的夏姬再度變成「女色禍水」的典型，並且從中歸結出由於君臣沈迷女色，導致亡國滅身的禍害。

（三）宣公十一年：

《春秋》經文：「冬，十月，楚人殺陳夏徵舒。」《左傳》傳文：

> 冬，楚子為陳夏氏亂故，伐陳。謂陳人：「無動！將討於少西氏」。遂入陳，殺夏徵舒，轘諸栗門。因縣陳。陳侯在晉。申叔時使於齊，反，復命而退。王使讓之，曰：「夏徵舒為不道，弒其君，寡人以諸侯討而戮之，諸侯、縣公皆慶寡人，女獨不慶寡人，何故？」對曰：「猶可辭乎？」王曰：「可哉！」曰：「夏徵舒弒其君，其罪大矣；討而戮之，君之義也。抑人亦有言曰：『牽牛以蹊人之田，而奪之牛。牽牛以蹊者，信有罪矣；而奪之牛，罰已重矣。』諸侯之從也，曰討有罪也。今縣陳，貪其富也。以討召諸侯，而以貪歸之，無乃不可乎？」王曰：「善哉！吾未之聞也。反之，可乎？」對曰：「吾儕小人所謂『取諸其懷而與之』也。」乃復封陳。鄉取一人焉以歸，謂之夏州。故書曰「楚子入陳。納公孫寧、儀行父于陳」，書有禮也。[8]

楚莊王因夏徵舒殺害陳靈公後自立為王，深怕陳國人民不順服楚國而作亂，為維護周圍諸侯國的秩序，故率領軍隊討伐夏徵舒，楚王一戰擊敗他，殺了夏徵舒，並把陳國併為

---

[7] 同前引楊伯峻，《春秋左傳注》，頁707-708。
[8] 同前引楊伯峻，《春秋左傳注》，頁713-716。

楚國的一縣；太子午仍被迎回陳國，是爲成公。楚子以陳夏氏之亂入陳，實假借討賊的
名義，遂其侵奪陳國的野心。《左傳》記楚莊王平陳亂後，又云：「因縣陳」，其後乃
借申叔時之口，明白道出楚莊王「今縣陳，貪其富也。」對於莊王納孔寧、儀行父于陳，
傅隸樸則以爲：「陳靈之弑，陳國之亡，都是此二人導致，誅戮禍首，應該先此二人，
楚莊王方圖霸業，折於申叔時之大義，爲敷衍諸侯，乃納公孫寧、儀行父於陳，以遂其
控制陳國之野心，蓋此二人逃死求庇，是在楚國，逃亡復位，是由楚國，豈有不對楚子
感恩圖報，願效犬馬之理。」[9]以上是在《春秋三傳比義》的一段評論，對楚莊王納公孫
寧、儀行父於陳有合理的推論。

宣公十一年《左傳》這段文字雖沒有直接談到夏姬是「亡國婦女」的具體事實，但
已見女禍論調繼續延展。陳靈公遭弑，二卿逃亡於楚，夏徵舒遭殺，因而夏姬「傾城傾
國」的舞台由陳國轉移楚國，在楚國君臣間興起圖求美色的爭奪戰。

（四）成公二年：

《左傳》傳文於下：

> 楚之討陳夏氏也，莊王欲納夏姬。申公巫臣曰：「不可。君召諸侯，以討罪也；
> 今納夏姬，貪其色也。貪色爲淫，淫爲大罰。周書曰：『明德慎罰』，文王所以
> 造周也。明德，務崇之之謂也；慎罰，務去之之謂也。若興諸侯，以取大罰，非
> 慎之也。君其圖之！」王乃止。子反欲取之，巫臣曰：「是不祥人也。是天子蠻，
> 殺御叔，弑靈侯，戮夏南，出孔、儀，喪陳國，何不祥如是？人生實難，其有不
> 獲死乎？天下多美婦人，何必是？」子反乃止。王以予連尹襄老。襄老死於邲，
> 不獲其尸。其子黑要烝焉。巫臣使道焉，曰：「歸，吾聘女。」又使自鄭召之曰：
> 「尸可得也，必來逆之。」姬以告王。王問諸屈巫。對曰：「其信。知罃之父，
> 成公之嬖也，而中行伯之季弟也，新佐中軍，而善鄭皇戌，甚愛此子。其必因鄭
> 而歸王子與襄老之尸以求之。鄭人懼於邲之役，而欲求媚於晉，其必許之。」
> 王遣夏姬歸。將行，謂送者曰：「不得尸，吾不反矣。」巫臣聘諸鄭，鄭伯許之。
> 及共王即位，將爲陽橋之役，使屈巫聘于齊，且告師期。巫臣盡室以行。申叔跪
> 從其父，將適郢，遇之，曰：「異哉！夫子有三軍之懼，而又有桑中之喜，宜將
> 竊妻以逃者也。」及鄭，使介反幣，而以夏姬行。將奔齊。齊師新敗，曰：「吾

---

9 傅隸樸，《春秋三傳比義》（台北：商務印書館，1983 年），頁 589。

不處不勝之國。」遂奔晉，而因郤至，以臣於晉。晉人使爲邢大夫。子反請以重幣錮之。王曰：「止！其自爲謀也則過矣，其爲吾先君謀也則忠。忠，社稷之固也，所蓋多矣。且彼若能利國家，雖重幣，晉將可乎？若無益於晉，晉將棄之，何勞錮焉？」[10]

　　戰爭結束之後，楚莊王卻欲娶美麗的夏姬爲妃子，此時楚國大夫申公巫臣出面諫阻說：「這場戰役是號召諸侯去攻打有罪的人，如果君王迎娶夏姬，會讓人認爲君王攻伐陳國是爲貪圖美色，而不是爲伸張正義。貪色就是淫亂，淫亂就會犯下大錯，因此《周書－康誥篇》說：『修養品德，要謹慎刑罰。』文王能夠締造周王朝的盛世，是因爲他修養品德，一心推行德政，小心刑罰，謹慎處事的緣故。」楚莊王聽了巫臣之勸諫，於是取消迎娶夏姬的意念。楚國臣子子反也想娶夏姬，巫臣又阻止說：「夏姬是一個禍水，她剋死自己的丈夫，又讓陳靈公、夏徵舒因她而死，孔寧、儀行父二人也因爲她亡命到別的國家去，最後連陳國都滅亡在她的手裡，可見她是非常不祥的女人，況且天下美女這麼多，你又何必一定要娶她？」子反聽了這番話，也打消娶夏姬的念頭。但楚莊王卻把夏姬送給另一名臣子襄老做妻子，婚後不久，襄老就戰死在邲之戰，這事情似乎是證實了巫臣說的話，夏姬是個不祥的女人。

　　在襄老戰死之後，他的兒子黑要想要娶夏姬，巫臣聽到了，趕緊派人私下告訴夏姬，表明自己也想要娶她。巫臣得到夏姬的認同，於是就用計欺騙楚莊王說要找尋襄老的屍體，把夏姬遣送回鄭國去。後來事蹟敗露，巫臣因爲害怕楚莊王怪罪，所以就逃亡到晉國，並且還透過晉國郤至的推薦，在晉國當官。子反知道這個消息之後，請求楚莊王利用巨款去賄賂晉國臣子，不要讓巫臣在晉國當官，但是楚莊王反對，他認爲巫臣雖然爲了夏姬而犯下錯誤，可是因爲他以前的忠心，讓楚國成爲一個穩定的國家，他對於國家的功勞，足夠可以彌補他的過錯。

　　爲使夏姬顯現「美貌導致邪祟不祥」的觀感，申公巫臣以「貪色爲淫」力諫楚王，兩次阻絕了楚國君臣娶夏姬。《左傳》雖極力要掩飾夏姬的美，但史家直書無諱的精神，卻又實錄由於夏姬的絕色美姿，造成楚國內君臣勾心鬥角的禍端。然彷如謇謇之士的巫臣是否真能排絕於夏姬美色的魅惑？實則亦難逃美婦的吸引，其堂皇大計，只落得是爲己設謀，以圖迎娶夏姬，甚至爲夏姬而不惜叛君去國。

---

[10] 同前引楊伯峻，《春秋左傳注》，頁 **803-806**。

（五）成公七年：

《左傳》傳文於下：

> 楚圍宋之役，師還，子重請取於申、呂以為賞田。王許之。申公巫臣曰：「不可。此申、呂所以邑也，是以為賦，以御北方。若取之，是無申、呂也，晉、鄭必至于漢。」王乃止。子重是以怨巫臣。子反欲取夏姬，巫臣止之，遂取以行，子反亦怨之。及共王即位，子重、子反殺巫臣之族子閻、子蕩及清尹弗忌及襄老之子黑要，而分其室。子重取子閻之室，使沈尹與王子罷分子蕩之室，子反取黑要與清尹之室。巫臣自晉遺二子書，曰：「爾以讒慝貪惏事君，而多殺不辜，余必使爾罷於奔命以死。」
>
> 巫臣請使於吳，晉侯許之，吳子壽夢說之，乃通吳于晉。……吳始伐楚、伐巢、伐徐，子重奔命。馬陵之會，吳入州來，子重自鄭奔命，子重、子反於是乎一歲七奔命。[11]

巫臣奪走夏姬，子反心有怨恨，就和子重一起殺害巫臣留在楚國的族人，並且分掉家產。在男權社會裡，加諸「禍水紅顏」一詞的女性，成為被物化及慾望化的對象，始終背負著「亂朝禍族」的罪名，傳統文化對夏姬施以譴責時，卻絲毫未對男性予以道德非難，夏姬無端被捲入男權政治的漩渦中，飽受男性與文化的雙重踐踏，成為歷史的事實。

此段內容是後來楚共王即位，子反和同樣討厭巫臣的子重二人聯手，殺害巫臣同族的親友，並抄他們的家，瓜分他們的家產。巫臣聽到這消息，又悲傷又氣憤地寄信給子反、子重二人，批評他們的讒言與暴行，指責他們殺害了許多無辜的人，所以他誓言一定要使他們兩人亡命天涯，直到死亡為止。巫臣和子反為了爭奪夏姬這位美女而反目成仇，巫臣為了要報仇，就向晉國請命出使到吳國，他教唆吳國與晉國聯盟，且訓練吳國的軍隊攻打楚國和同盟國巢、徐等。子反、子重二人，為了救援這些國家疲於奔命，南北奔波七次之多，不但沒成功，還讓這些原屬於楚國的蠻夷國家，都被吳國佔領，吳國還因此成為一個實力強大的國家。

---

[11] 同前引楊伯峻，《春秋左傳注》，頁 833-835。

（六）襄公二十六年：

《左傳》傳文於下：

初，楚伍參與蔡太師子朝友，其子伍舉與聲子相善也。伍舉娶於王子牟。王子牟
為申公而亡，楚人曰：「伍舉實送之。」伍舉奔鄭，將遂奔晉。聲子將如晉，遇
之於鄭郊，班荊相與食，而言復故。聲子曰：「子行也，吾必復子。」及宋向戌
將平晉、楚，聲子通使於晉，還如楚。令尹子木與之語，問晉故焉，且曰：「晉
大夫與楚孰賢？」對曰：「晉卿不如楚，其大夫則賢，皆卿材也。如杞梓、皮革，
自楚往也。雖楚有材，晉實用之。」子木曰：「夫獨無族姻乎？」對曰：「雖有，
而用楚材實多。歸生聞之：善為國者，賞不僭而刑不濫。賞僭，則懼及淫人；刑
濫，則懼及善人。若不幸而過，寧僭，無濫。與其失善，寧其利淫。無善人，則
國從之。《詩》曰：『人之云亡，邦國殄瘁』，無善人之謂也。故夏書曰『與其
殺不辜，寧失不經』，懼失善也。商頌有之曰『不僭不濫，不敢怠皇。命于下國，
封建厥福』，此湯所以獲天福也……。
子反與子靈爭夏姬，而雍害其事，子靈奔晉，晉人與之邢，以為謀主，扞禦北狄，
通吳於晉，教吳叛楚，教之乘車、射御、驅侵，使其子狐庸為吳行人焉。吳於是
伐巢、取駕、克棘、入州來，楚罷於奔命，至今為患，則子靈之為也。若敖之亂，
伯賁之子賁皇奔晉，晉人與之苗，以為謀主。鄢陵之役，楚晨壓晉軍而陳。晉將
遁矣，苗賁皇曰：『楚師之良在其中軍王族而已，若塞井夷灶，成陳以當之，欒、
范易行以誘之，中行、二郤必克二穆，吾乃四萃於其王族，必大敗之。』晉人從
之，楚師大敗，王夷師熸，子反死之。鄭叛、吳興，楚失諸侯，則苗賁皇之為也。」
子木曰：「是皆然矣。」聲子曰：「今又有甚於此。椒舉娶於申公子牟，子牟得
戾而亡，君大夫謂椒舉：『女實遣之。』懼而奔鄭，引領南望，曰：『庶幾赦余。』
亦弗圖也。今在晉矣。晉人將與之縣，以比叔向。彼若謀害楚國，豈不為患？」
子木懼，言諸王，益其祿爵而復之。聲子使椒鳴逆之。[12]

由「子反與子靈（巫臣）爭夏姬」等記敘，得見在《左傳》干戈劍戟與殺族分室的情節
中，描摹的始終是圍繞在夏姬四周、垂涎著夏姬美色的男性。夏姬雖未干涉政權，但她
的歸屬問題卻形成戰事的導因。

---

[12] 同前引楊伯峻，《春秋左傳注》，頁 1119-1123。

由於他人對夏姬的評判與敘述，夏姬的整體形象才突顯而出；《左傳》多不直接記敘夏姬本人，她在《左傳》中幾乎是沉默無言的。在先秦史籍中，評判夏姬的人不同，《左傳》中有楚大臣申公，還有《國語·楚語》中的楚大夫蔡聲子，其論「楚材晉用」時的一段話如下：

> 昔陳公子夏為御叔取於鄭穆公，生子南。子南之母亂陳而亡之，使子南戮於諸侯。莊王既以夏氏之室賜申公巫，則又畀之子，卒於襄老。[13]

以上〈楚語上·蔡聲子論楚材晉用〉的說法異於《左傳》，《左傳》認為子反並未得到夏姬；〈楚語〉則以為楚莊王賜予巫臣、子反、襄老三人。「亂陳而亡之」的怨辭可明顯見到針對夏姬大為撻伐；在史傳敘事文本中，夏姬失掉個人的自主性和獨立性，而淪為男人的附屬物。

（七）昭公二十八年：

《左傳》的傳文中，更藉由晉大夫叔向之母親的評判，而完成夏姬「女色禍水」的歷史造形：

> 初，叔向欲委於申公巫臣氏，其母欲娶其黨。叔向曰：「吾母多而庶鮮，吾懲舅氏矣。」其母曰：「子靈之妻殺三夫、一君、一子，而亡一國、兩卿矣，可無懲乎？吾聞之：『甚美必有甚惡。』是鄭穆少妃姚子之子，子貉之妹也。子貉早死，無後，而天鍾美於是，將必以是大有敗也。昔有仍氏生女，鬒黑，而甚美，光可以鑑，名曰玄妻。樂正后夔取之，生伯封，實有豕心，貪惏無饜，忿纇無期，謂之封豕。有窮后羿滅之，夔是以不祀。且三代之亡，共子之廢，皆是物也，女何以為哉？夫有尤物，足以移人。苟非德義，則必有禍。」……。[14]

而夏姬和巫臣婚後，在晉國生下一女，從此再也沒有夏姬的消息。在史料上，夏姬一共有兩個孩子，一男一女，男的就是夏徵舒；而女的則是相距二十多年後，與巫臣所生。晉國羊舌氏叔向想要娶巫臣與夏姬生下的美麗女兒當妻子，可是叔向的母親叔姬反對，她希望兒子娶自己族裡的人，他說：「巫臣的妻子害死了三個丈夫、一個國君、一個兒子，同時又滅亡一個國家，以及兩個上卿，這還不夠可怕嗎？我聽說：『甚美必有甚惡。』

---

[13] （春秋）左丘明，《國語》（台北：九思出版社，1978 年），頁 539。
[14] 同前引楊伯峻，《春秋左傳注》，頁 1492-1493。

夏姬是鄭穆公與少妃姚子的女兒，鄭靈公的妹妹。鄭靈公因為早死沒有後代，所以上天將最美的一切都聚集在夏姬一人身上，但天下卻因她而引起大災禍。像是古代的仍氏有個女兒，頭髮烏黑美麗，又有光澤，名叫玄妻；樂正后夔娶了她，生下伯封，因伯封貪婪無恥，之後有窮氏的后羿滅了他，夔也斷後了。夏商周三代的滅亡、晉國太子申生的廢立，禍端都是出在美女身上，夏姬的女兒，她是個天生的尤物，美麗的女人一定會使人迷惑的，而且一個人假如沒有完美的品德，將來一定會帶來災禍！」

　　這個女兒的故事，在《列女傳》中叔向之母的篇章[15]中可見。叔向聽到母親的話之後，也覺不妥，想要放棄娶這位美女為妻，可是晉國的國君晉平公卻出面勉強叔向，必得娶夏姬的女兒，所以叔向只好遵照國君的命令，娶了她。他們婚後生下了一個兒子名食我，號伯碩，叔向之母本想去看這個剛出生的男嬰，可是一走到門口，聽到嬰兒的哭聲，就折返回來說：「這哭聲就像是豺狼一樣，所謂狼子野心，豺狼是不通人性的啊！我們這個家族，一定會因為他而滅亡的！」原文是：叔向母聞其聲即曰：「是豺狼之聲也。狼子野心。非是，莫喪羊舌氏矣。」因此叔向之母決定不去看這個孫子。果然叔向的兒子長大後，在一場政治內鬥中與祁勝一起作亂，而被晉傾公處死，羊舌氏整個家族也遭到滅門，於是印證了叔向母親叔姬的預言。《左傳》昭公二十八年夏六月記載：「晉殺祁盈及楊食我。」楊氏即羊舌氏，以叔向食邑於楊，故其子稱揚食我。後來晉魏獻子為政，果真分羊舌氏之田以為三縣。

三、各史書經典記載之對照

　　以上所敘大都來自於《左傳》中與夏姬有關的史事資料；一些與夏姬相關的零星記載則分別見於《國語》、《詩經‧株林》、《穀梁傳》、《史記》與《列女傳‧孽嬖傳》等。《史記》中〈吳太伯世家〉及〈陳杞世家〉分別載有陳國君臣淫於夏姬之事與巫臣為夏姬行之事；除了夏徵舒自立為陳侯之說法，與左氏不同外，其餘皆取材自《左傳》，故此處不再多述。

　　後世文獻中偶爾有言及夏姬之處，如《漢書‧古今人表》中將夏姬列為「下下愚人」[16]；明代艷情小說《株林野史》[17]，雖然夏姬是書中的靈魂人物，但也是個魅惑蕩婦，其

---

[15] 見（漢）劉向《列女傳》（台北：廣文書局，1979年）。
[16] 見《漢書‧古今人表第八》卷 20，將古人名氏列為上上聖人、上中仁人、上下智人、中上、中中、中下、下上，下中、下下愚人 9 等之序。

中充塞香艷色情的描繪。歸結夏姬在歷史文獻當中，都給予淫女禍水的面貌，目的在於顯善昭惡以垂誡後人。

《國語》言及夏姬有二處，除了〈楚語上・蔡聲子論楚材晉用〉之外，還有〈周語中・單襄公論陳勞亡〉一文，文中乃寫單襄公自宋適楚，路經陳國，看見荒蕪廢墟，政令不鋼，逐從先王之教、法制、官、令四方面來論述陳勞亡國之因。其言：

> 先王之令有之曰：「天道賞善而罰淫，故凡我造國，無從非彝，無即慆淫，各守爾典以承天休。」今陳侯不念胤續之常，棄其伉儷妃嬪，而帥其卿佐以淫於夏氏，不亦嬻姓矣乎？陳，我大姬之後也，棄袞冕而南冠以出，不亦簡彝乎？是又犯先王之令也。[18]

周定王派單襄公出使宋國，路經陳國時，單襄公看到的陳國景象，路邊長滿了野草讓人難以行走，國主不在皇宮，縣官也不做事，草木水澤荒蕪，政事都荒廢。此時，只見人民都在株林為夏氏建皇宮；到達陳國首都中，發現陳靈公與孔寧、儀行父都去夏家，根本找尋不到他們。單襄公告訴周定王這件事，又說：「陳國本來是我們周武王的大姬公主後代，沒想到今天卻這個樣子，有一天一定會滅亡的。」因此《國語》認為「帥其卿佐以淫於夏氏」違犯先王之令，將導致「天道賞善而罰淫」的後果。

毛詩序以為：「株林刺靈公也，淫于夏姬，驅馳而往，朝夕不休息焉。」《詩經》〈陳風・株林〉云：「胡為乎株林？從夏南？匪適株林，從夏南。駕我乘馬，說于株野；乘我乘駒，朝食于株。」[19]這是詩經有史可考的詩裡，出現最晚的一首詩。是人民在目睹陳靈公的荒淫以後所作。第一章裡頭，以發問句來問陳靈公，你是要去株林看夏南嗎？在第一個夏南是直言之問，點出靈公等人是要去夏家，但「不是去找夏南」。在此處不直寫夏姬之名，是含蓄溫厚的筆法。第二章中，也不寫夏家，卻是寫國君與大夫以人民所養的馬和駒，來到株林這地方休息和吃早飯，而這裡就是夏姬的居住地。通篇都不指名道姓，因為有所避諱，為自己尊長避諱乃理所當然，所以只見到夏南（徵舒）的名字出現而已。此外可由第二章看出，君臣三人日夜不停前往株林尋訪夏姬，也反應出陳國的敗壞。

《左傳》在記載有關夏姬的史料方面，可以很明顯的發現存在紅顏禍水的觀念，從洩冶諫陳靈公後被殺，陳靈公與夏姬私通而被夏姬之子殺害，夏徵舒被楚軍所殺，襄老

---

17 見《株林野史》，明清善本小說叢刊初編（台北：天一出版社，1985年）。
18 同前引（春秋）左丘明，《國語》，頁74。
19 （唐）孔穎達，《毛詩正義》（十三經注疏本）（台北：藝文印書館，1976年），頁255-256。

戰死在邲之戰，巫臣爲了她奔往外國後家族也被人所殺，最後更以娶夏姬之女兒的叔向之母替夏姬作結「子靈之妻，殺三夫、一君、一子，而亡一國兩卿矣，可無懲乎。吾聞之，甚美必有甚惡。」所以左丘明顯示夏姬是不祥的、不潔的、不貞的；大部分的人看左傳的夏姬部分，必定會產生上述的觀感；整本書也未曾運用到夏姬的立場來描述，陳述重點置於誰與夏姬有關係誰就有危險，以致總結出「甚美必有甚惡」，此爲《左傳》傳達出的觀念。

《春秋穀梁傳》提到關於夏姬的史料只有一條，即宣公九年之史事，而且根本沒提到夏姬，寫的是夏徵舒之家。更可以發現作者明顯的輕女思想，而《春秋公羊傳》一個字也沒提到夏姬。

漢劉向《列女傳》記載夏姬事，情節上大都採《左傳》宣公九、十年、十一年及成公二年資料。《列女傳》說：夏姬「三爲王后，七爲夫人，公侯爭之，莫不迷惑失意。」雖然夏姬實際上並未做過王后，也沒結過這麼多次婚，但也足以顯示夏姬的魅力在當時確實深深讓許多男性爲之傾心。《列女傳》中又說：

> 陳女夏姬者，大夫夏徵舒之母也，其狀美好無匹，內狹技術，蓋老而復壯者，三爲王后，七爲夫人。公侯爭之，莫不迷惑失意。……詩云乃如之人兮懷婚姻也，大無信也，不知命也，言嬖色損命也。[20]

《列女傳》認爲夏姬的魅力除了美貌以外，在性能力方面似乎也很出色，且還有返老還童的本事。《列女傳》把女性的美貌和邪惡劃上等號，談到道德規範之外的婦女，除了淫行佚操之外，連容貌之「姣好」、「美於色」、「其狀美好無匹」，也成爲婦女的罪狀；至於對賢明婦女的刻劃，刻意閃避有關容貌的描寫，大都著重於德行的描述，如「清靜專一」、「博達知禮」、「貞順率導」等，就是專屬於貞順賢良的婦人的形容。《列女傳》中的夏姬可能真是個富魅力的絕世美女，她的遭遇以及因其而引起的事件豈是夏姬一人所該完全擔負的罪過？

四、夏姬史事美學探討

在先秦哲學中從道家老子思想衍生出的美學精神，包括柔弱、自由、樸素純真、無

---

[20] 見前引（漢）劉向《列女傳‧孽嬖傳》中〈陳女夏姬〉。

形、虛靜無為及自然的美等美感內涵，表現對現實現象世界、世俗功利態度與物我天人界限的超越；莊子主張追求悠遊逍遙，以得到個體人格和生命的自由，而這就是美學的極致。中國對「美」的探源解說，一般採用許慎《說文解字》中「從羊大」的說法，由於羊大則肥美可餐；美學家李澤厚說：

> 從人類審美意識的歷史發展來看，最初對與實用功利和道德上的善不同的美的感受，是和味、聲、色所引起的感官上的快適分不開的。……中國傳統關於美和審美的意識不是禁欲主義的，它不但不排斥而且還包容、肯定、讚賞這種感性──味、聲、色（包括顏色和女色）的快樂，認為這是「人情之常」，是「天下之所同嗜」。[21]

以上說明「美」的功能之一是具備「耳目之娛」的愉悅性，而女色，令人賞心悅目，也是一種感性的美。司馬相如的〈上林賦〉也說：「色授魂與，心愉於側」，[22]指美色使人心旌搖蕩的現象。康德（Immanuel Kant，1724-1804）說美是自由的、以自身取悅於人的，其自身並沒有表示任何含義，這種美就是「自由美」[23]；在觀察形象時，想像力彷彿做遊戲般奔馳，若是含有目的，則想像力將會受到限制；因此，面對表象，想像力與理解力雙方自由遊戲的心靈狀態是品味判斷的基礎，於審美過程中稱之為美的對象的表象與愉悅自然結合；即如美的女色與心的愉悅自然結合，自在欣賞而無任何目的。以下將分審美層面、原型層面與現實層面為夏姬史事進行美學的探討：

（一）審美層面：「甚美必有甚惡」相對於「美善合而為一」

「美」是一種藝術形象的符碼，原應被讚美與歌頌的，中西方雖將「美」和仁善結合為一，但也均共同指出女色為「美麗之禍殃」（the beautiful evil），例如荷馬的史詩《伊里亞德》以「那張發動千萬艘軍艦的臉」形容海倫的美貌。《左傳》中借叔向之母提出「甚美必有甚惡」的觀點，絕代紅顏變成是一種道德的反面造型，美麗女性竟成一種「狐妖」，如白居易在〈古冢狐〉一詩中所述：「古冢狐，妖且老，化為婦人顏色好……忽然一笑千萬態，見者十人八九迷……」[24]又如元稹〈鶯鶯傳〉所言：「大凡天下之所

21 李澤厚，《華夏美學》（台北：時報文化出版公司，1989 年），頁 8-12。
22 《文選·司馬長卿上林賦》張揖注曰：「彼色來授我，魂往與接也。」（台北：藝文印書館，1976），頁 132。
23 引自康德著，鄧曉芒譯，《（康德三大批判之三）判斷力批判》（台北：聯經出版事業股份有限公司，2006 年 10 月），頁 68-71。
24 傅東華註，《白居易詩》（台北：台灣商務印書館，1969 年）。

命尤物也。不妖其身，必妖於人。」[25]故似「狐妖」的美麗女性竟具動人心魄的邪惡和危害。女性美在男女的性別關係中，一如夏姬展現美色，也被檢驗品德，《左傳》等史書認爲夏姬雖美卻不善，她未以男性確立的道德規範來約束自己，因而被評判是淫蕩之婦；「甚美」卻成爲「致命的吸引力」，女禍的隱喻也流露出來，因「美」、「惡」相關，所以接近美色，必招惹禍患，以致引發一連串事件，直至後來叔向娶了夏姬的女兒，依然無法逃開「女貨速禍」[26]的魔咒；因此夏姬雖甚美卻存甚惡。

在美學裡，美的本質往往被制度的善或美的目的所替代，西方蘇格拉底有「美善一致說」，蘇格拉底與阿里斯帕一段著名對話中說：「任何一件東西如果它能很好的實現它在功用方面的目的，它就同時是善的又是美的，否則它就同時是惡的又是醜的。」[27]孔子以「仁」爲人生最高境界的審美觀，《論語》所載孔子言及「仁」達百餘次，可說明「仁」既是諸善的總稱，也暗示孔子以「仁」爲至高的審美態度，如〈里仁〉：「里仁爲美」、〈八佾〉：「子謂韶：『盡美矣，又盡善矣。』謂武，『盡美矣，未盡善也。』」[28]；故「美」的源始雖是一個獨立的感官客體，但中西方的美學觀卻還是常把美與善合而爲一，在此觀點之下往往形成所謂善高於美；以此來看《左傳》中在春秋文化背景下的夏姬，實則已被抽離出美的符碼象徵，她的美色直接落入道德批判的層次，若以道德勝於美麗、善高於美來探析，夏姬是不美的。

「美」具有比德與良善的意義；又如孟子說：「我善養吾浩然之氣」[29]，樹立起中國審美範疇中崇高的美；屈原在《楚辭》中以香草美人的形象象徵芳潔美善，《離騷經·王逸序》說：「《離騷》之文，依《詩》取興，引類譬諭，故善鳥香草，以配忠貞；惡禽臭物，以比讒佞；靈脩美人，以媲於君。」[30]乃至宋朱熹所言：「美者，聲容之盛。善者，美之實也。」[31]這都是一種融合道德的美感型態。雖說中國古代美學觀點在「美與善」、「美與倫理道德」有必然的聯繫，在《左傳》中提到夏姬之美甚至是採取「掩美」的方式一筆帶過，或是以淫亂的行爲來反映她的美色，夏姬的美不被提及與讚揚，若以朱熹所言「美者」、「善者」來探討，對夏姬尚有失公允之處。

---

[25] 李昉等編《太平廣記》卷 488（北京：中華書局，1961 年），頁 4016。

[26] 參見晉孔晁注《逸周書·酆保解第二十一》所載--「女貨速禍」爲「十敗」之一：「一佞人敗樸，二諂言毀積，三陰資自舉，四女貨速禍，五比黨不揀，六佞說鬻獄，七神龜敗卜，八賓祭推穀，九忿言自辱，十異姓亂族。」（文淵閣四庫全書本，台北：商務印書館），卷 3，頁 1-2。

[27] 方珊著，《美學的開端》（上海：人民出版社，2001 年），頁 111。

[28] 唐文治編纂，《十三經讀本（五）：論語》（台北：新文豐出版公司，1980 年），頁 2729。

[29] 李澤厚說：「孟子對美、大、聖、神的區分，包含有對美的各種不同情況和性質的觀察和區分，都是針對人格美而言的。」《華夏美學》（台北：時報文化出版公司，1989 年），頁 67。

[30] 王逸章句、王興祖補注《楚辭》卷 1（台南：北一出版社，1972 年）。

[31] （宋）朱熹集注，《四書集注》所釋《論語》〈八佾〉（台北：世界書局，1966 年 10 月），頁 10。

西方美學家托馬斯為將美與善的聯繫闡釋得更合情合理，他指出美和善既有同一性，又具明顯的差異性，他說：「沒有什麼事物分享不到善與美。每一個事物憑它所特有的形式就是善的和美的。」所以美與善不可分割，宇宙萬物以形式為基礎，就都是美的與善的。而談到美與善的區別，他說：

> 善是「一切事物對它起欲念的對象」，從這個定義可以看出，善應使欲念得到滿足。但根據美的定義，見到美或認識到美，這見或認識本身就可以使人滿足。……美向我們的認識功能所提供的是一種見出秩序的東西，一種在善之外和善之上的東西。總之，凡是只為滿足欲念的東西叫做善，凡是單靠認識到就立刻使人愉快的東西就叫做美。[32]

托馬斯認為善的對象是欲念，它的物質功利性很明顯，是一種由「欲」而「得」的滿足；美的對象是認識，它沒有外在目的，是一種純粹精神上的滿足。對於夏姬如此一位美人，人們在審美觀照時，若只是欣賞她的美，而不帶有佔有欲，便能獲得精神上的滿足，並成就了夏姬的美；一旦心裡萌生佔有的欲望，必然排除了審美的快感，而落入有所為而為的觀照，這是有目的性的，夏姬「三為王后，七為夫人，公侯爭之」，她的美的確使許多男性為之傾倒，甚至迷惑失意，在當時父權社會下處於被動位置的夏姬，難道要負起「善」的責任？

（二）原型層面：「女色禍水」相對於「女性崇拜」

《左傳》中夏姬分別由洩治、巫臣、蔡聲子及叔向之母的評斷而呈現，眾口鑠金的核心概念即夏姬是「淫婦禍水」及「毋耽美色」。在中國古代，「女色禍水論」形塑出「淫女」、「蕩婦」、「尤物」、「妖魅」、「孽嬖」等女性的負面類型。「女色禍水論」來自「女禍」的概念，就字面上可解釋「女禍」為因女性而引起的禍害，在中國古代，「女禍」主要行為內容有兩個層面為「色誘」與「弄權」[33]，劉詠聰歸結先秦時期「女禍觀」如下：

> 第一、婦人不得越俎代庖，參與男性有專利權的國政；第二、人君用婦人之言，必致亡國；第三、人君耽於女色，必然罹禍。[34]

---

[32] 托馬斯，《神學大全》，《西方美學家論美與美感》（台北：台灣商務印書館，1982年），頁66-67。
[33] 劉詠聰，《德才色權—論中國古代女性》（台北：麥田出版公司，1998年），頁15。
[34] 同劉詠聰，《德才色權—論中國古代女性》，頁30。

「女禍觀」顯然是在父權文化觀念的產物，根源於男權社會的道德觀。「三從四德」古從宋明之後成為女子的行為規範，「三從」指「未嫁從父、出嫁從夫、夫死從子」，「四德」指「婦德、婦言、婦容、婦功」。「三從」最早見於周、漢儒家經典《儀禮·喪服·子夏傳》，從服喪制度演化為主宰與服從的人際關係，由漢的「三綱」：「君為臣綱，父為子綱，夫為妻綱」，延伸到「從父」、「從夫」、「從子」的觀念，倡導女子以貞節為美德，有意識的用貶抑女子的方式，為男子取得地位。「婦德、婦言、婦容、婦功」本是宮廷婦女必備的四種修養，據《周禮·天官冢宰》記載，指九嬪教導後宮婦女婦學之法。而「四德」的最早雛型出現在東漢的《女誡》，作者為漢文學家班彪的女兒班昭，《女誡》裡有《婦行》等七篇，在《婦行》篇中提出了「婦德、婦言、婦容、婦功」之「四德」，「四德」後來推至對所有婦女的要求，其立足點在於鞏固既得權力的男性的強權根基，因而對女性加強管束與要求，包含德行與容貌都需兼備，且言語與功過皆是評論女性的準則。

「禍水」一詞，最早可見於《趙飛燕外傳》[35]，文中記敘西漢漢成帝寵愛趙飛燕與趙合德姐妹因而荒廢國家大事，宮中老臣淖方成見此情形唾曰：「此禍水也，滅火必矣！」在五行論中，漢朝屬於火德，合德得寵於成帝，是為水之滅火，，所以「禍水」說便是取自顛覆漢室之意[36]。而「女禍」二字見於《新唐書·玄宗本紀》之論贊：

> 女子之禍於人者甚矣！自高祖至於中宗，數十年間，再罹女禍，唐祚既絕而復續，中宗不免其身，韋氏遂以滅族。玄宗親平其亂，可以鑒矣，而又敗以女子。[37]

《新五代史·梁家人傳敘》也有提到：「女色之能敗人矣！自古女禍，大者亡天下，其次亡家，其次亡身。」[38]由以上兩處所提及的女禍，可將「女禍」解釋為由於女性干政弄權或因女性而招致的禍患，故中國古代「女禍」的觀念，明確的指出「弄權」與「色誘」兩種行為皆包含在內，女性干政用權與如玉容顏都會引起禍害。

「女禍」觀念的最早記載為武王伐商紂時，商紂的一大罪狀即聽用婦人之言，《尚書正義》說：「古人有言曰：『牝雞無晨，牝雞司晨，惟家之索。』今商王受，惟婦言

---

[35] 《趙飛燕外傳》又名《趙飛燕別傳》，為漢代小說，伶玄（伶元）撰，僅一卷，內容描寫漢成帝期間，趙飛燕淫亂宮闈之事，最後漢成帝精盡人亡，趙飛燕嘔血而死。《四庫全書總目》將《趙飛燕外傳》列入〈子部〉〈小說家類存目〉1，然司馬光（一〇一九－一〇八六）卻將此段收入《資治通鑑》〈漢紀〉23，因此有人認為這樣誤以小說之文入史為《資治通鑑》之過。以上資料引自劉詠聰，《女性與歷史：中國傳統觀念新探》（台北：台灣商務出版社），頁30。

[36] 參施之勉，〈關於漢之火德〉，《大陸雜誌》二十八卷一期（1964年1月），頁16；林麗雪，〈天人合一思想對兩漢政治的影響（上）〉，《書目季刊》九卷一期（1975年6月），頁73-83。

[37] 歐陽修、宋祁，《新唐書》（卷五，〈本紀〉第五，〈玄宗〉）（北京：中華書局，1975年），頁154。

[38] 歐陽修，《新五代史》（卷十二，〈梁家人傳〉第一）（北京：中華書局，1974年），頁127。

是用。」[39]指出報曉（指治理國事）是公雞（指男性）的責任，母雞（指女性）不得越俎代庖，否則家道（指國家）衰落蕭條。至西周末年，阻止女性從政，並把禍亂的根源歸咎於女性的做法更加明顯，例如《詩經·瞻卬》：「哲夫成城，哲婦傾城。懿厥哲婦，爲梟爲鴟。婦有長舌，維厲之階，亂匪降自天，生自婦人。匪教匪誨，時維婦寺。」[40]詩中意思爲男性有謀略能讓國家安定興盛，但若女性有謀略，卻會導致國政傾頹敗壞。

歷史上「亡國婦人」的形象，如夏桀亡國，是因寵信妹喜（又作末喜、妹嬉等）；商紂王亡國，是因寵信妲己；周幽王亡國，是因寵信褒姒。以上三女因楚楚動人之美姿而贏得帝王傾心，但此時女性亡國的觀點仍強調兩性分工而絕對不可逾越，或婦言之不善足以敗國的信念，也就是「紅顏」因「美色」得寵後干預政治，而成「禍水」，因此「亡國婦人」的形象塑造，事實上也可視爲「女色禍水」觀所衍生而出的一種具體表現。

因「亡國婦人」之例，而有「毋耽美色，以致亡國」的主張，勸誡世人遠離紅顏，《逸周書·武稱》說：「美男破老，美女破舌，淫圖破口，淫巧破時，淫樂破正，淫言破義，武之毀也。」[41]實施美人計可摧毀敵國，以絕世美色來誘惑君王，能讓君王不聽忠臣諫諍良言，使計策運用成功。墨翟也指出：「秦穆王遺戎王以女樂二八，戎王沉於女樂，不顧國亡，政國之禍。」[42]透過美女迷惑敵君，使其沉溺於美色而忽略朝政，達到摧毀敵國的目的，正是「進美女淫聲以惑之」[43]的兵家之計。《左傳》記載夏姬以擁有絕世美色而引發亡國等禍，至此的「女禍」觀，不再針對「后妃」或「戎女」，而開始泛指一般女性；且相較先前的注重兩性分工而反對女性干政，此時已著重於女性美色本身即爲罪孽，會帶來禍害，「美」與「惡」成爲密不可分的共同體。後世到唐之後有許多所謂的「女禍」，如武則天、楊貴妃即爲顯著的兩例，明代呂坤在《閨範》中說：

> 古今以來，不但妲己。桀以妹喜亡夏，幽以褒姒亡周，唐高以武曌，明皇以玉環亡唐。浩浩六合之大，林林千百萬之衆，致令國破身亡，江河漲萬姓之血，原野丘三軍之骨，何物妖孽，禍烈至此？無他，溺愛者之罪也！此數女子，在文王宮中，不過一婢妾耳，化於德，尚可以爲賢妃。恣其惡，不過自殃乃身，何禍之能爲？[44]

[39] 孔穎達，《尚書正義》，阮元《十三經注疏》本（卷十一，〈周書〉，〈牧誓〉第四）（北京：中華書局，1980年），總頁183。

[40] 《毛詩正義》，《十三經注疏》本（卷十八，〈大雅〉，〈瞻卬〉）（北京：中華書局，1980年），總頁577。

[41] 《逸周書》（卷二，〈武稱解〉第六），頁24。

[42] 《墨子》，《百子全書》本（卷十五，〈墨子佚文〉），頁9。

[43] 見《六韜》（《百子全書》本），卷一，〈文伐〉第十五，參《四庫全書總目》（卷九十九，〈子部〉九，〈兵家類〉），頁835-836。

[44] 明，呂坤，《閨範》（卷一，〈嘉言〉，〈書經〉），頁19上-19下。

呂坤認為女性本身可為惡婦，也可為賢妃，並非全是禍害，即使是惡婦，也無法招致巨禍，只因當權者的溺愛與無德無能，才會使國政敗壞、國勢衰頹。明李贄亦對「女色禍水」提出有力的評論：「夫而不賢，則雖不溺志於聲色，有國必亡國，有家必敗家，有身必喪身。」[45]若君王不賢能，不管有否聲色誘惑，必自先敗亡，因此不論亡國、敗家或喪身，豈能徒咎於美色？國之滅亡必有因，並非全是美色之過。

「女色禍水論」使得背負罪名的女性被排除在「傳統女性」之外，然而在貶抑「美色之禍殃」的同時，映現的即是男性對女色既渴望又恐懼的矛盾心理，這都來自於對女性的慾念。「妖女」一詞的隱喻最能表現男性對女性在意識上的排斥以及在無意識上的慾求，男性藉「妖魅」之說，由「肇事者」角色轉變為「受害者」的脫罪姿態；此男性對女性的貶斥來自內心的恐懼、慾望與渴求，這種渴求則來自對女性的崇拜。

「女性崇拜」的原型層面，其中包含的原始意象是基本模式，來自於原始神話和文化；原型反覆出現於日常文化現象中，即弗萊[46]所說：「一種典型的或重複出現的意象」；原型層面對審美層面的作用是：一方面表現為原型層面積聚的原始意象衝破現實意識的制約，最後昇華轉化為審美意象；一方面表現為原型層面積聚的原始生命力是審美層面生成的深層動力。在原始神話的類型發展中，自然神話─原始群時期（兩百萬年前至十一萬年前），神話顯得神秘，人和自然界的動植物互相轉化融合為祖先；如中國的西王母，半人半獸形，穴居而善嘯，本來是屬於惡的力量，其「司天之及五殘」，近似原始人，後來才演變成雍容的美婦。於圖騰神話─氏族部落制時期（十一萬年前至一萬年前），在中級階段中有圖騰物和女始祖出現[47]，當圖騰物化身為天地或造天地成為過去之後，在舊有的生殖信仰上發展出女性創世者，產生女神崇拜。

幾乎每個民族都經歷過女神崇拜的時代，在傳說中女神補天造地、祛邪除惡，以及有生殖繁衍的功能，中國漢族的女神：女媧，出現在《大荒西經》中：「有神十人，名曰女媧之腸，化為神，處栗廣之野。橫道而處。」記敘裡已見到原始開闢神的形象出自「女媧之腸」。以及漢末應勛《風俗通義》佚文說「摶黃土作人」；還有《淮南子・覽冥篇》也說其「煉五色石以補蒼天」，都說明女媧造人與補天兩大事蹟。另外瑤族傳說的密洛陀神話，保存了較為完整的女神開闢的典型例子[48]；因此女性就成為造物神、始

<hr>

[45] 明，李贄，《初潭集》（卷三，〈夫婦〉3，〈俗夫〉）（北京：中華書局，一九七四年），頁 49-50。

[46] 羅傑・弗萊（Roger Fry 1886-1934），英國著名的藝術批評家，活躍於 1910 至 1930 年間，與克利夫・貝爾（Clive Bell 1881-1964）同為二十世紀初期英國形式主義美學泰斗，二人皆主張「純粹之藝術形式」，強調美感經驗與藝術品的「孤立」特性，簡言之，這些理論基調就建立在「形象直覺」上。

[47] 參見戚廷貴、劉坤媛、趙沛林，《美的發生與流變》（長春：吉林文史出版社，1992 年 4 月），頁 246-247。

[48] 參見袁珂，《中國神話史》（台北：時報文化出版公司，1991 年），頁 443。

祖神。原始社會對於女性的崇拜,隨著社會生產力的發展,始由母系氏族朝向父系宗族,使得女性的言行備受禮俗加以規範,然而男性對女性崇拜的思想並沒有消滅。

《左傳》中夏姬原本具有激起男性慾望的誘人美色,竟與令人恐懼的害人妖魔揉合,定型為「女人禍水」,進而讓「女性崇拜」污名化,李祥林在《雷峰塔傳奇》戲曲中針對「美女蛇」原型有所探究:

> 這原型,體現著男權社會的中心觀念和道德律令,作為害人性命的罪惡的化身,其意謂著從理智上對男子的警示;作為引誘異性的淫欲的化身,其意謂著從情感上對男子的訓誡。……對之的深層心理學分析還能引導我們從中發現男子期待女色的心理欲望迫於前述外在律令壓力下的一種「置換變形」(displacement)。即是說,通過編織這類神話,雖然男對女追求被置換成男被女勾引,但男對女的性期待幻想的實質沒變,只不過如今找到一個堂而皇之的藉口,把可能由此承擔的全部罪孽之名都推給了女性一方。[49]

由上述可推知,男性推卸自身耽溺美色而誤國的責任,強加給女人傾國傾城的禍水罪名;甚至導致女性在歷史巨流中迷失了自我,淪為男性擁有的物質,以及精神上對男性的依附;在時代的演進中,實應挖掘「女性崇拜」的原型層面,讓夏姬得以展現她的美。

(三)現實層面:「人盡夫」相對於「守貞節」

現實層面是文本的基礎層面;現實層面是顯性的,可以直接觀察到,它以感性形象呈現;它是理智的對象,是作家有意為之,讀者自覺接受的。[50]探討《左傳》文本中的現實層面,依據《左傳》所述夏姬引發鋪天蓋地的眾多男性的爭奪,雖經歷多個男性,仍然不減其魅力。

現實層面是經驗的對象,能以現實的態度和認識把握它,可以表現為逼真的或變形的現實描寫,若是寫實的作品則把現實生活經驗傳達出來。除了夏姬史事,《左傳》其他篇章記載貴族間的男女私通事件數量不少[51],或許可推論春秋時期婦女守貞的觀念較後代缺少,如童書業先生認為春秋時期缺乏婦女守節觀念,婦女守節觀念至戰國中期開

---

[49] 李祥林,〈他者目光中的妖魔——中國戲曲的女權文化解讀之二〉,《民族藝術》第 2 期(1999 年),頁 107-118。

[50] 引自楊春時,《文學理論新編》(北京:北京大學出版社,2009 年 4 月第二次印刷),頁 34。

[51] 同前引楊伯峻,《春秋左傳注》,如《左傳》昭公 20 年,「公子朝通于襄夫人宣姜」(頁 1410);襄公 25 年,「齊棠公之妻,東郭偃之姊也……莊公通焉」(頁 1095-1096);襄公 30 年,「蔡景侯為太子般娶於楚,通焉」(頁 1173)。又如《史記・齊世家》亦云:「四年,魯桓公與夫人如齊。齊襄公故嘗私通魯夫人。魯夫人者,襄公女弟也。自釐公時嫁為魯桓公婦。及桓公來而襄公復通焉。」

始逐漸出現[52]。然而本文所討論春秋婦女的守貞觀念，僅與後代略作比較而已，並未全部否定春秋婦女的貞節觀念；但從《左傳》的一些記載，得知春秋時期不僅對於女性失貞未致予嚴厲的譴責，甚至還可發現當時社會盛行的是「人盡夫」的觀念，恰與貞節概念完全對立。

「人盡夫」的觀念源自於重父輕夫的觀念，與男女私通和貞節無關係，陳筱芳在〈春秋時期的貞節觀〉一文中說：「春秋婦女心中將丈夫和父親置於不同的位置，重父輕夫，無疑是在『人盡夫也，父一而已』的倫理價值觀的薰陶下形成。」[53]而形成的因素「既與婦女同父親的血緣相連的天倫關係密不可分，也與父權制家長的權威和重宗姓的宗法觀念有關。」[54]除此之外，直接的因素是當時的婚俗婚制對於婦女改嫁予以承認，造成「婦女可以改嫁──儘管不是她們自己的選擇，卻形成了『人盡夫』的客觀事實。……很自然地形成了『人盡夫』的婚姻觀。」[55]因此，「人盡夫」在春秋是女性和男性的思維價值觀，當時對女性無「從一而終」的貞節要求，並可在「人盡夫」的社會風氣中測試丈夫對妻子的包容度。

雖然「人盡夫」或已成春秋社會風氣，然而的確在「人盡夫」與「守貞節」之間存在著許多的糾葛盤結；且「守貞節」的操守也是當時婦女表現自尊意識和抗逆心理，以及維護自我感情的一種方式。宣公九年洩冶諫言：「公卿宣淫，民無效焉，且聞不令。」可顯示春秋社會對男女在婚姻之外的複雜性關係有所批判和厭惡，社會輿論對男女關係也有嚴格的道德評價；即使並無標榜必須「守貞節」的道德規範，但也要求夫妻對於彼此的忠誠度。

因此「人盡夫」與「守貞節」兩種觀念在春秋時期並不是衝突的，而是並存的，正好顯現一個社會與時期存在多種觀念的現象。蘇格蘭哲學家休謨（David Hume，711－1776）不贊同「美是事物中的客觀屬性」的看法，他認為：

> 同一事物引起的不同感受則都是正確的，因為感受並不體現任何事物的內在屬性；它只標誌事物與人的心靈（器官或功能）中間一種合拍狀態或聯繫……（美）它只存在於鑒賞者的心裡，不同的心會看到不同的美；每個人只應當承受自己的感受，不應當企圖糾正他人的感受。想發現真正的美或醜，就和妄圖發現真正的甜或苦一樣，純粹是徒勞無功的探討。[56]

---

[52] 童書業，《春秋左傳研究》（上海：人民出版社，1980 年）。
[53] 陳筱芳，〈春秋時期的貞節觀〉，《西南民族學院學報·哲學社會科學版》總 21 卷第 1 期（2000 年 1 月），頁 105-109。
[54] 同陳筱芳，〈春秋時期的貞節觀〉，《西南民族學院學報·哲學社會科學版》，頁 105-109。
[55] 同陳筱芳，〈春秋時期的貞節觀〉，《西南民族學院學報·哲學社會科學版》，頁 105-109。
[56] 休謨，《論趣味的標準》，《古典文藝理論譯叢》第五冊（人民文學出版社，1963 年），頁 3-4。

休謨堅持美只存在於人的心裡;對於夏姬的史事,亦可能存有多元的審美體驗,美反映讀者的情感或審美趣味,美就是純然主觀的。

現實層面是審美層面的現實基礎和物質實體,審美層面是現實層面的昇華,在深刻的現實經驗的基礎上,才能昇華出深刻的審美體驗。雖有《左傳》夏姬的史事,然在《詩經》中,可看出春秋婦女渴望愛情天長地久,也期待夫妻關係恆常不變的心理,如「之死矢靡它」(〈鄘‧柏舟〉)、「及爾同死」(〈邶‧谷風〉)、「死生契闊,與子成說;執子之手,與子偕老」(〈邶‧擊鼓〉)等[57],並衍生出「我心匪石,不可轉也」的自我期許與對愛情的尊重。《周易‧恆卦六五象傳》也說:「婦女貞吉,從一而終也。」,「矢志貞吉」不僅適用於女性,因為「守貞」而信守「從一而終」,並有「恥於他嫁」的意識;「守貞」也是一項「忠」的德目,包含個人忠於國家,臣子忠於君王,僕隸忠於其主等,從《左傳》中可看出「忠」是春秋時期重要的一項美德[58]。

五、結語

《左傳》中的夏姬是靜態的、扁平的、失語噤聲的,對於此一女性人物的內在生命描述不足;言及夏姬大都藉由其他人物的話語或事件來作側面呈現,並非直接而正面予以描摹。史事是事實,既是人為的也是發現的東西,然而事實並非真理;夏姬只是《左傳》作者筆下一個藝術的摹本,及在觀念世界中的一個原型。

本論文以《左傳》敘述之史事所呈現的夏姬為主,並參考相關的史傳經典資料,以此追溯從主體意識出發的書寫內容,映照出在春秋時期的社會文化下,所顯現的夏姬史事之美學:(一)「甚美必有甚惡」相對於「美善合而為一」之審美層面:中西美學觀總把純粹的感官的令人愉悅之「美」與仁善結合為一,春秋之美麗女性夏姬卻與「甚美必有甚惡」的論調相連結。(二)「女色禍水」相對於「女性崇拜」之原型層面:夏姬原本具有誘人美色,竟與令人恐懼的妖魔揉合,實質是男性內心的恐懼、欲望、征服、焦慮等組合而成的複雜心理,夏姬既被定型為「女人禍水」,就染污了「女性崇拜」之原型。(三)「人盡夫」相對於「守貞節」之現實層面:在春秋婦女的思維價值觀中「人盡夫」與「守貞節」似衝突而非對立,在彼時社會環境兩者是同時存在的現象。

---

[57] (宋)朱熹,《詩經集註》(台北:萬卷樓圖書股份有限公司,2002年1月),頁16-23。
[58] 同前引楊伯峻,《春秋左傳注》,如莊公9年所載:「乃殺子糾于生竇。召忽死之。」(頁180)、成公10年所言:「忠為令德」(頁850)、文公元年:「忠,德之正也。」(頁516)。

　　對女性美色的批判，其實就暗藏在父權政治下男性對貌美女子的恐懼心理，於是彼時婦女需儘量掩飾自身的美麗，以淡化他人對美貌產生禍害的聯想，甚至醜化容貌以求得賢德貞順之名。《左傳》中的夏姬身處動亂時代而不能自主，隨著男性的慾望權利而被左右；最後夏姬的美成為國家動盪的原因，蒙致「禍國」罪名，被當成禍源的是她，而非那些操縱她的男性。

　　「美」原是純粹的感官的愉悅，若將「美」依附於「道德規範」的審美層面中，就引致《左傳》作者及後世的闡釋者予以夏姬「美而不善」的論斷，只因她是傳統婚姻制度下的反面形象，是處身於社會標準之外的魅惑婦女，她被動的為許多男性所搶奪，由是興起一連串的歷史事件，此正說明在「甚美必有甚惡」的前提下，必然推演出夏姬「美而不善」論調。

　　《左傳》以史傳經，透過選錄史事，對事件與人物評議，如同唐劉知幾所說：「蓋史之為用也，記功司過，彰善癉惡，得失一朝，榮辱千載。」[59]《左傳》的史傳敘述具有內涵、因果與系統性；然而史事也呈現文化意識與審美體驗的多元性；現探析《左傳》夏姬史事與美學，期冀未來有更深一層的研究。

（發表於：《育達科大學報》第 36 期，苗栗：育達科技大學，2013 年 12 月。）

---

[59]（清）蒲起龍釋、（民國）呂思勉評《史通釋評・曲筆》卷 7（台北：華世出版社，1981 年），頁 234。

參考書目

專書：

（春秋）左丘明，《國語》，台北：九思出版社，1978 年。

（漢）司馬遷撰、（宋）裴駰集解、（唐）司馬貞索隱、（唐）張守節正義、（日本）
　　瀧川龜太郎考證，《史記會注考證》，台北：萬卷樓圖書有限公司，1993 年。

（漢）劉向，《列女傳》，台北：廣文書局，1979 年。

（西晉）孔晁，《逸周書‧酆保解第二十一》文淵閣四庫全書本，台北：商務印書館。

（唐）孔穎達，《毛詩正義》十三經注疏本，台北：藝文印書館，1976 年。

（唐）劉知幾，《史通釋評‧曲筆》，台北：華世出版社，1981 年。

（宋）朱熹，《詩集傳》，台北：台灣中華書局，1982 年 5 月。

（宋）朱熹，《四書集注》，台北：藝文印書館，1999 年。

（宋）朱熹，《詩經集註》，台北：萬卷樓圖書股份有限公司，2002 年 1 月。

（清）蒲起龍釋、（民國）呂思勉評，《史通釋評‧曲筆》卷 7，台北：華世出版社，
　　1981 年。

《新校本漢書集注》，台北：鼎文書局，1978 年。

王岳川，《現象學與解釋學文論》，濟南：山東教育出版社，2003 年。

方珊，《美學的開端》，上海，人民出版社，2001 年。

李澤厚，《華夏美學》，台北：時報文化出版公司，1989 年。

吳怡，《老子解義》，台北：三民書局，2008 年 5 月。

吳怡，《新譯莊子內篇解義》，台北：三民書局，2004 年。

孟悅等，《浮出歷史地表——中國古代女性文學研究》，台北：時報文化出版公司，1993
　　年。

金元浦，《文學解釋學》，東北師範大學出版社，1997 年。

柯金虎，《左傳精選讀本》，新竹：玄奘大學，2010 年。

唐文治編纂，《十三經讀本（五）：論語》，台北：新文豐出版公司，1980 年。

袁河，《中國神話史》，台北：時報文化出版公司，1991 年。

戚廷貴、劉坤媛、趙沛林，《美的發生與流變》，長春：吉林文史出版社，1992 年 4 月。

雪克，《新譯公羊傳》，台北：三民書局，1998 年。

傅隸僕，《春秋三傳比義》，台北：商務印書館，1983 年。

薛安勤，《春秋穀梁傳今註今譯》，台北：商務印書館，1994 年。

楊伯峻，《春秋左傳注》，高雄：復文圖書出版社，1991 年。

楊春時，《文學理論新編》，北京：北京大學出版社，2009 年 4 月。

趙元信、何錫蓉，《中國歷代女性悲劇大觀》，台北：旺文出版社，1995 年。

劉康，《對話的喧聲——巴赫汀文化理論述評》，台北：麥田出版公司，1998 年。

劉詠聰，《德才色權——論中國古代女性》，台北：麥田出版公司，1998 年。

Immanuel Kant（康德）著，鄧曉芒譯，《康德三大批判之三——判斷力批判》，台北：
聯經出版事業股份有限公司，2006 年。

期刊論文：

杜正盛，〈紅顏薄命的夏姬〉，《歷史月刊》，卷十六。

陳筱芳，〈春秋時期的貞節觀〉，《西南民族學院學報・哲學社會科學版》總 21 卷第 1
期，2000 年 1 月。

陳惠齡，〈從《左傳》中的夏姬鏡像開展複調式多聲部的文化闡釋〉，《政大中文學報》
第二期，2004 年 12 月。

楊佳蓉，〈從康德之品味判斷思考現代藝術（上）〉，《花藝家》No.81，台北：中華
花藝文教基金會，2009 年。

駱曉倩、楊理論，〈失語的淫女與矛盾的美神〉，《綿陽師範高等專科學校學報》第 19
卷第 6 期，2000 年 12 月。

《左傳》〈季札觀樂〉之內容與美學探析

摘　要

　　〈季札觀樂〉一文出自《左傳》，內容記敘中國春秋時期魯襄公二十九年（公元前
544 年）吳國季札出使至中原列國，在魯國請求觀賞周樂，對所觀的詩樂歌舞做出評述，
並評論各地各國的政治興衰，在評樂中表達春秋列國風俗國勢以及六代的功德。探析其
內容與美學精神，〈季札觀樂〉一文在動盪時代的現實層面上，昇華至審美層面，顯出
「禮樂相濟」的意識，伸張最理想的政治倫理的大義。古時詩、樂、舞三者一體，文中
贊頌《詩經》之美，蔚為精密的《詩》史觀，也為孔子刪詩的研究提供了材料。其文展
現音樂與情感美學；且顯示樂音的道理，與政俗相通，樂音蘊藏社會心聲，很自然的表
露出來，相對的政治風俗亦會受到樂音的影響，可見得「樂之為美」的本質在於社會政
治；由此在美學裡，達到「美」與「善」的統一，並呈現中國古時期的審美觀與其他時
期有所不同。

關鍵詞：《左傳》、〈季札觀樂〉、《詩經》、樂之為美、禮樂相濟

The Content and Aesthetic Analysis of 'Ji Za Appreciating Music' of "Commentary of Tso"

Abstract

'Ji Za Appreciating Music' comes from "Commentary of Tso". It states that Wu envoy Ji Za went to countries in the central plains in Duke Xiang of Lu 29 year (BC 544) in Spring and Autumn Period of Chinese. He asked to appreciate Zhou Music and commented on the music and the dancing as well as made comments on the political rise and decline of every country. He expressed the customs of countries in Spring and Autumn Period and the merit of Six Dynasties. We analyze its content and aesthetic spirits, 'Ji Za Appreciating Music' elevated to the aesthetic level from the realistic of a commotion era, showing the sense of "courtesy and music support each other" and promote the meaning of ideal politic ethic. In ancient time, poetry, music, and dancing were combined as a body. It praised the beauty of "Classic of Poetry." It is the historic concept of "Poetry." Also, it provided material for Confucius' poetry deleting research. The article expresses the beauty of music and emotion. It shows that music and politic shares common principle. Social emotions underlay in the music, expressing it naturally. On the other hand, politic customs are influenced by music. From this, we see that the essence of "the beauty of music" is in social politic, achieving the united of "beauty" and "virtue." It also expresses that the aesthetic in ancient China is different from other periods.

Keywords："Commentary of Tso", 'Ji Za Appreciating Music', "Classic of Poetry", the beauty of music, courtesy and music support each other

一、前言

〈季札觀樂〉出於《左傳》，《左傳》多以左丘明（前556－前451年）所作，據《史記・十二諸侯年表》的記載：「魯君子左丘明，懼弟子人人異端，各安其意，失其真。故因孔子史記，具論其語，成《左氏春秋》。」[1]故稱左氏爲《左傳》作者；雖自漢以後歷代對此說法或有質疑而論辯，但基本上仍維持原先的說法。《左傳》爲古今學者公認敘事生動、詞句優美，具有好史筆、好文筆，西晉杜預（222－285年）在〈春秋左傳集解序〉中說《左傳》：「其文緩，其旨遠，將令學者原始要終，尋其支葉，究其所窮……」指《左傳》文筆委婉含蓄，意旨深遠；東晉范寧也在〈春秋穀梁傳集解序〉中說：「左氏豔而富。」謂《左傳》文辭華美、內容豐富；南宋著名儒家學者真德秀（1178－1235年）曾選《左傳》爲文章正宗；清朝桐城派古文大家方苞（1668－1749年）則在〈古文約選序〉裡說：「蓋古文所從來遠矣，六經、論、孟其根源矣，得其支流而義法最精者，莫如《左傳》、《史記》。」文中認爲《左傳》之義法精湛。

由以上可見歷代對《左傳》文采意旨多所推崇，本文乃以《左傳》中魯襄公二十九年（前544年）吳〈季札觀樂〉爲本，〈季札觀樂〉內容記述季札（前576年－前484年）出使至中原列國，在魯國請求觀賞周樂，對所觀的音樂歌舞皆做出精要評述，並評論各地各國的政治興衰；本文探析其內容與美學精神，包含〈季札觀樂〉從現實層面昇華至審美層面、〈季札觀樂〉中《詩經》的內容、〈季札觀樂〉之音樂與情感美學，以及由〈季札觀樂〉看「樂之爲美」的本質在於社會政治。

〈季札觀樂〉中季札評樂的言詞與儒家樂教思想前後一致：前有《尚書・舜典》，與帝舜命夔典樂[2]時交付之原則有所呼應；後有《論語》、《樂記》、〈毛詩大序〉等，在評論詩、樂的內容時，也延續了季札評樂的觀點。《孔子詩論》的出現，進一步證實季札對孔子樂教思想的影響，反映出樂（即藝術）不僅在個人教養上很重要，在政治理想中也是很重要的[3]；故季札在儒家樂教思想中有著重要地位，〈季札觀樂〉一文也成爲中國文藝評論的開端。

---

[1] 引自(漢)司馬遷撰、(宋)裴駰集解、(唐)司馬貞索隱、(唐)張守節正義、(日本)瀧川龜太郎考證：《史記會注考證》(台北：宏業書局有限公司，1992年)。以下《史記》引文同。

[2] 見《尚書・堯典》：「帝曰：『夔！命汝典樂，教胄子，直而溫，寬而栗，剛而無虐，簡而無傲。詩言志，歌永言，聲依永，律和聲。八音克諧，無相奪倫，神人以和。』夔曰：『於！予擊石拊石，百獸率舞。』」(漢)孔安國傳、(唐)孔穎達疏《尚書正義》(《武英殿十三經注疏》本。

[3] 「從《論語》看，孔子對於音樂的重視，可以說遠出於後世尊崇他的人們的想像之上，這一方面是來自他對古代樂教的傳承，一方面是來自他對於樂的藝術精神的新發現。」「孔子不但在個人教養上非常重視樂，並且在政治上也繼承古代的傳承，同樣的加以重視，這只看《論語》下面的記載便可了解：『子之武城，聞弦歌之聲……』。『弦歌之聲』是以樂爲中心的教育。」引自徐復觀，《中國藝術精神》(桂林：廣西師範大學出版社，2007年)，頁4、6。

二、〈季札觀樂〉從現實層面昇華至審美層面

　　《左傳》〈季札觀樂〉在敘述吳國季札到魯國訪問，觀賞魯國樂工表演歌舞，一一評論詩風與詩調，及對政治興衰的現實層面予以評論。季札「請觀於周樂」，由於「周樂」是周的樂官爲所採集整理的《詩經》各篇配樂，再推廣至有關諸侯國，其中關係密切的魯國是周公之後，故能得「周樂」；而被視爲蠻夷的吳國，未能得「周樂」，所以季札訪問魯國時請求觀「周樂」。

　　季札，姬姓，名札，又稱公子札、延陵季子、延州來季子、季子，據《史記‧吳太伯世家》說：

> 吳王壽夢卒。壽夢有子四人，長曰諸樊，次曰餘祭，次曰餘眛，次曰季札。季札賢，而壽夢欲立之，季札讓不可，於是乃立長子諸樊，攝行事當國。王諸樊元年，諸樊已除喪，讓位季札。季札謝曰：「曹宣公之卒也，諸侯與曹人不義曹君，將立子臧，子臧去之，以成曹君，君子曰『能守節矣』。君義嗣，誰敢干君！有國，非吾節也。札雖不材，願附於子臧之義。」吳人固立季札，季札棄其室而耕，乃舍之秋，吳伐楚，楚敗我師。四年，晉平公初立。十三年，王諸樊卒。有命授弟餘祭，欲傳以次，必致國於季札而止，以稱先王壽夢之意，且嘉季札之義，兄弟皆欲致國，令以漸至焉。季札封於延陵，故號曰延陵季子……。[4]

季札是春秋吳王壽夢（在位於前 585－前 561 年）的最小子，即第四子，壽夢想傳位給有賢名的幼子季札，季札推薦長兄諸樊，爲避王位而「棄其室而耕」於常州武進焦溪的舜過山下。壽夢死後，諸樊再讓季札，季札推拒，諸樊於是即王位，聲明死後，由季札繼位；諸樊帶兵攻打楚國，被楚兵用箭射死，諸樊死後，壽夢次子餘祭再讓季札，季札還是推拒，於是季札被餘祭封到延陵，季札有治績，後來被稱爲延陵季子。餘祭帶兵攻打越國，被越人殺死，餘祭死後，壽夢三男餘眛接任吳王，請季札爲宰相；餘眛生病去世，臨死要把王位傳給季札，當使者迎季札繼承王位，季札仍然逃避。王位最後由壽夢庶長子吳王僚繼承。餘眛之子公子光不服吳王僚，殺之，即位爲吳王闔閭，吳國遂成爲春秋五霸之一。由以上等春秋史事與《左傳》〈季札觀樂〉內容，故季札常被評論爲品德高尙之人；且是具遠見卓識的政治家和外交家，廣交當時賢士，對提高華夏文化有所貢獻。

---

[4] 同注 1。

　　〈季札觀樂〉其中所談到的各類樂、詩與種種評論，乃至各地各國政情的興衰變化，依文獻記載應都實有其事。〈季札觀樂〉給人強烈的印象尤在季札不僅是善於觀樂，且顯現的政治智慧也很高。今人趙制陽卻認為：

> 他遠居南方，竟然對北方各國所潛伏的政治危機瞭若指掌，晏平仲、子產的政治經驗是何等的豐富，才智是何等的卓越，竟然不如一位全無政治經驗的年輕公子，還得要由他來分析、指點，才能明瞭自身的處境與解厄紓禍之道；這真是難以令人相信的一件事。[5]

但也有學者認為這畢竟只是今人依據情理的個人推斷，難以拿出確鑿的證據。

　　看〈季札觀樂〉的現實層面，依其前面的文字敘述提起：

> 吳公子札來聘，見叔孫穆子，說之，謂穆子曰：「子其不得死乎，好善而不能擇人，吾聞君子務在擇人，吾子為魯宗卿，而任其大政，不慎舉，何以堪之，禍必及子。」請觀於周樂……。[6]

以上敘述吳國公子季札奉其三兄吳王餘昧的命令，聘問於中原諸侯；季札曾請求餘昧不要再戰，應跟他國和平相處，讓百姓過太平生活，餘昧聽其勸諫，就請他為大使，到各國去做友好訪問。季札至魯國，見到魯國大夫叔孫豹，季札很喜歡他，對他說出真誠之言，覺得叔孫豹將來恐怕難以善終，因為喜愛賢人卻不知辨識人的善惡，雖為魯國公室大臣，掌管政治大權，竟未能慎重薦舉人才，如此怎能擔當大任，所以災禍必降臨其身上；結果在季札此次聘問觀樂的六年後，叔孫豹因其私生子豎牛之亂，絕食而盡。

　　春秋諸國政治的興衰與危機是文中的現實層面，也是〈季札觀樂〉的基礎層面；此種現實層面是顯性的，可以直接觀察到的，它以感性形象呈現；它也是理智的對象，是作者有意為之，讀者可以自覺接受到的。現實層面是經驗的對象，能以現實的態度和認識把握它。現實描寫可以是逼真的或變形的，若是寫實的作品則把現實生活經驗傳達出來；〈季札觀樂〉在寫作上，或會有撰文者的潤色增添，但與當時文化背景相比對，大致上不會有很大的偏離。

　　審美層面是現實層面的昇華，現實層面是審美層面的現實基礎和物質實體，在深刻的現實經驗的基礎上，才能昇華出深刻的審美體驗。〈季札觀樂〉在動盪不安的時代背

---

[5] 趙制陽，〈左傳季札觀樂有關問題的討論〉，《中華文化復興月刊》第十八卷第三期（台北，1985 年），頁 9。

[6] 楊伯峻，《春秋左傳注》(高雄：復文圖書出版社，1991 年)，頁 1161、1162。以下所引〈季札觀樂〉內容出自此書之頁 1161 至頁 1166。

景下，彰顯出「禮樂相濟」的意識，由於「聲音之道與政通」，觀詩樂的源起與陶冶濡染，即可察政治風俗的狀況，因此賢明仁者以憂國憂民、悲天憫人的情懷，來伸張最理想的政治倫理的大義，達到「美」與「善」的統一；此即〈季札觀樂〉由現實層面昇華至審美層面。

三、〈季札觀樂〉中《詩經》的內容

季札觀周樂，綜論〈風〉、〈雅〉、〈頌〉，整體皆屬於《詩》，以下將析述〈季札觀樂〉贊頌《詩經》之美，以及從〈季札觀樂〉談孔子刪《詩》。

（一）〈季札觀樂〉贊頌《詩經》之美

《史記·孔子世家》說：「三百五篇，孔子皆弦歌之，以求合〈韶〉、〈武〉、〈雅〉、〈頌〉之音，禮樂自此可得而述。以備王道，成六藝。」可知古時詩、樂、舞三者一體，孔子不僅編輯歌詞成《詩經》，並且糾正配樂，以求符合雅正之聲，使得禮樂一致成為當時現實社會的教化。《論語·陽貨》中云：「詩可以興，可以觀，可以群，可以怨。」[7]「興」意謂引發詩意、興味，上至生命美感；「觀」指可兼觀察時政得失與周遭事物，以及觀照人生自然；「群」則了解交友處眾的道理，並能擴展生命境界；「怨」是指包括喜怒哀樂愛惡欲等所有情緒的表露，提升為使情感滌清淨化，表達自我情志。看〈季札觀樂〉得從觀樂而知世代的盛頹，這篇文章也是古代最有系統的具體《詩》評，考察〈季札觀樂〉所論之《詩》，可自以下四點探討其贊頌《詩經》之美：

1. 詩風的綜論：

〈季札觀樂〉謂〈邶風〉、〈鄘風〉、〈衛風〉之詩「淵乎」，指詩風深沉；謂〈齊風〉詩「泱泱乎」，指詩風深廣雄渾；謂〈秦風〉為「夏聲」，指宏博大器；謂〈魏風〉「渢渢乎」，指飄忽悠揚、暢快疏放；謂〈豳風〉「蕩乎」指高華、坦蕩，明達無邪；謂〈大雅〉「熙熙乎」，指和美、堂皇閎括。季札聞樂而論樂，統說出各類詩的風格。

---

[7] 引自(魏)何晏注、(宋)邢昺疏：《論語(十三經注疏本)》(台北：藝文印書館，1993 年)。以下所引《論語》資料，悉出自此。

2. 詩調的評論：

〈季札觀樂〉中聞〈周南〉、〈召南〉，謂其詩調「勤而不怨」，指樂調中表現出的民情，只有勤勞而沒有怨恨；謂〈邶風〉、〈鄘風〉、〈衛風〉詩調「憂而不困」，指聽出人民雖有些憂思，可尙不足至窮困地步；謂〈豳風〉「樂而不淫」，指聽出人民雖很歡樂，卻有節制，沒有荒淫無度的音調；謂〈魏風〉「大而婉，險而易行」，指樂聲雖大卻還是委婉多曲折，節拍急促但容易前進，並不艱澀難唱。

季札謂〈小雅〉「思而不貳，怨而不言」，指詩調雖流露出憂思，可是聽不出有背叛的心，雖流露出怨恨，可是並沒有全部傾吐出來；謂〈大雅〉「曲而有直體」，指音調表面曲折柔緩，而實質體內則剛勁有力。

季札謂〈頌〉「直而不倨，曲而不屈，邇而不偪，遠而不攜，遷而不淫，復而不厭，哀而不愁，樂而不荒，用而不匱，廣而不宣，施而不費，取而不貪，處而不低，行而不流。五聲和，八風平，節有度，守有序。」則指詩調勁直而不倨傲放肆，委婉曲折而不屈撓卑微，親近而不迫促，悠遠疏曠而不離心離德，活潑多變而不淫亂過火，反覆重疊而不厭倦，悲哀而不憂愁，歡樂而有節制，常用而不匱乏，寬廣而不宣露，施捨雖多而不浪費，求取而不貪心，靜止而不停滯，移動而不遊蕩。宮、商、角、徵、羽五聲和諧，八音樂曲協調，節奏有一定的尺度，音階相守調和得其體序。因此，樂器交相鳴奏，樂調盡善盡美，由季札對詩調的評論，上古詩樂的優美宛可聞見。

3. 詩歌的來源：

推論詩歌的來源，季札以爲是感受到聖王賢德的薰陶化育才能形成，因而以此來論詩風與政俗興衰的關係。〈季札觀樂〉中如聞歌〈周南〉、〈召南〉，曰「始基之矣，猶未也。」意指感受到開始奠下基礎，但還沒完成；聞〈邶風〉、〈鄘風〉、〈衛風〉，曰「衛康叔、武公之德如是」，是說衛國的康叔、武公都具有這種美德[8]；聞〈王風〉，以爲「其周之東乎」，指它大概是周東遷以後的作品；聞〈唐風〉，以爲「其有陶唐氏之遺民乎？不然，何憂之遠也？非令德之後，誰能若是？」是說可看出有唐堯氏遺民的作風，不然怎會如此憂思深遠，假若不是聖王的後人，又怎能唱出這種歌聲？

---

[8] 衛武公是康叔第九世孫，姓姬，名和。衛武公在五十五年的執政期間，能夠修康叔之政，廣採眾意，興辦牧業，增修城牆，因此政通人和，百姓和睦。周朝太戎造反，殺死周幽王；衛武公率兵幫周朝平定政變，立下大功，繼位的周平王把武公封爲「公」。衛武公的德行受到尊敬，故其執政可使國家太平。《詩》云：「於戲前王不忘。」朱子說「前王」指文王、武王。武王之子成王封康叔做爲衛國的國君，衛武公又是康叔的九世孫；武公之民不能忘記武公的德行、風範，跟前王之民不忘文王、武王一樣，所以武公也是文才斐然的君子。

季札聞歌〈小雅〉，認為「其周德之衰乎，猶有先王之遺民焉！」是指感受到周朝的綱紀已衰弱，這大概是先王遺民的作品吧？聞歌〈大雅〉，以為「其文王之德乎？」指令人想起文王的盛德。聞歌〈頌〉，以為「眾德之所同也」，意謂受人民歌頌的盛德是相同的。

季札見舞〈大武〉者，以為「周之盛也，其若此乎」，指看完武王的樂舞，認為周朝的強盛，想來就像這樣吧！見舞〈大夏〉者，以為「勤而不德，非禹，其誰能修之？」意指勤政愛民而不自認有功業，除非大禹王，誰又能有這種品德呢？見舞〈韶箾〉者，曰：「德至矣哉！大矣！如天之無不幬也，如地之無不載也。雖甚盛德，其蔑以加於此矣，觀止矣。若有他樂，吾不敢請已。」意指季札欣賞虞舜之樂「蕭韶」以後，認為這真是至高無上的盛德，其廣大有如上天之無所覆蓋，也就如大地之無所承載，聖德甚高，沒有比它能有所增加了，這般令人嘆為觀止，即使有其他音樂，也不願聽了。這些樂舞都顯現出聖王賢德育化出詩歌風格。

4. 詩樂的影響：

季札也認為詩樂的陶冶濡染，在人事政治上大有影響。觀詩樂內容，即可演繹政治風俗受影響的狀況。如聞〈鄭風〉，說「其細已甚，民弗堪也，是其先亡乎？」意指聽起來可知政事瑣細得過份，百姓不能忍受，大概是鄭國先亡的原因吧！聞〈齊風〉，云「表東海者，其太公乎？國未可量也。」意謂可當東海的表率，大概就是姜太公的國家吧？擁有這般雄偉歌樂，其國運不可限量；又謂〈秦風〉「能夏則大」，是指唱這種夏聲歌樂的國家必然強盛；說〈魏風〉「以德輔此，則明主也。」是說歌樂聽起來如能努力推行德政，必能成為賢君主政的國家；論〈陳風〉「國無主，其能久乎？」意指歌樂聽起來好像國家沒有君主，唱這種歌聲的國家怎能久遠呢？

劉禹錫說：「八音與政相通，文章與時高下。」詩歌和樂、舞、文為一，道理是一樣的，可見《詩》學對世教大有功勞。季札觀樂聞詩，發為詩風、詩調的評論，以及詩歌的來源、詩樂的影響的議論。詩風、詩調的評論內容主要肯定音樂的樂音之美，也就是音樂的形式美，並流露音樂蘊含的情感之美；詩歌的來源、詩樂的影響的議論內容特別重視音樂美的本質和意涵，在追求和諧境界與表現感情、引發感動的同時，透過「平其心」、「成其政」，而達至「心和德和」、「禮樂相濟」之美善相融的目的。在此列為《詩經》之美，亦蔚為精密的《詩》史觀，開啟後人評論《詩經》，如劉勰、鍾嶸、司空圖等，因此〈季札觀樂〉一文更顯其珍貴處。

（二）從〈季札觀樂〉談孔子刪《詩》

　　《左傳》記載〈季札觀樂〉之事長達八百餘字，內容豐富，涉及上古詩樂文化，由於對《詩經》成書問題的研究，此文向來備受關注，若人們否定〈季札觀樂〉的可靠性，大都與孔子刪詩問題的研究有密切關係；另則〈季札觀樂〉的材料，涉及《左傳》的成書和材料來源，在歷來的研究中，有些觀點至今仍有影響。[9]

　　有關〈季札觀樂〉中《詩經》內容的來源，得自《詩經》的收集和編選，有三種說法：「王官采詩」、「獻詩說」和「孔子刪詩」。

　　第一，「王官采詩」：《孔叢子・巡狩篇》說：「古者天子命史采歌謠，以觀民風。」《漢書・食貨志》中記載，周代朝廷特派使者到全國各地採集民謠，由史官彙集整理後呈送天子，目的是了解民情。劉歆《與揚雄書》也說：「詔問三代，周、秦軒車使者、遒人使者，以歲八月巡路，求代語、童謠、歌戲。」據《周禮》記載，周朝設有采詩官，採集作品產生於西周初期到春秋中期（前十一世紀至前六世紀），東周平王自鎬京（今陝西西安東南部）東遷雒邑（今河南洛陽），之後與中原地區各諸侯國往來較為便利，所得到諸國詩歌遠多於西周，故詩歌數量本來很多，不止三百首，春秋時代經人整理編成風、雅、頌三部分，共三百零五篇，作者大多不詳。

　　第二，「獻詩說」：當時天子為「考其俗尚之美惡」，下令各地諸侯獻詩。《國語・周語》記載：「天子聽政，使公卿至於列士獻詩，瞽獻曲，……師箴，瞍賦，矇誦。」現在一般認為《詩經》為周朝各諸侯國協助朝廷採集歌謠，再由史官與樂師編纂整理而成，而孔子亦參與整理的過程。

　　第三，「孔子刪詩」：《論語・子罕》孔子自述：「吾自衛反魯，然後樂正，雅頌各得其所。」《史記》說孔子從古詩 3000 篇中依據禮義的標準而編選出其中 300 篇，整理成《詩經》。孔子刪詩說出自太史公司馬遷，他在《史記・孔子世家》中說：

> 季氏亦僭於公室，陪臣執國政，是以魯自大夫以下皆僭離於正道。故孔子不仕，退而修《詩》《書》《禮》《樂》，弟子彌眾，至自遠方，莫不受業焉。古者《詩》三千餘篇，及至孔子，去其重，取可施於禮義，上采契、後稷，中述殷、周之盛，至幽、厲之缺，始于衽席，故曰：「〈關雎〉之亂以為風始，〈鹿鳴〉為〈小雅〉始，〈文王〉為〈大雅〉始，〈清廟〉為〈頌〉始。」三百五篇，孔子皆弦歌之，以求

---

9 歷來的研究中，如唐代的韓愈說：「《春秋》謹嚴，左氏浮誇。」故有學者依據《春秋》，認為雖然季札出使魯國確有其事，但出使不一定觀樂；即使觀樂，魯國樂工也不可能按風、雅、頌的順序一一進行演奏，因而認定《左傳》對季札觀樂的具體描述不可相信。對後世影響最大的還是疑古學者們的看法，因劉歆偽作《左傳》說的影響，故認為左傳本是稗官野史之流，道聽途聞之說，經後人編次年月，加以竄改，成為今本《左傳》。

合〈韶〉、〈武〉、〈雅〉、〈頌〉之音，禮樂自此可得而述，以備王道，成六藝。[10]

但是唐代孔穎達、宋代朱熹、明代朱彝尊、清代魏源等人均對此說抱持懷疑的態度。因《左傳》中記載孔子不及十歲時就有了定型的《詩經》，季札觀樂，時在魯襄公二十九年，即公元前五四四年，魯國樂工爲吳季札所演奏的詩歌分類和編次與今本《詩經》[11]基本相同，而當時只有八歲的孔子不可能刪詩，故對孔子刪詩的說法存疑。[12]

懷疑孔子刪詩的諸種說法，其所以置疑，一般都以〈季札觀樂〉爲依據，例如朱彝尊《經義考》卷二十八引宋人鄭樵曰：「季札聘魯，魯人以〈雅〉、〈頌〉之外所得〈國風〉盡歌之，及觀今三百篇，於季札所觀與魯人所存，無加損也。」朱彝尊本人則說：「季札觀樂於魯，所歌風詩，無出於十五國之外者。又『子所雅言』，則一曰『《詩三百》』，再則曰『誦《詩三百》』，未必定爲刪後之言。」無論鄭樵或朱彝尊，都認爲季札所見與今本《詩經》大致相同，推論彼時的《詩》與今本相近，因此認爲孔子沒有刪詩。

然而，事實並不如此，季札至魯請觀周樂時，魯國樂工所演奏的〈國風〉和〈雅〉、〈頌〉等雖然其編次與今本大致相同，但畢竟兩者之間還有差異。杜預已經注意到這種差異，故在《春秋經傳集解》中將演奏次序與今本不同處一一註明，並說：「後仲尼刪定，故不同。」因此詩經待孔子而刪定，在此得到一個證明。

季札所見的《詩》與今本《詩經》，二者間的明顯差異試比較如下：季札所見《詩》：周南、召南、邶、鄘、衛、王、鄭、齊、豳、秦、魏、唐、陳、鄶……；小雅、大雅；頌。今本《詩經》：周南、召南、邶、鄘、衛、王、鄭、齊、魏、唐、秦、陳、鄶、曹、豳；小雅、大雅；周頌、魯頌、商頌。〈豳風〉何以列在〈國風〉最後，明代張履祥（1611年－1674年），說：「魯無〈風〉，〈豳風〉猶『魯風』也。周公治魯，尊尊而親親，故魯雖弱，有先王遺風。他日，夫子曰：『魯一變至於道。』又曰：『吾舍魯何適也？』蓋此志也。以〈周南〉始，以〈豳風〉終，始終以周公也。」

《左傳》記季札評論〈豳風〉說：「美哉，蕩乎！樂而不淫，其周公之東乎？」齊、魯兩國是近鄰，魯國師工爲季札演奏時，〈豳風〉在〈齊風〉後，令人聯想到〈豳風〉

---

[10] 同注1。

[11] 自漢朝以來，歷代通行至今的《詩經》版本又稱爲《毛詩》，即《毛詩詁訓傳》，亦稱《毛傳》，相傳爲漢初學者毛亨和毛萇訓釋《詩經》之作；東漢末年鄭玄有《毛詩傳箋》。至唐朝時，唐太宗敕令孔穎達等根據毛傳與鄭箋，作《毛詩正義》，從此爲後世所宗尙。本文《詩經》引文引自孔穎達，《毛詩正義》，台北：藝文印書館，據嘉慶二十年南昌府學刻本影印。

[12] 據莊雅州的研究指出：「現在一般學者大多採取反對的態度，原因是襄公二十九年(西元前五四四年)吳公子季札在魯國聆賞各國風詩，其詩名及次序和今本詩經大同小異，而當時孔子才八歲，怎麼可能刪訂詩經呢？而且孔子曾經不止一次說過『詩三百』，卻從來沒有說過自己刪詩。更何況孔子是一個信而好古的人，常常慨歎文獻不足，哪有將寶貴的文獻十分去九的道理呢？我們相信采詩之官及樂官在采獻的過程中對於詩篇必定有所去取，編集詩集的人對這些詩歌也可能做一番選擇淘汰的工夫；甚至在兵火變亂中或諷誦傳習時也可能亡佚或遺忘了部分詩篇……」莊雅州著，《經學入門》（台北：台灣書店，1997年9月），頁73。

與魯國的關係。魯國爲周公的封國,「周公之東」似乎隱含此意。季札評論中「樂而不淫」的評價與孔子對〈關雎〉[13]的看法也完全相同,孔子崇拜周公,以周公爲終始可能正是孔子編訂〈國風〉的追求。這裏的差別正好昭示孔子刪《詩》的事實。

　　季札觀樂時的〈頌〉後來變成〈周頌〉、〈魯頌〉、〈商頌〉三部分[14],季札評樂時提到「盛德之所同」,杜預說:「〈頌〉有殷、魯,故曰盛德之所同。」原來的〈頌〉可能包含殷、魯,後來孔子整理時把它們分開爲周、魯、商三部分,可能與孔子「據魯、親周、故殷」的文化情結有關;〈魯頌〉所歌頌的是春秋的魯僖公,竟與歌頌周的文王、武王、成王等人的〈周頌〉都列於〈頌〉,故學者推論《詩經》爲魯人編定,亦顯示孔子刪《詩》的事實。

　　孔子是否曾經刪詩的研究,上海博物館藏戰國楚竹簡《孔子詩論》[15]的問世,似乎帶來契機,但事實上還有分歧,分析學者們的觀點,癥結在於《左傳》〈季札觀樂〉中材料與《孔子詩論》不同造成的。《孔子詩論》原屬於先秦佚籍,對儒家詩教與樂教研究具有重要的意義;今人俞志慧《竹書《孔子詩論》芻議》文中說:「如果將吳公子季札觀樂評樂與《孔子詩論》對照閱讀,就不難發現,後者從思維方式到話語系統都是前者的忠實繼承者。」俞文指出〈季札觀樂〉中的「爲之歌〈頌〉,曰:『至矣哉!直而不倨,曲而不屈,邇而不偪,遠而不攜,遷而不淫,復而不厭,哀而不愁,樂而不荒,用而不匱,廣而不宣,施而不費,取而不貪,處而不底,行而不流。五聲和,八風平。節有度,守有序,盛德之所同也。』見舞〈韶箾〉者,曰:『德至矣哉,大矣!如天之無不幬也,如地之無不載也。雖甚盛德,其蔑以加於此矣,觀止矣。』」,可對照於《孔子詩論》中的「〈清廟〉,王德也,至矣!(第五簡)與〈頌〉,坊德也...〈大雅〉,盛德也。

---

[13] 古人強調「四始」說,即〈關雎〉爲〈風〉之始,〈鹿鳴〉爲〈小雅〉之始,〈文王〉爲〈大雅〉之始,〈清廟〉爲〈頌〉之始,並認爲把〈關雎〉列爲十五國風的第一篇,而且也是《詩經》開宗明義的第一篇,這樣的編排是有意義的。《史記‧外戚世家》記述:「《易》基乾坤,《詩》始〈關雎〉,《書》美釐降......夫婦之際,人道之大倫也。」又《漢書‧匡衡傳》記載匡衡說:「匹配之際,生民之始,萬福之原。婚姻之禮正,然後品物遂而天命全。孔子論《詩》,一般都是以〈關雎〉爲始。......此綱紀之首,王教之端也。」朱熹從詩義方面論述,在《詩集傳》序說:「凡詩之所謂風者,多出於里巷歌謠之作,所謂男女相與詠歌,各言其情者也。」又鄭樵從聲調方面進行解釋,在《通志‧樂略‧正聲序論》說:「《詩》在於聲,不在於義,猶今都邑有新聲,巷陌竸歌,豈爲其辭義之美哉?直爲其聲新耳。」。把朱熹、鄭樵二者說法結合起來,可以認爲〈關雎〉是一種用地方聲調歌詠男女愛情的歌謠,描寫一個男子對思慕女子的愛情追求;它的聲、情、文、義俱佳,足以爲〈風〉之始,三百篇之冠。

[14] 〈頌〉指宗廟祭祀詩歌,在演奏時要配以舞蹈,〈頌〉共40篇,其中〈周頌〉31篇,一般認爲其中大部分都是西周前期時的作品,多作於周昭王、周穆王以前;〈魯頌〉4篇,認爲可能是魯僖公時的作品;〈商頌〉5篇,自古以來一直相傳是春秋時期宋國大夫正考父所作,不過,目前學界則傾向於認爲是商朝所留下的祭祖詩歌。

[15] 《孔子詩論》來自上海博物館公佈的三批竹簡,「完、殘者共計二十九枚,其中完整者僅有一枚,長度爲55.5公分,而長度在50公分以上者共有五枚,40公分以上者共有八枚;又在較完整的竹簡上,發現其右側有淺斜的編線契口,每簡共有三處,竹簡上下皆削作圓頭;從圖版觀察,簡二至簡七的上下兩端皆爲空白,僅將文字書於其中,對於這種現象,文中稱爲「留白」......「這是首批出土有關於孔子論《詩》的竹書......由於竹書中存在「留白」與「孔子曰」的問題,或有學者以爲該文既有孔子之說,亦有孔門弟子之言,而此門生以子羔的可能性最大,又認爲傳孔子與子羔《詩》論者,乃子羔以外之學生的再傳弟子,並云竹書的著作年代下限爲戰國中期。其說法或有可取,然而是否爲定論,尚未有明確的答案。」以上資料來自:馬承源:《孔子詩論》,《上海博物館藏戰國楚竹書(一)》(上海:上海古籍出版社,2001年),頁121-122。

（第二簡）」；以及〈季札觀樂〉中的「爲之歌〈唐〉，曰：『思深哉！其有陶唐氏之遺民乎！不然，何其憂之遠也？非令德之後，誰能若是？』」對照於《孔子詩論》中的「〈頌〉，坊德也，多言後，其樂安而侃，其歌紳而盼，其思深而遠，至矣。（第二簡）」；還有，〈季札觀樂〉中的「爲之歌〈小雅〉，曰：『美哉！思而不貳，怨而不言，其周德之衰乎？猶有先王之遺民焉。』見舞〈象箾〉、〈南籥〉者，曰：『美哉！猶有憾。』見舞〈韶濩〉者，曰：『聖人之弘也，而猶有慚德，聖人之難也。』」對照於《孔子詩論》中的「淇（其）志，既曰天也，猶有怨言。（第十九簡）」

其實，孔子以前《詩》的分類與《孔子詩論》中孔子所說是一致的，〈季札觀樂〉的材料正是如此。就孔子刪詩問題而言，它並沒有爲我們提供多少更有價值的直接材料。要解決孔子是否曾經刪詩的問題，還必須綜合認識相關材料。

四、〈季札觀樂〉之音樂與情感美學

〈季札觀樂〉中詩歌、樂、舞三者一體，包括樂音與配比樂器、舞蹈，形成整體的音樂，其中展現音樂與情感美學；情感與音樂的關係密切，如〈樂記·樂本篇〉所說：「凡音之起，由人心生也。人心之動，物使之然也。感於物而動，故形於聲，聲相應，故生變，變成方，謂之音。比音而樂之，及干戚羽旄，謂之樂。」[16]故人心產生情感，情感引發音樂。

音樂美的本質是感應於心，而將內在情感表達出來，並感應於天，且使聞者觀者得到共鳴，猶如〈樂記〉說：「凡音者，生人心者也，情動於中，故形於聲。」「樂者敦和，率神而從天。」而音樂美的意涵只能象徵的且模糊的表達，例如：孔子讀出鄭樂的淫靡；季札讀出鄭樂的精緻細密，而非淫靡之音；但也因鄭樂太細碎，象徵鄭國政令繁瑣，導致「民弗堪也」，而有「先亡」之政治反映。

「樂之爲美」，音樂美的形式主要是「和」與「比」，「和」指和諧，可指稱音與音之間的和諧，或可指稱樂器與樂器之間的和諧，也可指稱聽者受到感應的和諧；「比」指有關係的配比、類比與比德，由並坐、並存衍生而來，「比音而樂之，及干戚羽旄，謂之樂」就是有兩個或兩個以上的音並存或前後出現，聽了感覺心中愉悅，這就是樂音，

---

[16] 〈樂記〉是中國古代著名的美學著作。收於《禮記》中。在《史記》中也有收錄，名爲〈樂書〉。均爲十一篇，但篇章順序不同。關於〈樂記〉的作者問題始終有兩大基本說法：郭沫若的「孫尼子」說，蔡仲德的「劉德」說。目前學術界仍無定論，但多傾向於蔡仲德說。本文《樂記》引文引自姜義華、黃俊郎，《新譯禮記讀本》(台北：三民書局，2007年)。

而且配比樂器與舞蹈即成音樂。

在美學裡，美的本質往往被制度的善或美的目的所替代，也就是所謂善高於美，因而音樂美的本質往往被禮制論或目的論所取代。而音樂美的意涵往往僅能分析出模糊不清甚至分歧相反的意涵；美的意涵在詩學和文學裡也經常以比喻（如詩經賦、比、興之比）或類比表達，而趨近象徵化或模糊化。只有在音樂美的形式上有較高的原則性與一致性；但美的形式若過度追求又常被貶抑為失德，以致在分析美學及推論藝術的發展時，對於裝飾性的技術美、形式美[17]或純粹的美，往往把它們歸類為逸樂取向，乃至於視為政權喪失和國家滅亡的原因；由此可見我國遠古時期的審美觀與其他時期的審美觀有所不同。

〈季札觀樂〉中的音樂是呈現《詩》的音樂，為之歌〈鄭〉，季札說：「美哉！其細已甚，民弗堪也。是其先亡乎？」而孔子對鄭聲的意涵有不同的看法，當顏淵問為邦，孔子說：「行夏之時，乘殷之輅，服周之冕，樂則韶舞。放鄭聲，遠佞人，鄭聲淫，佞人殆。」（《論語・衛靈公》）在對比上，孔子曾說：「〈關雎〉樂而不淫，哀而不傷。」（《論語・八佾》）〈關雎〉是用地方聲調歌詠男女愛情的歌謠，描寫男子對思慕女子的愛情追求；聲、情、文、義俱佳，詩中表達真率熱烈的感情，孔子認為有樂有哀，但不淫不傷，在詩裡有故事和戲劇性，從中呈現美的意涵。

季札在細緻的評論中，於音樂表現的情感做了有條件的肯定，他提出「勤而不怨」、「憂而不困」、「樂而不淫」、「曲而有直體」、「怨而不言」、「直而不倨，曲而不屈」、「哀而不愁，樂而不荒」等評論，表現陰陽五行對立卻和諧的思維，突現美學上中和的特點，把音樂表現擴展到哀與怨相對並存的情感上。再看孔子對於〈關雎〉的評價：「樂而不淫，哀而不傷。」與季札有著相同的感受，把〈關雎〉當作表現中庸之德的典範；漢儒的《毛詩序》說：「《風》之始也，所以風天下而正夫婦也。故用之鄉人焉，用之邦國焉。」說明夫婦是中國古代的一種倫理思想，即夫婦為人倫之始，天下一切道德的完善以之為基礎。

當孔子在齊聞〈韶〉，感覺三月不知肉味，說：「不圖為樂之至於斯也。」孔子認為〈韶〉：「盡美矣，又盡善也。」認為〈武〉：「盡美矣，未盡善也。」「美」與「善」分

---

[17] 「康德認為獨立存在的美是自由的美，不以對象應當是什麼的概念為先決條件，而是按照單純的形式，這種品味的判斷是純粹的，沒有任何目的的概念被預想，不需要雜多服務於給予的對象。藝術的形式主義主要根據康德的美學，強調純形式，不具其他的含意，形式本身即是藝術。形式主義由形狀延展而來，視覺藝術的形式特質包括:外形(點、線、面)、結構、規格、空間、光線和色彩等，不強調內容的說明性，通常和現代主義聯結，主要倡導者有羅杰・弗萊(Rogert Fry, 1866-1934)、克里弗・貝爾(Clive Bell 1881- ?)、克雷蒙・格林伯格(Clement Greenberg, 1909-1994)，此藝術思潮盛行於約 40 至 70 年代。」以上引自：楊佳蓉，〈從康德之品味判斷思考現代藝術(上)〉，《花藝家》No.81(台北：中華花藝文教基金會，2009 年)，頁 54。

屬兩個不同範疇,「美」實屬藝術的範疇,「善」實屬道德的範疇,在此可見音樂美的本質達到「美」與「善」的統一。古時樂的美以音律和歌舞的形式而使欣賞者感受到某種意味的美;創作者也會由美的意識發展創造出某種美的形式。鄭國之聲能風靡於當時,一定含有美,如季札所評「美哉!其細已甚。」但孔子認為「鄭聲淫」,今人徐復觀說:「此處的『淫』字,指的是順著快樂的情緒發展得太過,以至於流連忘返,便會鼓盪人走上淫亂之路。」[18]此時就顯示樂中有「善」(道德)的約束。

《荀子》〈富國篇〉一文中,荀子曾描述一個以施行儒家禮樂,重視音樂與文章美節的理想社會:

> 先王聖人……知夫為人主上者,不美不飾之不足以一民也,不富不厚之不足以管下也,不威不強之不足以禁暴勝悍也,故必將撞大鐘,擊鳴鼓,吹笙竽,彈琴瑟,以塞其耳,故必將雕琢刻鏤,黼黻文章,以塞其目,必將芻豢稻粱,五味芬芳,以塞其口,然後眾人徒,備官職,漸慶賞,嚴刑罰,以戒其心,使天下生民之屬,皆知己之所願欲之舉在是於也,故其賞行,皆知己之所畏恐之舉在是於也,故其罰威……。[19]

可知荀子認為音樂、文學等藝術之美的意涵呈現有意義、具教訓的德目,目的要人民順從。

在審美層面上西方蘇格拉底有「美善一致說」,蘇格拉底與阿里斯帕一段著名對話中說:「任何一件東西如果它能很好的實現它在功用方面的目的,它就同時是善的又是美的,否則它就同時是惡的又是醜的。」[20]孔子以「仁」為人生最高境界的審美觀,《論語》所載孔子言及「仁」達百餘次,可說明「仁」既是諸善的總稱,也暗示孔子以「仁」為至高的審美態度,如《論語》〈里仁〉:「里仁為美」、〈八佾〉中孔子謂《韶》與《武》;故「美」的源始雖是一個獨立的感官客體,但中西方的美學觀卻還是常把美(屬藝術)與善(屬道德)合而為一。宋朱熹在所釋《論語‧八佾》說:「美者,聲容之盛。善者,美之實也。」[21]都使「美」具有比德與良善的意義;這都是一種融合道德的美感型態。

由以上可見古時期的音樂審美觀,對於音樂的觀念是指包含神話、詩歌等文學性的音樂,在此定義下的音樂,以美學上有關美的本質、美的意涵與美的形式三項分析如下:

---

[18] 徐復觀,《中國藝術精神》(桂林:廣西師範大學出版社,2007年),頁11。

[19] 本文《荀子》引文引自《四部叢刊初編》中第312~317冊(唐)楊倞注《荀子》,景上海涵芬樓藏黎氏景宋刊本本書二十卷。

[20] 方珊著,《美學的開端》(上海:人民出版社,2001年),頁111。

[21] 見蔣伯潛廣解《四書集註》所釋《論語‧八佾》;《新刊廣解四書讀本》(台北:商周出版社,2011年5月)。

（一）美的本質：在於有感而發，實質上涵蓋感動自己（自得快樂和滿足）也感動別人（說服力與感染力），往往被禮制或目的的論點所取代，成一種融合美與善的美感型態。

（二）美的意涵：在於故事的內容、寓意或戲劇性；常呈現有意義、具教訓的德目，目的是要別人順從。（三）美的形式：音韻是常用形式，押韻、對稱和節奏都可帶來感官的愉悅，若是脫離詩歌等文學性的音樂則無美的本質和美的意涵；至於一般美的形式，乃純粹指用樂器發聲形成音律的美感。

五、由〈季札觀樂〉看「樂之為美」的本質在於社會政治

〈樂記〉的作者引出「聲音之道與政通」重要思想，這個思想與左傳〈季札觀樂〉與孔子的「詩可以觀」思想是一脈相傳的；故今人葉朗說：「音樂所表達的思想情感同人們所處的社會政治狀況是緊密相聯繫的。」[22]〈樂記・樂本篇〉說：「治世之音安以樂，其政和；亂世之音怨以怒，其政乖；亡國之音哀以思，其民困。聲音之道，與政通矣。」可見一個國家的音樂反映出是太平之世或亂世甚或衰亡，從一國的音樂可了解這個國家政治的勝衰得失與社會風俗的狀況。

〈季札觀樂〉一文反映出西周春秋的《詩》樂教化理論，通過季札對樂的評論，也對當時各地風俗與各國政情加以評說。「樂」是施行仁政的絕佳工具，〈樂記〉各篇都有說明「樂」之提倡的目的在於政治的通達，也就是政治上善的目的高於「樂」本身美的境界。如〈樂記・樂論篇〉說：「樂者，天地之和也；禮者，天地之序也。和，故百物皆化；序，故群物皆別。樂由天作，禮由地制。」〈樂記・樂本篇〉說：「禮以道其志，樂以和其聲，政以一其行，刑以防奇奸。禮樂刑政，其極一也，所以同民心而出治道也。」〈樂記・樂論篇〉說：「樂者敦和，率神而從天；禮者別宜，居鬼而從地。故聖人作樂以應天；制禮以配地，禮樂明備，天地官矣。」

「樂」主「和」的概念是古先民既存的思維，他們總會以「樂」論「和」，而「樂」的意義轉變，「和」的意義也會有變化。有關「樂」與「和」的言論，又如：《莊子・天下篇》：「樂以道和。」《荀子・儒效篇》：「樂言是其和也。」《荀子・樂論篇》：「故樂者天下之大齊也，中和之紀也。」《禮記・儒行篇》：「歌樂者仁之和也。」仁者必和，和裡可含仁的意義。單就音樂來說，「和」如《尚書》說：「八音克諧」，這是音樂成為藝術的基本條件；進一步「和」也如今人徐復觀所說「在消極方面，是各種互相對立性質

---

[22] 葉朗，《中國美術史大綱》（台北：滄浪出版社，1986 年），頁 155。

的東西的消解；在積極方面，是各種異質的東西的諧和統一，所以荀子便說『樂者天下之大齊』，『大齊』即是完全的統一。」[23]

周初，隨著人文精神的躍動，「和」的意涵也產生變化，由宗教上的意義轉變為政治倫理的概念；周公制禮作樂，主要是基於政治的需要，而非考量文化與藝術上的因素，我們可從季札至魯國觀周樂的文句中得到佐證，〈季札觀樂〉是現存史料中對於聞周樂最詳細的評論。周民族對宗法的要求勝於一切，並欲使世間人事符合倫理性的要求，故周公以親親、尊尊為分封的原則，使王室繼承轉為倫理制，再藉封建制度將宗法制度擴展開來。因此，禮樂由先民的禮俗變成禮制，在周公有意識有系統的運作中，禮樂的意義並藏著政治與倫理的意義，亦即「樂」之「和」由宗教上的意義轉變為政治倫理性的意涵。

就前述而言，得知「樂之為美」的本質，主要在於政治，但並不是說「樂」是為政治服務，而是說「樂」的表面目的雖在「塞民之耳」，實際目的卻在「崇禮治國」。同樣是鄭樂，孔子認為它表達了鄭國風氣的淫靡，甚至之後以此類靡靡之音就足以亡國的說法，幾乎就這樣成了定論；而季札認為鄭樂是過於精緻的音樂，因鄭國追求過度瑣細而勞民傷財，對於政事也是如此要求，使得百姓不能忍受，而導致容易亡國；可見若以音樂來表達特定情感或是特定事件，將有極高的不精確性。

「禮樂相濟」是古先民認為最理想的統治，荀子說：「樂行而志清，禮修而行成，耳目聰明，血氣如平，宜風易俗，天下皆寧，美善相樂。」〈樂記・樂化篇〉指出：致樂以治心，致禮以治躬，樂動於內，禮動於外，兩者相合，就可以達到民不爭不慢、莫不承聽，莫不承順的目的。今人葉朗說：「『禮樂相濟』不僅指它們在社會作用方面是互相依賴、互相補充的，而且指它們在內容方面也是互相轉化、互相包含的。」[24]南宋真德秀在《真西山文集・問禮樂》中說：「禮中有樂，樂中有禮。」因此，由季札所表達的樂評，可得知所觀音樂中蘊藏著社會政治倫理規範。

六、結語

從《左傳》〈季札觀樂〉，可看到季札對於當時各地詩樂的評論，以及關乎春秋時代諸國政治盛衰的評述，在深刻的現實層面上，昇華為深刻的審美層面。《漢書・藝文志》

---

[23] 徐復觀，《中國藝術精神》(桂林：廣西師範大學出版社，2007 年)，頁 13。
[24] 葉朗，《中國美學史》(台北：文津出版社，1996 年)，頁 95。

說：「古者有采詩之官，王者所以觀風俗，知得失。」季札聞歌觀樂見舞，發爲議論，可見得〈季札觀樂〉贊頌《詩經》之美，初由詩風的概論，進而展開詩調的評論，然後上溯詩歌的來源，下究詩樂的影響；〈季札觀樂〉的內容與孔子刪詩問題有密切關係，亦爲孔子刪詩的研究提供了材料。

〈季札觀樂〉中詩歌、樂、舞三者一體，展現音樂與情感美學。季札在詩樂的評論中，對於音樂裡的情感給予有條件的肯定，提出「哀而不愁，樂而不荒」等觀點，表現美學上對立卻和諧並存的情感；孔子曾說《詩》〈關雎〉：「樂而不淫，哀而不傷。」與季札的感受相同。這些都反映出春秋時代人們欣賞鑑賞能力大爲提高，除明確的提出相反情感的類型，也在美的本質、美的意涵與美的形式上表現古時代的特點，亦即是音樂美的本質達到「美」與「善」統一的思想，而能感動自己與他人；音樂美的意涵顯現有意義、含道德的項目；音樂美的形式帶來感官的愉悅等；這些皆對於古音樂審美的發展有著長遠的影響。

古文明歷代的封建統治者皆非常關心與重視音樂，由於透過音樂可達「崇禮治國」的目的，相對的可考察風俗，得知施政的得失，以作爲修正時政的依據；另一方面，也防禁屬於「亂世之音」、「亡國之音」的音樂，由於「聲音之道與政通」，古君王不願人民受到屬於亂世或亡國之音的感染，所以要加強控制音樂。因此，一國的音樂反映出政治社會的太平或衰亡；「樂」主「和」轉變爲政治倫理的意涵，「禮樂相濟」成爲最理想的政治倫理規範，這些都形成了古時音樂美的意涵。

清馮李驊《讀左卮言》稱：左傳文章有宛如春夏秋多四季，每篇氣象各有不同，如「隱桓莊閔之文，文之春也……議論如觀樂、和同……文之冬也。」可見〈季札觀樂〉一文之氣象可爲文章典型；宋朝歐陽修亦節錄《左傳》文章作爲規範；〈季札觀樂〉一文雖不長，但可爲文章的典範，評樂內容表達了春秋十五國風俗、六代的功德與列國的國勢，綜觀此文的風格，可謂華樸兼容，包含閎括含蓄兩項特質。今探析《左傳》〈季札觀樂〉一文的內容與美學，期望未來有更深一層的研究。

（發表於：《育達科大學報》第 32 期·苗栗：育達科技大學·2012 年 9 月。）

參考文獻

(一)書籍：

文經史類：

（唐）孔穎達，《毛詩正義》，台北：藝文印書館，據嘉慶二十年南昌府學刻本影印，1976
年。

（宋）朱熹，《詩集傳》，台北：台灣中華書局，1982 年 5 月 11 版。

（宋）朱熹，《四書集注》，台北：藝文印書館，1999 年。

（漢）司馬遷撰、（宋）裴駰集解、（唐）司馬貞索隱、（唐）張守節正義、（日本）瀧川
龜太郎考證，《史記會注考證》，台北：宏業書局有限公司，1992 年。

（魏）何晏注、（宋）邢昺疏，《論語（十三經注疏本）》，台北：藝文印書館，1993。

（唐）楊倞注，《荀子》，《四部叢刊初編》中第 312～317 冊，景上海涵芬樓藏黎氏景宋
刊本本書二十卷。

《中國名著選讀叢書—左傳》，台北：錦繡出版社，1992 年。

李宗桐，《春秋左傳今註今譯》，台北：台灣商務印書館，1987 年。

沈謙，《文心雕龍批評論發微》，台北：聯經出版事業公司，1984 年。

林慶彰編，《詩經研究論集》，台北：台灣學生書局，1992 年。

屈萬里，《詩經詮釋》，台北：聯經出版事業公司，1986 年 8 月 3 版。

柯金虎，《左傳精選讀本》，新竹：玄奘大學，2010 年。

姜義華、黃俊郎，《新譯禮記讀本》，台北：三民書局，2007 年。

馬承源：《孔子詩論》，《上海博物館藏戰國楚竹書（一）》，上海：上海古籍出版社，2001
年。

張高評，《左傳文章義法撢微》，台北：文史哲出版社，1982 年。

張健，《中國文學批評》，台北：五南出版社，1984 年。

莊雅州，《經學入門》，台北：台灣書店，1997 年 9 月。

楊伯峻，《春秋左傳注》，高雄：復文圖書出版社，1991 年。

美學類：

于民，《中國美學思想史》，上海：復旦大學出版社，2010 年 1 月。

徐復觀，《中國藝術精神》，桂林：廣西師範大學出版社，2007 年。

張少康，《古典文藝美學論稿》，台北：淑馨出版社，1989 年。

葉朗，《中國美學史大綱》，台北：滄浪出版社，1986 年。

葉朗，《中國美學史》，台北：文津出版社，1996 年。

（二）期刊論文：

張高評，〈左傳之文學理論實際〉，《中華文化復興月刊》，17 卷 11 期，台北，1984 年，
　　　頁 10-18。

楊佳蓉，〈從康德之品味判斷思考現代藝術（上）〉，《花藝家》No.81，台北：中華花藝
　　　文教基金會，2009 年，頁 54-57。

趙制陽，〈左傳季札觀樂有關問題的討論〉，《中華文化復興月刊》，第十八卷第三期，台
　　　北，1985 年，頁 9-20。

劉莉君，〈論左傳之文學特色〉，《孔孟月刊》，18 卷 12 期，台北，1980 年，頁 39-41。

魏清峰，〈從《韓之戰》看左傳修辭與寫作技巧〉，《中國語文》，55 卷 6 期，台北，1984
　　　年，頁 30-34。

附件：〈季札觀樂〉原文

季札觀樂襄公二十九年《左傳》

吳公子札來聘，請觀於周樂。

使工為之歌〈周南〉、〈召南〉。曰：「美哉！始基之矣，猶未也，然勤而不怨矣。」

為之歌〈邶〉、〈鄘〉、〈衛〉。曰：「美哉！淵乎！憂而不困者也。吾聞衛康叔、武公之德
　　　如是，是其〈衛風〉乎？」

為之歌〈王〉。曰：「美哉！思而不懼。其周之東乎？」

為之歌〈鄭〉。曰：「美哉！其細已甚，民弗堪也。是其先亡乎？」

為之歌〈齊〉。曰：「美哉！泱泱乎！大風也哉！表東海者。其大公乎？國未可量也！」

為之歌〈豳〉。曰：「美哉！蕩乎！樂而不淫。其周公之東乎？」

為之歌〈秦〉。曰：「此之謂夏聲。夫能夏則大，大之至也，其周之舊乎？」

為之歌〈魏〉。曰：「美哉！渢渢乎！大而婉，險而易行。以德輔此，則明主也。」

為之歌〈唐〉。曰：「思深哉！其有陶唐氏之遺民乎？不然，何憂之遠也？非令德之後，誰能若是？」

為之歌〈陳〉。曰：「國無主，其能久乎？」

自〈鄶〉以下，無譏焉。

為之歌〈小雅〉。曰：「美哉！思而不貳，怨而不言，其周德之衰乎？猶有先王之遺民焉！」

為之歌〈大雅〉。曰：「廣哉！熙熙乎！曲而有直體，其文王之德乎？」

為之歌〈頌〉。曰：「至矣哉！直而不倨，曲而不屈；邇而不偪，遠而不攜；遷而不淫，復而不厭；哀而不愁，樂而不荒；用而不匱，廣而不宣；施而不費，取而不貪；處而不底，行而不流。五聲和，八風平，節有度，守有序。盛德之所同也！」

見舞〈象箾〉、〈南籥〉者。曰：「美哉！猶有憾！」

見舞〈大武〉者。曰：「美哉！周之盛也，其若此乎？」

見舞〈韶濩〉者。曰：「聖人之弘也，而猶有慚德，聖人之難也！」

見舞〈大夏〉者。曰：「美哉！勤而不德，非禹，其誰能修之？」

見舞〈韶箾〉者。曰：「德至矣哉！大矣！如天之無不幬也，如地之無不載也。雖甚盛德，其蔑以加於此矣，觀止矣。若有他樂，吾不敢請已。」

從老子的美學精神論中國繪畫藝術

摘　要

　　從道家老子思想衍生出的美學精神，形成中國藝術的意境，本文自《老子》一書提出六大美感，涵蓋柔弱、自由、樸素純真、無形、虛靜無爲及自然的美，表現對現實現象世界、世俗功利態度與物我天人界限的超越。

　　老子的審美精神對中國藝術的影響非常大，本文探討藝術與道變化不已，永遠不停的往前發展；藝術師法自然並回歸自然，以達「天人合一」的境界；藝術超越形象而追求神韻，注重本質意境；而藝術意境是真樸人格的顯現，藝術家純淨天真的性情有如嬰兒般。

　　老子的美學精神融入中國繪畫藝術，本文賞析漢、魏晉南北朝、唐、宋及元明清之含有簡單形象、清靜無爲思想、自然之道、有無意境與古樸理念的繪畫。中國藝術蘊含無爲、超越、物我合一、自然簡單的理想，充滿無限創造的可能。

關鍵詞：老子、道家、美學、中國繪畫藝術

Discussion of the Art of Chinese Painting Based on the Essence of Lao-tzu's Aesthetics

Abstract

The aesthetic spirit stemmed from Taoist Lao-tzu's ideology creates the essence of the Chinese aesthetics imagery. This paper is based on the six aesthetic aspects raised in the book "Lao-tzu," covering various forms of beauty, including delicate, free, simple/innocent, formless, void tranquility/minimal actions, and natural. Such forms of beauty transcends the realistic worldly phenomena, a secular utilitarian attitude, the boundaries between outer the object and inner self, nature and man.

The essence of Lao-tzu's aesthetics has an immense influence on Chinese arts. This paper explores the ever-changing status of arts and the Tao (the way,) and its ever-advancing development. Arts learn from nature and return to nature, in order to achieve the realm of "unity of nature and man." Art transcends form and seeks vitality, emphasizing the intrinsic state of mind. Artistic imagery reveals one's true personality, while artists' temperaments remain pure and innocent, just like infants.

The essence of Lao-tzu's aesthetics has infused the art of Chinese painting. This paper appreciates paintings throughout the Han, Weijin, Northern and Southern, Tang, Song, Yuan, Ming, and Qing Dynasties that comprise simple imagery, secluded minimal actions, natural ways, with an imagery of the full and the void and ideologies of primitive simplicity. Chinese art contains minimal action, transcendence, unity of the outer object and inner self, natural and simple ideals, which are full of possibilities of boundless creativity.

Key Word：Lao-tzu (Laozi), Taoist, aesthetics, the art of Chinese painting

壹、前言

以老子的思想爲基礎和本體，衍生出老子的美學精神，形成藝術的致用，在現象上，老子的道家哲學醞釀了中國藝術的意境。意境不只是藝術家創作時在抒情或造境的美感表現，意境更是中國美學思想的一種特質，追求意境美是中國藝術家的一個特點，向來與中國文化思想有密切關聯，儒、道、禪三大哲學流派對中國藝術美學有深遠的影響。老子是道家美學的開創和奠基者，莊子則是道家美學的完成者，本文特探析老子的美學精神對中國藝術的影響。

老子未曾直接談論過有關藝術的問題和價值，對於中國藝術的影響，在於老子的觀點所呈現的人生境界可演繹爲一種藝術化的人生；且在客觀環境下，老子的「柔弱處上」、「大象無形」、「谷神不死」、「大巧若拙」等道家言論，對中國藝術家的實際創作也產生莫大的影響。

本文嘗試探討老子的美學精神，從《老子》一書的思想提出六大美感，包含柔弱之美、自由之美、樸素與純真之美、無形之美、虛靜無爲之美、自然之美。並探索老子審美精神對中國藝術的影響，歸納爲四點： 藝術與道變化不已、藝術師法自然、藝術超越形象而追求神韻、藝術意境是真樸人格的顯現。接著談到中國繪畫符合老子美學的實質現象，涵蓋漢代的簡單形象、魏晉南北朝清靜無爲的玄學、唐代水墨的自然之道、宋代山水的有無意境、元明清古樸理念的繪畫。

貳、老子的美學精神

老子的思想蘊藏豐富的哲理，其中，影響藝術方面的言論，在此歸類爲老子的美學精神，分析如下：

一、柔弱之美

美的種類有很多，有剛柔之美、強弱之美、悲喜之美……。老子主張柔弱之美，在《老子》中提及柔弱的言論有第七十八章「天下莫柔弱於水，而攻堅強者莫之能勝。」

「弱之勝強，柔之勝剛」[1]；第七十六章「人之生也柔弱，其死也堅強。萬物草木之生也柔脆，其死也枯槁。故堅強者，死之徒；柔弱者，生之徒。」「強大處下，柔弱處上」[2]；第四十三章「天下之至柔，馳騁天下之至堅」[3]；第四十章的「反者，道之動；弱者，道之用。」[4]以上的言論處處展現老子的柔弱哲學，強調道的作用是柔弱、和緩、循序漸進、若有若無、徐徐進行，「守柔約強，勇於不敢」，指柔弱不強勢，不敢有爲而無心無爲，慢慢前進似乎很微弱，卻如由冬轉春，最後真正能居上。

柔弱處世的思想表現在隱逸作風上，對中國藝術也有影響，主要從繪畫的技法傳達出風格和氣質。董其昌提出南北分宗之說，南宗山水畫從始祖王維到董源、巨然，到黃公望、吳鎮、倪瓚、再到文徵明、董其昌、清初四王（王時敏、王鑒、王翬、王原祁），這些畫家的畫作皆具有「柔」的特性。王維追求淡泊、無爲和清淨的閒適生活，他縱情山林間，飽覽自然美景，以求身心與自然合一；他的山水畫風格宛麗，氣質高清，以清柔韻致爲主要特色，線條柔和、水墨溫潤，呈現寧靜、柔弱的意境。

二、自由之美

老子認爲天地生養萬物、作育萬物，皆任其自由成長，不加約束，以「無爲」使萬物欣欣向榮，給予萬物寬廣的發展空間，成就了功德卻不居功。《老子》第二章中提到「天下皆知美之爲美，斯惡已。」[5]美和醜是相依而生的，有了美醜的認識，喜好美和厭惡醜的心念就產生了，了解此道理後，「是以聖人處無爲之事，行不言之教。萬物作爲而不辭。生而不有，爲而不恃，功成而不居。夫唯弗居，是以不去。」第十章提到：「生之，畜之：生而不有，爲而不恃，長而不宰，是謂玄德。」[6]美學家朱光潛在「文藝心理學」書中說：「美的特質，爲無限和自由。」老子的道具備此「無限」和「自由」兩大潛質。道孕育萬物，屬於自然的作爲即「無爲」，內含無限創造的可能，這種態度給予萬物至高的自由，這就是一種自由之美。

三、樸素與純真之美

老子心中的美是儉約、樸素的美，《老子》第十二章說：「五色令人目盲，五音令

---

[1] （晉）王弼注，《老子帛書老子》（台北：學海出版社，1994 年），頁 89-90。本論文所引用《老子》內容引自此書。

[2] 同（晉）王弼注，《老子帛書老子》，頁 88。

[3] 同（晉）王弼注，《老子帛書老子》，頁 52。

[4] 同（晉）王弼注，《老子帛書老子》，頁 47。

[5] 同（晉）王弼注，《老子帛書老子》，頁 2。

[6] 同（晉）王弼注，《老子帛書老子》，頁 10。

人耳聾，五味令人口爽。」[7]五色原指青、赤、白、黑、黃，這裡喻顏色繁多，因貪戀色彩而多欲多求，不易滿足，反使視覺失去正確辨色的功用。老子認為人心有欲，所以爭，爭則亂，因此強調唯有儉約，才可做到無欲。第六十七章中也說：「我有三寶，持而保之。一曰慈，二曰儉，三曰不敢為天下先。」[8]可見老子認為要美化人生要先從儉約的德性做起。

關於樸，《老子》書中提到「敦兮其若樸」；「見素抱樸」；第二十八章說：「為天下谷，常德乃足，復歸於樸。樸散則為器。」[9]樸本指未曾雕琢的原木，引申為素樸、純真 與無限可能，變成「器」後，則成有限的；故「樸」指道的敦厚無虧損，使內心清虛，俗念盡除，使精神歸返樸素真實。《老子》說：「其德乃真」、「為天下谿，常德不離，復歸於嬰兒。」[10]把真樸的人喻為「嬰兒」、「赤子」，懷抱嬰兒純和安恬之心，毫無著染，回歸生命最精純的赤子心，使性情純淨，無各種雜偽，真正的往上提升，即是一種純真之美。

四、無形之美

《老子》第五十一章說：「道生之，德畜之，物形之，勢成之。」[11]老子認為道是既超越又內在，道是萬物的根源，是無形的、虛無的，具絕對性，而無生滅，故是有恆的、無限的；當道生長萬物，就內化於萬物之中，成為德性而畜養萬物，萬物有外在物質的形體，有形才具相對性，會有變化和生滅，故是有限的。

「道生一，一生二，二生三，三生萬物。」[12]（第四十二章） 無是天地萬物之始，無形之美是最初的美。有關無形的描述於第十四章說：「視之不見，名曰夷，聽之不聞，名曰希，搏之不得，名曰微。此三者，不可致詰，故混而為一。其上不皦，其上不昧，繩繩不可名，復歸於無物，是謂無狀之狀，無物之象，是謂恍惚。」[13]「夷」、「希」、「微」描寫使用感官無法察覺到的宇宙生化的本質，達混然一體的境界，微妙不絕，無可名狀，是為無形，似回歸到無物質的狀態。

老子認為有無是相依相存的，「萬物生於有，有生於無。」虛勝於實，虛而不贏滿，才有生的空間；且「無」也是一有用的空間，譬如車輪的中空、器皿的空窟、房屋的空

---

[7] 同（晉）王弼注，《老子帛書老子》，頁 11。

[8] 同（晉）王弼注，《老子帛書老子》，頁 80。

[9] 同（晉）王弼注，《老子帛書老子》，頁 33-34。

[10] 同（晉）王弼注，《老子帛書老子》，頁 33。

[11] 同（晉）王弼注，《老子帛書老子》，頁 59。

[12] 同（晉）王弼注，《老子帛書老子》，頁 50。

[13] 同（晉）王弼注，《老子帛書老子》，頁 13-14。

處，才有車輪行遠、器皿盛物、房屋居住這些應有的功用，因為虛、實相合，有、無相待，方才構成人類文明與藝術的發展和燦爛。

五、虛靜無為之美

《老子》第五章說：「虛而不屈，動而愈出。多言數窮，不如守中。」[14]老子認為虛空不是窮竭，倒是預留發展的空間，只要生機一動，便會紛紛湧現；己見愈強調，終有絕盡之時，不如善用心中的虛靜，清明少欲；看似虛心，卻為「實」，看似無為，卻無不為。「曠兮，其若谷。」[15]（第十五章），謙虛像深谷般虛無，而「谷神不死」[16]（第六章），虛谷的神妙是生生不息的，因虛心不傷神，欲念多必傷神。

老子主張「虛其心，實其腹，弱其志，強其骨」，持著虛靜無欲的心，除去物欲誘惑，使心的活動符合美學精神。第十六章說：「致虛極，守靜篤。」[17]虛其心的極境是精神上的純一，由虛靜、無欲、無為而達到篤實明淨的境界；官能的欲望與心知的執著導致「成心」，易失落天真的本性，藉著虛靜心的觀照，才能找回自己。當人心都符合虛靜無為之道，人人皆虛心實腹，追求人心的最高境界，也是美化世間的人心基礎。

六、自然之美

《老子》第二十一章：「孔德之容，惟道是從。道之為物，惟恍惟惚。惚兮恍兮，其中有象。恍兮惚兮，其中有物。窈兮冥兮，其中有精。其精甚真，其中有信。」[18]道在現象界的恍惚不定中，顯現大象以及萬物的形體，其中生養萬物的元精真實不虛，萬物都能依此信實而行。《老子》第四十一章：「上德若谷，大白若辱，廣德若不足，建德若偷，質真若渝，大方無隅，大器晚成，大音希聲，大象無形，道隱無名。夫唯道善貸且成。」[19]老子論「道」與「德」之後，以「大方」「大器」、「大音」、「大象」用來比喻自然中的道。「大象」是宇宙中最大的形象，是現象界可觀察的一個最大的整體；道常處在無名無狀的境界，天道的作用透過萬物的形體而變化發展，因此最大的垂象也是無形的，未留下有形的跡象。

人們觀察自然，感受自然，漸將現象界萬物歸納為一個諾大的整體，演變成一種抽

---

[14] 同（晉）王弼注，《老子帛書老子》，頁6。
[15] 同（晉）王弼注，《老子帛書老子》，頁15。
[16] 同（晉）王弼注，《老子帛書老子》，頁6。
[17] 同（晉）王弼注，《老子帛書老子》，頁15。
[18] 同（晉）王弼注，《老子帛書老子》，頁23-24。
[19] 同（晉）王弼注，《老子帛書老子》，頁49-50。

象概念。中國文學家「以意寫象」，藝術家「以形寫神」，在描繪宇宙萬物的形象時，試圖在筆墨揮灑間表現大自然悠遠的意境，以「有形」來顯現「無形」，表達「無形」的恆常和超越，正好連結物體的形象和本身的內涵，這藝術的作用與老子言論思想不謀而合。

《老子》第四十五章：「大成若缺，其用不弊；大盈若沖，其用不窮。大直若屈，大巧若拙，大辯若訥。躁勝寒，靜勝熱，清靜爲天下正。」[20]「大成」、「大盈」、「大直」、「大巧」、「大辯」都是老子思想中的自然之道。「巧」是人爲技巧，那是老子所反對的；但到達極致，則巧到和自然合而爲一，沒有一點雕琢的痕跡，此時的「大巧」反顯得「拙」，真正已提升到自然無爲的境界。猶似許多藝術家最初學習技巧，直到把技巧運用得十分熟練，一旦成爲真正的藝術家，即已棄置技巧，順於自然，有時甚至「拙」得像小孩，卻是自然自身的表露。自然之美既存「巧」與「拙」，可見是一體的兩面，又可合而爲一。

參、老子審美精神對中國藝術的影響

此處探索老子審美精神對中國藝術的影響，歸納爲四點：藝術與道變化不已、藝術師法自然、藝術超越形象而追求神韻、藝術意境是真樸人格的顯現。

一、藝術與道變化不已

老子所說的道也有變化不已的特性，第二十五章的「大曰逝，逝曰遠，遠曰反。」[21]以及第四十章的「反者道之動」[22]，逝、遠、反都是一種變。物極必反，任何宇宙事物發展至極點，必然變成相反的一面；而這相反的兩面，又會反復的變化。這種循環好像周而復始，回到原來的狀態，其實在交替之中活動的萬物，卻是永遠不停的往前發展。

「至虛極，守靜篤。萬物並作，無以復觀」[23]（第十六章）「復」是事物往相反的方向變化，而又回復到道的根本，老子把復看成是道之「常」。這種說法，運用到美學的判斷上，則成了相對主義，「唯之與阿，相去幾何？善之與惡，相去何若？」[24]（第

---

[20] 同（晉）王弼注，《老子帛書老子》，頁 53-54。
[21] 同（晉）王弼注，《老子帛書老子》，頁 29。
[22] 同（晉）王弼注，《老子帛書老子》，頁 47。
[23] 同（晉）王弼注，《老子帛書老子》，頁 15-16。
[24] 同（晉）王弼注，《老子帛書老子》，頁 20。

二十章），「天下皆知美之爲美，斯惡已；皆知善之爲善，斯不善已。故有無相生，難易相成。」[25]（第二章）由於天下萬物都往相反、相對的方向發展，美的可以變成醜的，善的可以變成惡的，有可以變成無，因此美與醜、善與惡、有與無都只是一體的兩面，彼此是相對的，無絕對的意義，在藝術上亦可運用這種想法。藝術形而上的思想與道的本質同樣是不變的；但表現在現實生活中的藝術卻會流轉變化，因時因地因人而改變；因此，珍貴的是藝術本身，而不是色彩、形體的表面現象。

二、藝術師法自然

老子的審美精神給予中國藝術很大影響，王維、吳道子、張旭、懷素、董源、李成、郭熙、米芾、米友仁、馬遠、夏圭、趙孟頫、黃公望、倪瓚、沈周、董其昌、朱耷、鄭板橋等藝術家都能運用道家的觀念，去觀察自然，體會自然。大自然的山水以形象入畫，變得可行可觀可遊可居，並隱含老子美學精神，非常生動的顯示自然無窮的含義，即素樸、純真、虛靜、無爲、無限、自由、永恆……。在自然的山水中，可以撫平人類萬物在現實經驗中的哀傷悲痛，使失落的靈魂返回自身，使生命往上提升，融入混然一體的無形境界。

對藝術家而言，師法古人不如師法自然，才能對前人不斷超越，藉以推動藝術的發展。明董其昌於《畫眼》說：「畫家以古人爲師，已是上乘。進此當以天地爲師。每每朝看雲氣變幻，絕近畫中山……看得熟，自然傳神，傳神者，必以形，形與心手相湊而相忘，神之所託也。」[26]他認爲畫家應當以天地爲師，以脫去歷代名家習氣，當形已融入心手創作中，便能達到傳神的境界。

三、藝術超越形象而追求神韻

南朝南齊謝赫（479—502 年）所著《古畫品錄》一書中，在序言提出「六法」：「一曰氣韻生動，二曰骨法運筆，三曰應物象形，四曰隨類賦彩，五曰經營位置，六曰傳移模寫。」其中，「氣韻生動」最顯重要。謝赫在許多畫家的評論中，提到「氣韻生動」的概念就是「神韻」、「神氣」、「生氣」、「壯氣」、「神運氣力」……；指出除了具備運筆與形象的有力與確實、位置的妥善經營、色彩的巧妙敷設外，更須注重「以形寫神」，藉由物體的外在形象表現大自然內藏變化萬千的氣韻，這思想符合老子「大象

---

[25] 同（晉）王弼注，《老子帛書老子》，頁 2。
[26] 傅抱石，《中國繪畫理論》（台北：里仁書局，1985 年），頁 41。

青綠溝無形」的言論,也和老子清靜無為及簡化人生的理念相符。

老子超越現象界的精神深深影響中國藝術,使許多藝術家追求純真、追求神韻、超越形象、超越物我,故許多藝術家過著隱逸似的生活,在虛靜、自由、素樸的態度中生活,其藝術創作必然反映本身自由的靈魂與無欲的心境,因而產生「自然」、「大巧」、「逸品」等上乘的作品,宋郭若虛「圖畫見聞志」說:「人品既已高矣,氣韻不得不高;氣韻既已高矣,生動不得不至,所謂神之又神,而能精焉。」[27]在創作上,鄧椿的「畫繼」提到:「畫之為用大矣,盈天地之間者萬物,悉皆含毫運思,曲盡其態,而所以能曲盡者,止一法耳。一者何也?曰傳神而已矣……故畫法以氣韻生動為第一……。」[28]

唐代美學家司空圖(837-908 年)說「超以象處,得其環中。」清代神韻派王士禎(1634-1711 年)也說:「天外數峰,略有筆墨,意在筆墨之外。」其中表達的是無窮無盡的象,就是「象外之象」,即老子所說的「大象」。

四、藝術意境是真樸人格的顯現

在中國古代許多畫論中皆提到畫品如人品,畫的意境不僅由筆墨技巧予以營造,更是藝術家的人格精神與修養的顯現。藝術家創作時,追求「生拙」、「氣韻」、「神似」、「簡率」和「生趣」等旨趣,崇尚自然、素樸、天真等意境,均與老子的理想人格觀念中的真樸思想有關。明倪瓚(1301-1374 年)說:「僕之所謂畫者,不過逸筆草草,不求形似,聊以自娛耳。」[29]他認為「逸」是自然、天真的表露,筆簡形具,有素樸的特質,不刻意求工,以免流入匠氣;逸品即為上上之品,出於意表之作,是大自然神魄與藝術家的靈魂及筆墨媒材運作的極高度渾然融合,也就是天人合一的產物。

清盛大士(1771 年-?)指出,米芾的顛狂,倪瓚的孤迂,黃公望的痴呆,都是畫家的真性情,「故顛而迂且痴者,其性情於畫最近。利名心急者,其畫必不工,雖工必不能雅也。」這性情純淨天真如嬰兒般的藝術家,正是老子所認為真樸的真人。清石濤(1641-1718 年),也說:「人為物蔽則與塵交,人為物使則心受勞,勞心於刻畫而自毀,蔽塵於筆墨而自拘,此局隘人也,但損無益,終不快其心也。」藝術家從人格修養著手,除去物欲、私欲,保持心靈的虛靜與自由,在創作上也能打破規律,存真去巧,故能與天地自然精神往來。

---

[27] 同傅抱石,《中國繪畫理論》,頁 39。
[28] 俞劍華,《中國繪畫史》(台北:台灣商務印書館,1999 年),頁 218。
[29] 同傅抱石,《中國繪畫理論》,頁 41。

肆、中國繪畫符合老子美學的實質現象

老子道家思想主對中國藝術產生實質影響，在繪畫的人物上，個人風采個性取代以往道德的主題，東晉顧愷之（約 344－405 年）主張「傳神寫照」的畫風興起。在山水畫上，受到老子美學精神的影響，以「自然」作為最重要的審美判斷；在用色上，水墨山水超越青綠山水而成為主流；在繪畫技巧上，著重墨色的虛實相間；個人品格修養和自由的精神流貫於繪畫意境中。

一、漢代的簡單形象

春秋戰國時代百家思想爭鳴，人文主義高張，眾多藝術家提出許多畫論，大都受到先秦思想家的影響，尤其是道家老子的思想。秦漢時代，中國由紛亂局面進入大一統，漢代的美術家已知僅注意細微之處會忽視整體的美感，故在塑造形象時，掌握物體的簡單形象，清楚的表現整體大勢，突顯對象的基本特質，而能創作出簡單明瞭卻生動鮮明具動感的整體形象；這種特殊的藝術表現手法，正符合老子的「大巧若拙」美學精神，雖形象簡單的近乎「拙」，卻是自然無偽、樸實無華的表現。

漢初的道家「追求『無美無醜』的玄同境界……它認為美和醜都是客觀存在的，其性質不因社會上的愛憎和主觀上的好惡而有所改變。所謂『美之所在，雖污辱，世不能賤；惡之所在，雖高隆，世不能貴』（《淮南子‧說山訓》）。」[30] 並且，美和醜兩者互相依存，「各自存在於一定條件中，並隨著條件的變化而發生性質的變化；適宜於所在的具體環境則美，與所在的具體環境不相宜則不美或醜。」[31]以及，沒有純粹的美醜，美醜決定於事物中美和醜的量，《淮南子》說：「嫫母有所美，西施有所醜。」「美多」或「醜多」的質量決定事物的美或醜。還有，漢初道家談文飾與素質一般不牽涉禮樂，也不關倫理道德，而是縮小在人體的美與修飾上，但道家老子尚素樸、反文偽，主要還是重視內在精神，而少涉及人體的美。另外，《淮南子》說：「美人不同面而皆悅于目。」美有多樣性，而美感有一致性。以上即漢初道家由出世到入世對於美的本質的理解。

---

[30] 于民，《中國美學思想史》，（上海：復旦大學出版社，2010 年），頁 232。
[31] 同于民，《中國美學思想史》，頁 232。

二、魏晉南北朝清靜無為的玄學

　　魏晉南北朝又陷入分裂的局面，士大夫由原本信奉的儒家思想逐漸轉爲清靜無爲的老莊玄學，也將老子的思想帶進了他們所從事的藝術工作。玄學是老莊思想在魏晉南北朝的新變化，基本特徵是「『略具體而深究抽象』，表現於天道之求」[32]。士大夫重言、重虛、重神，他們擁有文化涵養和閒暇時光，而脫離勞動生產和實踐，以致可終日談論玄學，探究心的奧秘及宇宙的本體；他們以道家的無爲、自然以補充儒家的理論。

　　五胡亂華迫使晉代偏安江左，藝術家長期在江南從事藝術創作，也提出不少畫論，顧愷之的畫論具有樸素的美學觀點，他強調畫家須知「人心之達」與「遷想得妙」，能體察人類的生活和心靈，並尊重客觀事物的變化，透過對對象的客觀認識，在創作時才能達到「以形寫神」的藝術境界。

　　山水畫在魏晉南北朝與山水詩同時產生，依附在老莊思想盛行的田園文學而發展，當時的哲學思想鼓舞苦悶的士大夫縱情山水，因此描繪自然風景的山水畫和山水詩便興起了。

三、唐代水墨的自然之道

　　隋唐再度進入統一盛世，藝術得以蓬勃的發展，達到繁榮的階段，加上佛教盛行，使得中國藝術吸收了西域色彩；老子的自然之道，則在水墨山水上彰顯出來，創作具筆簡形具的樸素特質，以虛無飄渺和破墨的繪畫表現方式，呈現「大象」的境界。

　　此時山水畫的風格多采多姿，有李思訓父子以大青綠著色的「青綠山水」；也有王維以水墨淡淡渲染的水墨山水。王維是一位畫家，也是一位詩人，他的山水詩中反映出禪理和虛靜的生活，繪畫中也流露一股禪學思想，其畫作《輞川圖》被形容爲「山谷鬱鬱盤盤，雲水飛動」，還有「意出塵外」的構思，故其繪畫風格被後世稱爲「輞川樣」[33]。王維融合藝術中的詩與畫，蘇軾評論他的作品說：「詩中有畫，畫中有詩。」[34]王維的水墨山水符合中國文人的審美情趣，也符合老子的美學精神，在藝術上達至「體物精微，狀貌傳神」的境界，

---

[32] 同于民，《中國美學思想史》，頁255。

[33] 元代湯垕於《畫鑒》說：「王右丞維工人物山水，筆意清潤。畫羅漢佛像至佳。平生喜作雪景、劍閣、棧道、驟網、曉行、捕魚、雪灘、村墟等圖。其畫《輞川圖》世之最著者也。蓋胸次瀟灑，意之所至，落筆便與庸史不同。」《畫鑒》出於《欽定四庫全書‧子部八》。清代布顏圖於《畫學心法問答》說：「王右丞與友人詩酒盤桓於輞川之別墅，思圖輞川以標行樂。輞川四面環山，其危岩疊巘，密麓稠林，排窗倒戶，非尺山片水所能盡，故右丞始用筆正鋒，開山披水，解廓分輪，加以細點，名爲芝蔴皴，以充全體，遂成開基之祖，而山水始有專學矣。從而學之者，謂之南宗。」此段內容可說明「輞川樣」的繪畫風格。

[34] 王進祥，《中國美學史資料選編》下卷（台北：漢京文化事業有限公司，1983年4月），頁42。

四、宋代山水的有無意境

　　水墨畫的分科大約於宋代才出現，宋代重文輕武，宮廷中設立了頗具規模的畫院，將水墨畫分成山水畫、人物畫和花鳥畫三種獨立畫科。北宋和南宋的山水畫各有特點，北宋大部分是大山大水的全景圖，特別是承續五代的遺風，代表畫家如李成，創出《寒林圖》，具有「林木清曠，氣韻蕭深」的平遠畫境，近似老子之自然與生命渾然一體的無形境界；「圖畫見聞錄」評李成山水「氣象蕭疏，煙林清曠，毫鋒穎脫，墨法精微。」其山水不但表現山川氣象形勢的變化，還特別強調季節氣候的特點，創造了「寒林」的形象。

圖1：北宋・郭熙・早春圖・1012年・絹本、水墨淺設色、掛軸・158.3x108.1公分，台北故宮博物院。

　　郭熙的《早春圖》（圖1）描繪自然界由冬轉春的細膩變化，頗似老子的「守柔約強」的柔弱之美；所描繪寒冬剛過的早春景色，山野上冰雪融化，泉水涓涓流下，雄偉山巒位於畫幅正中，如卷雲狀的山頭上生長樹木（以「雲頭皴」畫山巒，以「蟹爪枝」畫樹木，筆法回護），迷濛的晨霧繚繞，近處正中三棵巨松挺立，圖中表現高遠、深遠和平遠，構圖採 S 形，象徵早春的生命律動。在「林泉高致集」一書中，郭熙提出「三遠四可」的畫論，三遠指高遠、深遠和平遠，四可指可行、可望、可遊和可居，他說：「凡畫至此，皆入妙品，但可行可望，不如可居可遊之為得」[35]如老子追求純真自由、超越物我的境地。

　　米芾、米友仁（圖2）父子以水墨渲染與橫點的「米家皴」，表現虛無飄渺的情境以及崇尚自然天真的心境，呈現文人之審美觀念，亦符合老子的審美精神。米氏山水，不像傳統水墨山水以勾皴來表現，而是以飽筆水墨橫落生紙紙面，形成層次、模糊感，來顯現煙雲迷漫，雨霧朦朧的江南山水，

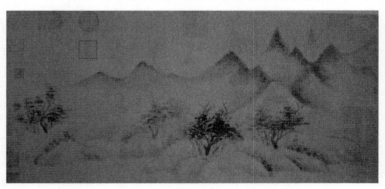

圖2：北宋・米友仁・雲山，12世紀中葉，紙本、水墨、手卷，27.5x57公分，紐約，大都會博物館。

---

[35] 同王進祥，《中國美學史資料選編》下卷，頁12。

圖3：南宋‧馬遠‧梅石溪鳧圖‧絹本、設色‧27x28公分‧北京故宮博物院。

畫史上稱「米點皴」，在當時頗具創新意義，豐富中國山水的形式和表現力，更加符合文人畫的意趣。

南宋有山水畫家喜歡表現山明水秀的一角圖，產生「殘山剩水」的構圖法。馬遠被稱「馬一角」，他在畫面上常留下大片的空白，描繪山的一隅，水的一涯，隱喻無窮的空間（圖3）。夏圭也有「夏半邊」的稱號，他的畫面很簡約，圖中的空白比馬遠還多，卻呈現遼闊平遠的氣勢（圖4）。可見中國繪畫的留白，可以提高大自然運行中山水空靈與無限的氣氛，這就像老子所主張的「有」和

「無」，在自然中存在有無，「有」和「無」是一體兩面、相依相存的，山水生於有，而有生於無；宋代藝術家在山水繪畫中，將有無的哲學思想充份的表現出來，可說將老子的美學精神發揮得很透徹。

五、元明清古樸理念的繪畫

元、明、清三代的藝術皆有復古（唐、五代、北宋）的趨勢，元之前的山水畫家較重視自然景物的結構和韻律，直到元代之後則以山水表達藝術家自我的人生

圖4：南宋‧夏圭‧煙岫林居‧水墨、淡彩、紈扇、絹本。

思想，開啓文人畫成為山水畫的正統；在繪畫上強調古樸，從寫實轉為寫意，由丘壑轉為筆墨，由華麗轉為渾厚，推崇蘇軾和米芾等的文人思想傳統，傳神為重，形似次要，以簡約的筆墨表現山水精神。

趙孟頫的繪畫具「士氣」（文人氣），並以書法入畫，他主張：「作畫貴有古意，

圖 5：元，趙孟頫，鵲華秋色圖，1295 年，紙本、水墨，28.4x93.3 公分，台北故宮博物院。

若無古意，雖工無益。」[36]代表作《鵲華秋色圖》（圖 5）中以披麻皴法繪出漫圓的鵲山，以解索皴或稱荷葉皴繪出高尖的華山，構圖使用平遠法，並聯繫兩座主山形成左右平衡，樹則以樸拙直筆繪成，他將自然山水、水墨山水和青綠山水融為一體，全畫富清逸古雅的風格，回復到唐五代北宋的古樸。

黃公望（圖 6）、吳鎮（圖 7）、倪瓚（圖 8）都受到趙孟頫的風格影響。黃公望字子久，代表畫作「富春山居圖」，採用「三遠」巧妙構圖，山石的披麻皴法達極至表現，畫中墨色淡雅自然，筆法流暢。吳鎮的山水畫筆墨蒼潤，喜繪「漁隱」的題材，他的畫也被奉為文人畫的典型作品。

圖 6：元，黃公望，富春山居圖，1347 年，紙本、水墨、卷，33x636.9 公分，台北故宮博物院。

---

[36] 黃椿昇，《藝術導論—談美》（台北：全威圖書有限公司，2005 年），頁 216。

圖7：元·吳鎮，洞庭漁隱圖，1341年·軸、紙本、墨筆，146.4×58.6公分，北京故宮博物院。

圖8：元·倪瓚，容膝齋圖，1372年·軸、紙本、水墨，74.7×35.5公分，台北故宮博物院。

倪瓚號雲林，作品擁有「澹泊」、「蕭疏」的特質，這是中國畫評家給予畫家的最高讚美，他在「雲林集」中說：「余之竹聊以寫胸中逸氣耳！豈復較其似與非……」[37]可見文人畫不求形似，而追求傳神、古樸、簡約，非常接近老子「真樸」的思想。在師承傳統上，董其昌說：「雲林畫法大都樹木似營邱（李成）寒林，山石宗關同，皴似北苑（董源），而各有變局。」[38]《圖繪寶鑒》上說：「（雲林）畫師李成、郭熙，屬平林遠黛，竹樹茅亭，筆墨蒼秀……」他畫樹的造型和用筆都疏朗簡約，偶用蟹爪，有李、郭遺意，但筆法不同，瓚求筆墨變化的趣味來表現簡疏構圖。

明代中葉以蘇州的文人畫「吳派」最為聞名，例如：沈周（圖9）、文徵明；後期的董其昌講求筆墨韻致，宛如以書法作畫，已脫山水形似，風格平淡古樸，從容自然，影響力直到清代。

圖9：明·沈周，柳外春耕，1480-1490年·紙本、淡設色、冊頁，60.2x38.7公分，

[37] 同傅抱石，《中國繪畫理論》，頁40。
[38] （明）董其昌，《畫禪室隨筆》，收於《歷代論畫名著彙編》（台北：世界出版社，1974年），頁258、250。

明末清初的隱逸畫家中，八大山人（朱耷）（圖10）是受注目的創新畫家，他棄僧還俗，浪跡市井間；繪畫筆簡意密，構圖精審，反樸歸真，達最高境界，表現出老子「樸」與「拙」的精神，且流露出強烈的個人情感，呈現生動的氣韻；吳昌碩推崇：「用筆蒼潤，筆如金杵，神化奇變，不可彷彿。」八大學習古人畫家內在品質，其次才是技法，主要抓住「一簡二拙」精義。畫家們在動盪不安和災難頻仍的環境下，接受道家的無為、淡泊和佛教的空寂、虛無，於是選擇隱居

圖 10：清．八大山人．雙鳥．紙本、水墨、冊頁．32x26.5 公分．京都住友氏。

山林、寄情書畫，把筆墨帶到另一頂點；他們更從自然取材，卻非具象，也非抽象，畫家把視覺外象轉成藝術，和自然仍是保持相關性，筆法卓越而非正統，作品往往展現意象、個性。

晚清開始，西方文化進入中國，使得中國藝術有新的發展，逐漸跳脫傳統，但老子的美學精神仍然深植中國藝術家心中。

伍、結論

老子思想蘊藏美學精神，崇尚柔弱、自由、樸素純真、無形、虛靜無爲及自然的美。關於人心與天心，永遠是往上提升的超越意念。提及清靜無爲與素樸天真，是對世俗功利態度的超越；提及柔弱重虛、無形忘象，是對現實現象世界的超越；提及自由自然、渾然一體，是對物我天人界限的超越。

老子審美精神對中國藝術的影響非常大，形成與世界其他藝術完全不同的風格，表現出注重本質意境的「寫意美」，而非講究形似逼真的「寫真美」，故藝術超越形象而追求神韻、傳神，師法自然的特質，並回歸自然，向前推進，以達「天人合一」的境界。在藝術本身和道的根本之下，藝術與道變化不已意謂永遠不停的往前發展；透過虛靜心的追求，把有執的成心放開，就像嬰兒一般，即成「天地與我並生，萬物與我爲一」的真人，且使藝術意境成爲真樸人格的顯現。

中國繪畫符合老子美學精神的實質現象上，本文探討了漢代的簡單形象、魏晉南北朝清靜無爲的玄學、唐代水墨的自然之道、宋代山水的有無意境、元明清古樸理念的繪畫。中國繪畫具有追求意境的特色，許多畫論皆與老子的理念相通；老子的美學精神融進中國藝術，使中國藝術蘊含無爲、超越、物我合一、自然簡單的理想，充滿無限創造的可能。

（發表於：玄奘大學第二屆東方人文思想學術研討會&論文集，新竹：玄奘大學，2010 年 6 月。）

參考書目：（本論文引用之圖片亦出自以下參考書目）

（晉）王弼注，《老子帛書老子》，台北：學海出版社，1994 年。

（明），董其昌，《畫禪室隨筆》，收於《歷代論畫名著彙編》，台北：世界出版社，
　　1974 年。

于民，《中國美學思想史》，上海：復旦大學出版社，2010 年 1 月。

王進祥，《中國美學史資料選編》，台北：漢京文化事業有限公司，1983 年 4 月。

王邦雄，《人間道—老子三書之參》，台北：漢藝色研文化事業有限公司，2005 年 8 月。

王克文，《山水畫談》，上海：上海人民美術出版社，1993 年 8 月。

朱榮智，《老子探微》，台北：師大書苑，1989 年 3 月。

朱孟實等，《中國古代美學藝術論》，台北：木鐸出版社，1985 年 9 月。

朱光潛，《談美》，台北：漢藝色研文化事業有限公司，1988 年

李渝譯，James Cahill 原著，《中國繪畫史》，台北：雄獅圖書股份有限公司，1998 年 4
　　月

吳怡，《老子解義》，台北：三民書局，2008 年 5 月。

俞劍華，《中國繪畫史（上）（下）》，台北：台灣商務印書館，1999 年 6 月。

黃椿昇，《藝術導論—談美》，台北：全威圖書公司，2005 年 9 月。

傅抱石，《中國繪畫理論》，台北：里仁書局，1985 年 3 月。

楊仁愷主編，《中國書畫》，台北：南天書局有限公司，1992 年 5 月。

閻麗川，《中國美術史略》，台北：丹青圖書有限公司，1987 年 1 月。

劉文潭，《中西美學與藝術評論》，台北：中華文化復興總會，1983 年。

蔣勳，《美的沈思》，台北：雄獅圖書股份有限公司，1993 年 10 月。

莊子的藝術審美境界

壹、前言

在先秦哲學家中，莊子的思想最富美學的意涵，他的許多哲學觀念，同時也是美學觀念。本來他的思想是為解除亂世人民的困頓，因而揭示一套人生理想，主張追求優遊逍遙，以得到個體人格和生命的自由，而這就是美學的極致，也是藝術表現的最高意境。

莊子的哲學思想地確與現代美學觀念有許多相合相通之處。了解莊子的哲學，也就是了解莊子的美學，莊子的美學與哲學渾然一體、相輔相成。莊子認為「道」是自然無為，在「道」的運作中獲得無限的自由，消解物對人的統治支配；道的達到和觀照與感性的美的達到和觀照是一樣的，充滿天地、人間和審美的愉悅。

本文即由莊子的哲學和美學相互融合談起；接著談到莊子論審美態度（包含：審美的超功利性、審美的心理特徵）、莊子論美（包含：美在於無為、美在於心齋和坐忘、對於醜與美的觀點）、莊子論藝術（包含：藝術理念的特徵、藝術創造的特徵、在音樂方面的特徵、在繪畫方面的特徵、在文學方面的特徵；並探析莊子美學對中國藝術的影響（包括：藝術的醜怪思想和作品、藝術強調虛的表現）等。莊子的哲學與美學微妙精深，謹以此文做為初探。

貳、莊子的哲學和美學相互融合

莊子哲學力求消除人的異化，達到自由和無限，超越於利害得失之上，此種人生情感和態度，以本質來看即是審美的態度；莊子的美學與哲學相融統一，他認為道是永恆無限、絕對自由的宇宙本體，是一切美的根源，論「道」的同時便是論「美」，在先秦美學中，從莊子得到的主觀審美感受最為豐富深刻。

莊子對於人生價值追求「萬物與我為一」的自由境界，並認為這境界是最高層次的美；從對象、對象與主體之間去審察美，超越現實狹隘有限的範圍，追求廣大遼闊的美；中國「意境」之說最早的思想淵源即主要發端於莊學。

莊子的美學和他的人生哲學無法脫離而單獨存在。莊子處於充滿殺戮悲苦的戰亂時

代，莊子提出生命的存亡僅是自然的現象，當美感經驗已超越了生死的拘限，而臻於不死不生、相忘生死的境界，是「至人」、「神人」、「聖人」與「真人」的生命體現，生命的美感便能呈現清靈自在的精神意涵。因此，莊子以許多虛構的寓言、幽默嘲諷的言語和嚴肅憐憫的態度，闡述理想中自在自得的逍遙境界，也就是和諧流暢、隨意而安的在自然與人間遨遊的美學境界。

叁、莊子論審美態度

關於審美態度的問題，莊子並沒有直接論述過，但人的生活如何才能達到自然無為境界，就是人的生命如何才能達到美的境界，其中聯繫到有關審美態度、感受與意識的問題。

一、審美的超功利性——超脫「有用無用」

莊子對審美的超功利性的看法表現在有用與無用上，但《莊子》並沒提到任何無用的東西皆美或有用的東西不美。超功利觀念在西方美學史上是十九世紀德國從哲學上強調與明確論證的，在中國則出自莊子。莊子認為一個人若執著於有用無用、利害得失，生活將會遭受無窮盡的痛苦，反之能夠擺脫有限功利目的的束縛，就能不為外物所支配，得以保持自我的人格自由，而獲得超出功利的精神上的愉快，就其本質來看正是審美的愉快，此種自由和愉快有利於生命的發展；通過超功利的審美態度，把人提升到能夠支配宇宙的絕對自由的狀態。

《莊子》〈逍遙遊〉云：

> 惠子謂莊子曰：「魏王貽我大瓠之種，我樹之成而實五石，以盛水漿，其堅不能自舉也。剖之以為瓢，則瓠落無所容。非不呺然大也，吾為其無用而掊之。」莊子曰：「夫子固拙於用大矣。……今子有五石之瓠，何不慮以為大樽而浮乎江湖，而憂其瓠落無所容？則夫子猶蓬之心也夫！」[1]

在〈逍遙遊〉這段文中，莊子藉惠子「無用而掊之」、「固拙於大」、「憂其瓠落無所

---

[1] （晉）郭象注；（清）郭慶藩集釋，《莊子》（台北：台灣中華書局，1973 年），頁 22-24。本論文引用《莊子》內容引自此書。

容」，顯出「有蓬之心」的成見，世俗往往以一己成見，決定事物的價值，要求一定的功用；在現實社會也一樣，以功利的成見來衡量人的價值，對於不合標準的人就忽視他遺棄他。許多人仍舊依附在其體系上不自覺，用這套標準要求自己，同時也接受它的審判，遭受到「失敗」的威脅，而未察覺自我的價值。莊子透過對自我的省察，對「有用」的範圍重新認識；莊子認為：凡物必有其自適之道，人不必自傷其性，被固有的成見加以區分或限制；若以審美的態度來看，悠哉遊哉，即為一種逍遙之美。

〈逍遙遊〉提到：「今子有大樹，患其無用，何不樹之於無何有之鄉，廣莫之野，彷徨乎無為其側，逍遙乎寢臥其下，不夭斤斧，物無害者，無所可用，安所困苦哉！」[2]從寬廣的角度來看，物「無用」，故「物無害」；對一個人來說，能守住「無用」，正代表不隨波逐流，不以追求現實環境的功利價值為人生的成就；而能肯定自我生命的價值，生命本身可以不受干擾，維持自身的單純和形體態度的安適；能夠摒除功利及實用的角度，這正是進入藝術心靈的起點。

樹，安然處在蒼穹之下，人，可以恣意的躺在它的腳下休憩。生命得以自由解放，開闊舒展，這才是人生的大用，每個人都可以成就自身人生精神的大樹。莊子不限定物的固定用途，摒除世俗「小用」、「無用」的成見，來完成全宇宙的「全體大用」，逐漸進入圓融的境界，得到精神上絕對的自由，從有用無用的層面超脫，達到逍遙大用的人生態度和審美的態度。

二、審美的心理特徵——「徇耳目內通而外於心知」

莊子在提到人如何才能達到自然無為，進入一種自由的美的人生境界時，曾多次講到人的內心修養和精神狀態的問題，這方面事實上涉及審美的心理特徵。〈人間世〉說：「若一志，無聽之以耳，而聽之以心。無聽之以心，而聽之以氣。聽止於耳，心止於符。氣也者，虛而待物者也。唯道集虛。虛者，心齋也。」[3]審美感受不只是單純的感官知覺，而是同時伴隨理性、精神；「心齋」是由耳而心，再由心而氣的修養工夫，即由外而內，由有心而無心，進而以大我姿態直接與自然對話，與大道契合的超越解消的心理歷程。此過程是經由生理的耳目感官，進展到心理的心意感性，最後到達性理的神志理性。

因此，審美感受的心理狀態，是感覺、知覺、想像、情感、理性都融匯在一起，而

---

[2] 同（晉）郭象注；（清）郭慶藩集釋，《莊子》，頁25。
[3] 同（晉）郭象注；（清）郭慶藩集釋，《莊子》，頁80-81。

集中在對象上的狀態，在這種狀態裡，滲透著理性的情感通過想像的活躍而得到紓展和表現，對象與主體消除了疏遠和對立，從而產生忘懷一切的自由感，一種特殊的精神愉快油然而生，這些審美的特徵也是莊子所謂的「坐忘」。〈大宗師〉：「墮枝體、黜聰明，離形去知，同於大通，此謂坐忘」[4]，「坐忘」較「心齋」更進一步指出審美感知具有忘懷一切的特徵，這種特有的心理狀態僅憑審美經驗的觀察就可獲知，而中國的美學不同於西方純粹論理式的美學的地方，在於美學更是建立在創作的經驗上，莊子的審美超越，是以現象的描述建立美學；因知「心齋」和「坐忘」的說法包含莊子從哲學上對審美心理特徵的理解。

〈人間世〉說：「瞻彼闋者，虛者生白，吉祥止止。夫且不止，是之謂坐馳。夫徇耳目內通而外於心知，鬼神將來舍，而況人乎！」[5]因為心中無欲，所以光明自會出現，一切吉祥便會降臨在靜止的虛空的內心；我們應該使耳目往內收斂，而把求知的欲望往外拋棄。中國的藝術家講求虛靜，指的就是在審美觀照中，所有的內部心理活動都停止了，但是沒有任何特別內容的明淨感與純粹快樂的意識依然存在。

肆、莊子論美

依莊子的言論以下分三點探討：美在於無為、美在於心齋和坐忘、對於醜與美的觀點。

一、美在於無為

「無為而無不為」是「天地有大美」的根本原因，是個體人格之自由的實現。莊子藝術思想的核心，是提倡自然之美，他認為最高最美的藝術是「應之自然」的天然的藝術，而人為的藝術雕琢造作，不只無法成為最美之藝術，還會妨礙對天然的藝術美的認識和領會，並對人們審美意識產生破壞作用。

（一）自然之美——「天下有大美而不言」

老子說：「五色令人目盲，五音令人耳聾，五味令人口爽。」又說：「美言不信，

---

[4] 同（晉）郭象注；（清）郭慶藩集釋，《莊子》，頁 153。
[5] 同（晉）郭象注；（清）郭慶藩集釋，《莊子》，頁 82-83。

信言不美。」莊子發展了老子的此種觀點，莊子說：「擢亂六律，鑠絕竽笙，塞瞽曠之耳，而天下始人含其聰矣。滅文章，散文采，膠離朱之目，而天下始人含其明矣。毀絕鉤繩，而棄規矩，攦工倕之指，而天下始人有其巧矣。」[6]《胠篋篇》他認為用線條色彩創造的繪畫，用節奏聲音創造的音樂，用文字語言創造的文學，是人為造作的藝術；只有找回自然本色的美，才能使人了解真正的藝術美。莊子又說：「五色不亂，孰為文采；五聲不亂，孰應六律；夫殘樸以為器，工匠之罪也。」[7]《馬蹄篇》因此莊子認為藝術是任真自然的；他主張無為，認為藝術是自由的活動，不帶任何實用的目的。

莊子〈天道篇〉說：「夫帝王之德，以天地為宗，以道德為主，以無常為常。無為也，則用天下而有餘，有為也，則為天下用而不足。故古之人貴夫無為也。」[8]無為，並非無所作為，而是無刻意作為，符合自然天道的運行。〈天道篇〉又說：「夫虛靜恬淡，寂漠無為者，萬物之本也。…靜而聖，動而王，無為也而尊，樸素而天下莫能與之爭美。」[9]「虛靜恬淡，寂寞無為」是「萬物之本」，同時也是美之本；一切任其自然，才能達到天下無與倫比的美。莊子說「游夫遙蕩恣睢轉徙之途」[10]（〈大宗師〉），他認為以「自然無為」為美的本質，才可以使天地與我並生，萬物與我合一，達到最大的自由，獲得最高境界的美，逍遙自在，實現「大道之美」。

「美則美矣，而未大也」對無限之美的追求是莊子美學的重要特色。莊子認為美在於「道」，而「道」無所不在，在無窮的時間和空間上，道是創造宇宙的無限力量；而美是人之自由的表現，不應被侷限，故美具有無限性，最高的美包容整個宇宙，廣大無涯。

莊子所頌揚的「大美」（壯美）是主體等同於無限的結果，它所產生的審美的愉快伴隨著驚嘆，絲毫沒有西方美學的「崇高」伴隨的恐怖、痛感與常有的宗教神秘意味。「大美」屬於純粹的美學範疇，包括宇宙萬物的美與個體人格的美，個體人格的表現應不被社會倫理道德等規範所束縛，而是奔放不羈的追求個體人格的無限。

（二）美與真──「聖人法天貴真」

莊子所說的「真」就是一般所認為的合於客觀實際或客觀真理的意思，必須符合人的「性命之情」，使人的生命能自由發展，而不受到人為的干擾；莊子的美是「返其真」、

---

[6] 同（晉）郭象注；（清）郭慶藩集釋，《莊子》，頁 192-193。

[7] 同（晉）郭象注；（清）郭慶藩集釋，《莊子》，頁 183。

[8] 同（晉）郭象注；（清）郭慶藩集釋，《莊子》，頁 246-247。

[9] 同（晉）郭象注；（清）郭慶藩集釋，《莊子》，頁 244-245。

[10] 同（晉）郭象注；（清）郭慶藩集釋，《莊子》，頁 150。

「法天貴真」，美來自於自然無爲的「道」，凡是美的事物均應真實無僞，沒有虛假做作，沒有人工雕鑿，真正的美是天然美。

進一步說，美與真結合的內涵，是讓事物本身按照它的自然天性去表現自己，不須施以任何外在的力量去強行干涉和改變，完全尊重事物自身規律，其「真」就是合規律的意思。莊子已意識到——美是自然生命在合規律的活動中所表現出的自由狀態。在美學史中莊子是第一位明確的觸及本質問題，認爲美是規律和自由的統一，在這意義上肯定了美與真的一致性。

二、美在於心齋和坐忘

莊子〈逍遙遊〉中說：「至人無己，神人無功，聖人無名。」[11]「無己」就是「喪我」，也就是「心齋」和「坐忘」。「心齋」和「坐忘」足以通達自由豁達的人生至境，同時也是通達純粹的美感經驗的重要步驟。生命境界的開展與美感經驗的提升，首先必須淨化性靈，因此莊子提出了「心齋」與「坐忘」的修養歷程。

所謂「心齋」和「坐忘」，就是要徹底除去利害的觀念，不僅要「離形」、「墮肢體」，而且要「去知」、「黜聰明」、「外於心知」，擺脫物象和心知欲望的迷惑，並且超越實用功利的目的，從而能達至高度自由的境界，實現對「道」的觀照，臻於至美至真至樂的境界；如此逍遙自適、無求無待的意境，正是美學的極致理念，藝術精神的最高表現。

莊子在〈人間世〉中提到「心齋」，「齋」是純淨的意思，莊子認爲需專心一意，不用耳去聽，也不用心去聽，而是用氣去聽，耳的感官感覺和心的邏輯思考，只能掌握有限的事物，唯有用氣去聽，才能容納無限；氣以虛來對應萬物，而道和虛相合，虛就是「心齋」，內心虛淨無雜念，才能對事物有超乎功利的審美觀。

莊子在〈大宗師〉中又提出了「坐忘」的概念，拋開形體和知解之後，精神和萬物相合，就是「坐忘」。而在〈大宗師〉中提到女偊得道的歷程，先是「外天下」，而後「外物」，而後「外生」；脫去生命的困擾，使經驗和知識消解，忘掉小我，與大化相通。「心齋」和「坐忘」都是要將形體的我化爲虛境，心靈得以全然自由解放，抱著「無所爲而爲」的想法，在獨立逍遙的情況之下，得到審美的愉悅，才能享有完全的美感經驗。

---

11 同（晉）郭象注；（清）郭慶藩集釋，《莊子》，頁 13-14。

三、對於醜與美的觀點

在中國美學史上，莊子是第一個明確談及「醜」的問題的美學家，在莊子的觀念中，人外形的美醜並不妨礙精神的美，醜的人也能得到別人的愛慕，因在醜的外形體下也可以擁有超越形體的精神美，這種對於精神美的高度重視和追求，後來在魏晉的美學得到發展。

（一）醜陋之美——「德有所長而形有所忘」

莊子的審美觀點非常特別，在〈人間世〉和〈德充符〉兩篇文章中都曾提到身體有殘缺、畸形，外表醜陋的人，然而這些人卻都得到一般人喜愛。例如：支離疏、兀者王駘、兀者申徒嘉、兀者叔山無趾、哀駘它，以及闉跂支離無脤、甕盎大癭等人；有的駝背，有的斷腿，有的脖子長瘤，有的嘴唇畸形……，皆是一些奇形怪狀，極端醜陋的人。

莊子描述這麼多狀貌極其醜陋的人，可見莊子對醜人的美化是他審美觀的一大特色。莊子的美學認為天地物我混然一體，無法也不必分別彼此。同時，「德有所長而形有所忘」的緣故，一個人外貌的醜惡，一點也不會妨害他的精神的美，反而由於他們人格精神的美，相較之下還比一些形體健全的人更令人讚美和喜愛。

莊子在〈德充符〉中藉著許多寓言傳達這個審美觀。王駘是一個斷足的人，但「王駘，兀者也，從之遊者與夫子中分魯。」[12]究其原因，是王駘能「審乎無假，而不與物遷，命物之化，而守其宗也。」他使自己的心靈遨遊於最高和諧境界，能切實的洞悉天地真理，不為外物而變遷，且能主導萬物生化，把握宇宙的根本。因為王駘看萬物本是一體的，看不見有什麼缺失，所以他看自己喪失了腳，只覺得像流失一塊泥土一樣。

莊子所描述的這些醜陋的人，由於他們人格精神上的美，使人們忘記形體的美醜；但莊子並非看輕形體的美，只是更看重精神的美，即是遊於「形骸之內」，而不是索於「形骸之外」；也就是要忘掉外在形體的執著，強調內在的精神層面，這才是真正的美。

莊子說：「道與之貌，天與之形，無以好惡內傷其身。」[13]（〈德充符〉）不論長相美醜、形體齊全或殘缺，都是「命」，也都是「道」。一個真正得道的人，將外在形體拋開，不會去計較美與醜、得與失、全與毀，這即是「坐忘」。莊子筆下這些殘疾者，使中國古典藝術增添許多不同的審美形象，使人們注意到外表醜陋卻有德性的人，因而

---

[12] 同（晉）郭象注；（清）郭慶藩集釋，《莊子》，頁102。
[13] 同（晉）郭象注；（清）郭慶藩集釋，《莊子》，頁119。

擴大了人的審美觀。

（二）美醜的相對性——「孰知天下之正色哉」

莊子美學強調美醜的相對性，甚至說美醜可以通而為一。如果將美惡絕對區分，則會因美而喜，因惡而悲，就會勞形苦心，甚至傷生滅命；故美醜相對性的說法是對人生採取達觀態度。莊子發展了老子的思想，認為美是相對於醜而存在的，「道」是絕對的美；而現象界中的美與醜是相對的，且在本質上並無差別。

〈德充符〉篇提到：「道與之貌，天與之形，無以好惡內傷其身。」[14]美醜相對性之目的並不在於否定美醜的區別，泯滅美醜的界限；真正目的在於實行自然無為之道，保持個體人格的獨立與自由，實現最高意義的美。當美的追求有損生命發展，這時就要不為所動；若美的追求不會內傷其身，莊子並不否定美的欣賞和滿足。

「毛嬙麗姬，人之所美也；魚見之深入，鳥見之高飛，麋鹿見之決驟。四者孰知天下之正色哉?」[15]莊子在〈齊物論〉中，從人和動物的美感差異，驗證「美」、「醜」的相對性，由於人和動物的生活習性不一樣，而造成對美醜的感受也不一樣，一般人認為的美女，動物卻被嚇跑，這四者中又有誰知道天下最標準的美色是什麼?美女對於人而言才是「美」的。

同時，莊子也說：「故為是舉莛與楹，厲與西施，恢詭譎怪，道通為一。」[16]（〈齊物論〉）不論是細小的草莖和巨大的屋柱，醜陋的女人和美麗的西施，若超越心靈的認知，以道的觀點而言，則一切經驗對象皆可視為同等；莊子認為，萬物的本質相同，都是氣的聚散。「臭腐復化為神奇，神奇復化為臭腐。」[17]（〈知北遊〉）神奇和臭腐均隨人們依據自我的喜惡而轉化，即美醜互相流轉變化，循環不息，不僅在於人的好惡不同，更在於它們的本質是相同的。

同時，美與醜是應條件而變的，「彼知矉美而不知矉之所以美」[18]（〈天運〉），因條件的不同，美與醜的感知也不同。莊子在〈山木篇〉中，以形貌和德行來論美醜，提到逆旅小子有兩個妾，其一人美，其一人惡（醜），因為「其美者自美，吾不知其美也;其惡者自惡，吾不知其惡也。」[19]所以惡者貴幸，美者賤視；這說明了美醜僅於形貌，

---

[14] 同（晉）郭象注；（清）郭慶藩集釋，《莊子》，頁 119。
[15] 同（晉）郭象注；（清）郭慶藩集釋，《莊子》，頁 53。
[16] 同（晉）郭象注；（清）郭慶藩集釋，《莊子》，頁 41。
[17] 同（晉）郭象注；（清）郭慶藩集釋，《莊子》，頁 374。
[18] 同（晉）郭象注；（清）郭慶藩集釋，《莊子》，頁 270。
[19] 同（晉）郭象注；（清）郭慶藩集釋，《莊子》，頁 359。

而貴賤在於其德行，即使外在相貌醜陋，但內在精神修養高潔，也可以使醜變美，甚至越醜者越美。

伍、莊子論藝術

以下從藝術理念、藝術創造等方面所呈現的特徵，歸納莊子哲學在藝術上的思想。

一、藝術理念的特徵——「言」與「意」

莊子主張「得意而忘言」，「筌者所以在魚，得魚而忘筌；蹄者所以在兔，得兔而忘蹄；言者所以在意，得意而忘言。」[20]（〈外物篇〉）莊子用筌和蹄比喻為了達到目的而採取的手段，魚和兔才是捕獵的真正目的；意指不拘泥於文句言辭，既得其意，則忘其言；和道「不可言傳」、「言不盡意」相連繫，天地間的至理，並非言語文字所能傳達，因而不要停留於「言」而要領會「意」，一旦通達意理，就應該捨棄所憑藉的外在形式。

「道」是從宇宙萬物的生成變化中產生的抽象觀念，自然至高，「不可言傳」；同樣的，在美學上，「美」是抽象範疇之一，也是不能以個別具體的物象來加以描述美的狀態，或規定其為美，從現實形象或藝術作品所獲得的審美感受很難用語言加以明確規定，只能心領神會，進入「得意而忘言」的境界也就是審美感受的形成。

二、藝術創造的特徵——「技」、「藝」、「道」

〈養生主〉「庖丁解牛」的寓言故事，內容說庖丁在文惠君前，做了一場神乎其技的「解牛」表演。庖丁解牛時，劃然有聲，豁然而開，一舉一動合於音樂的節奏和舞蹈的動作，在牛沒有嘶叫、沒有痛苦的情況下，完成了融於藝道的演出，文惠君大為讚歎：「技蓋至此乎？」庖丁回答：「……臣以神遇而不以目視，官知止而神欲行。依乎天理，批大郤，導大窾，因其固然。」[21]（〈養生主〉）意思是感官知覺皆停止，獨有精神意識自然的發展；依著天然的理路，順著牛體的結構，刀鋒插入空隙和空處，因應固有的情狀，而沒有阻礙。在對象（牛）的物性中「解」放生命，並表現生命流轉的趣味。庖

---

[20] 同（晉）郭象注；（清）郭慶藩集釋，《莊子》，頁475。
[21] 同（晉）郭象注；（清）郭慶藩集釋，《莊子》，頁67-68。

丁又說：「彼節者有閒，而刀刃者無厚，以無厚入有閒，恢恢乎其於遊刃必有餘地矣，是以十九年而刀刃若新發於硎。」[22]（〈養生主〉）薄到極至的刀刃遊於牛體的空隙，象徵精神遊於人間世，悠遊自得。

庖丁自況一生追求道的體現，故已超過技藝的目的層次。以觀眾的立場來說，「庖丁解牛」若用世俗的肉眼感官去看，感到悅耳悅目，看到的是庖丁的刀「技」；若用知識理念的「心眼」去感受，感到悅心悅意，觀賞到的是庖丁的刀「藝」；若有真君之人用意識精神的「天眼」去體會，則感到悅神悅志，此時欣賞到的是庖丁的刀「道」。由於藝術創造與審美無關乎目的卻又有合目的性[23]，故能產生超越一切的自由愉悅。莊子藉「庖丁解牛」象徵人的生命活動，從提升生命、淨化性靈，進而體現生命、安頓生命；而「技」與「藝」貴於達至「道」的境界。

莊子指出庖丁在解牛時從「技」到「藝」至「道」的三種不同的藝術層次與生命境界。以創作者的立場來說，一是目視，肉眼——眼睛看到的是牛的血肉形體，藉著解牛來體驗生命；二是心知，心眼——內心觀賞的是牛的骨幹架構，藉此來顯現生命；三是神遇，天眼——神志欣賞的是牛的神韻風骨，藉著「神遊」的遊戲，來品味生命的無限可能。

「道」與「技」、「藝」的關係就是道與藝術的關係，「道」是實質的自由，「技」與「藝」指藝術創造的活動，前後結合，就是一種具有自由創造性的藝術活動。藝術創造活動是種合規律、合目的性的活動，同時又是一種不受規律束縛的自由活動，超出了個人功利的考慮而不計較利害得失。莊子將「道」與「技」、「藝」聯繫，本意是通過「技」、「藝」使人明白「道」；又揭示藝術創造活動所具有的根本特徵在於道。

三、在音樂方面的特徵——人籟、地籟、天籟

莊子的審美觀念，也具體地表現在藝術創造方面。在音樂方面，莊子認為最好的音樂是「天籟」、「天樂」。莊子〈齊物論〉中把聲音之美分為三類：人籟、地籟、天籟——「子綦曰：『夫大塊噫氣，其名為風。是唯無作，作則萬竅怒呺……』子游曰：『地籟則眾竅是已，人籟遇比竹是已，敢問天籟。』子綦曰：『夫天籟者，吹萬不同，而使其自己也。咸其自取，怒者其誰邪？』」[24]人籟是人借由樂器所演奏出來的音樂；地籟是

---

[22] 同（晉）郭象注；（清）郭慶藩集釋，《莊子》，頁68-69。

[23] 康德說:美的判斷只以某種形式的主觀的合目的性(一個概念從其客體來看的原因性)為基礎,其合目的性沒有一個最終的目的,完全不依賴於善的表象,不同於善以客觀的合目的性為先決條件。參康德（Immanuel Kant）著,鄧曉芒譯,《康德三大批判之三——判斷力批判》(台北:聯經出版事業股份有限公司,2006年),頁226。

[24] 同（晉）郭象注；（清）郭慶藩集釋,《莊子》,頁27。

大自然吐露的氣息，叫做風，風一旦吹動，就會使得自然界大大小小的孔竅發出各種自然的美聲；而這發動風產生音響的又是誰呢？陳壽昌注：「風之怒，又誰使之邪？可知冥冥中之主宰，莫非天也。故不更言天籟之何屬也，此不答之答也。」故天籟是自發的聲音，自然天成，也最為優美。而由天籟與「道」相和的樂，就稱為「天樂」；天樂的特徵是「聽之不聞，其聲視之，不見其行，充滿天地，苞裹六極。」[25]（〈天運篇〉）郭象注道：「此乃無樂之樂，樂之至也。」這種「無樂之樂」，就是莊子心中最美的音樂。

四、在繪畫方面的特徵

〈田子方〉篇說：「宋元君將畫圖，眾史皆至，受揖而立；舐筆和墨，在外者半。有一史後至者，儃儃然不趨，受揖不立，因之舍。公使人視之，則解衣般礴臝。君曰：『可矣，是真畫者也。』」莊子強調自然真率，他認為用筆墨所描繪出來的畫，都是有筆墨和形象的侷限性，不如自然本身展現的完美。一位技藝高深的畫家，也無法毫無遺漏地把自然的美描繪出來，故只有自然本身所呈現出來的，才是最真最美的繪畫。

五、在文學方面的特徵

〈知北遊〉中，「知」以三個問題：「何思何慮則知道？何處何服則安道？何從何道則得道？」問「無為謂」、「狂屈」、和「黃帝」。「無為謂」三問而不答，非不答，不知答也；「狂屈」是「中欲言而忘其所欲言」，想說卻忘了怎麼說；「黃帝」則答「無思無慮始知道，無處無服始安道，無從無道始得道」。「知」以為「黃帝」是真知，莊子卻藉「黃帝」提示世人：「無為謂」才是真知，他用行動做到無；「狂屈」想說而未說，居於中間；「知」和「黃帝」則都說出，因沉不住氣，所以「終不近」。

又如〈知北遊〉中，「可以言論者，物之粗也。可以意致者，物之精也。言之所不能論，意之所不能察致者，不期精粗焉。」莊子主張不受語言文字的拘限，宜求於「言意之表」，體會自然之美。因此，在莊子的審美感受中，「不可以言傳」指無法用語言表達自然的妙理，所以不要拘泥於言，奉言是一切，而是要去體會「意」，並進入「得意以忘言」的境界，而完成審美的感受；再進一層，自然的妙理，是不能用言和意來全部表達的，而只能求之於「無言無意之域」。

---

[25] 同（晉）郭象注；（清）郭慶藩集釋，《莊子》，頁267-268。

陸、莊子美學對中國藝術的影響舉隅：

以下舉出藝術的醜怪思想和作品、藝術強調虛白的表現，來看莊子美學對中國藝術的影響。

一、藝術的醜怪思想和作品

從莊子美學中的美醜觀點來看中國藝術史，在文學上，清代劉熙載於《藝概·詩概》說：「昌黎師往往以醜為美；而杜甫詩中也常用『醜』一類的字眼來描繪醜的事物和景象。」唐代韓愈、杜甫皆常用艱澀難懂的詞句描寫怪異黑暗的事物。在繪畫上例如：五代前蜀畫家禪月大師貫休的人物畫就是一個詭怪的例子[26]；又如：五代宋初人物畫家石恪筆下的人物也同樣具有醜怪的特點；在後世有些藝術家看來，藝術中的醜不僅不低於美，甚至比美更能表現出生命的力量與活力。

文人畫到宋代，已出現不忌醜怪的情形，開始除破形式美的原則，宋代劉道醇在《宋朝名畫評》中說：「所謂六長者：粗魯求筆一也，僻澀求才二也，細巧求力三也，狂怪求理四也，無墨求染五也，平畫求長六也。」[27]其中「粗魯」、「僻澀」、「狂怪」已成為當時文人畫的重要內容，如蘇軾、黃庭堅等人皆有這些「醜」的表現，以助個性的充分發揮，宋代陳師道明確的說：「寧拙毋巧，寧樸毋華，寧粗弱，寧僻俗，詩文皆然。」其中的拙、樸、粗、僻在很大的程度上帶著醜的意思。但宋人的尚醜，仍是尚美中的醜，在追求怪誕時，還要合乎理性，因而狂怪與情理達到和諧統一。

蘇軾說：「石文而醜。」清代美學家劉熙載也說：「怪石以醜為美，醜到極處，便是美到極處。一『醜』字中丘壑未易盡言。」[28]（〈藝概·書概〉）怪石之所以「以醜為美」，就在於它表現了宇宙元氣運化的生命力，石醜則出現千萬態狀，醜石能顯秀美之妙。所以，美醜並非絕對的，是沒有定論的，不要因過於重視美醜而無法領略天地萬物真正的美感；一件藝術作品，只要有氣韻，能表現「一氣運化」的活力，即是一種美的展現。

---

[26] 禪宗受到許多老莊思想的影響，它原本就是儒道玄佛各家思想整合而成，濡染中國文化思想非常深，所論述的大部分內容都與審美和藝術有相通和相似之處，以禪宗畫來看，禪宗的「頓悟」心法引導出禪宗畫清簡率意的風格，今人黃河濤在《禪與中國藝術精神的嬗變》中說：「禪宗畫是在文人畫的基礎上，畫家主觀心靈極端開放的產物。」（黃河濤，《禪與中國藝術精神的嬗變》，北京：商務印書館國際有限公司，1994 年，頁 345。）可見禪宗畫與文人畫同樣受到莊子美學思想的影響。

[27] （宋）劉道醇，《宋朝名畫評》，引自彭修銀，《墨戲與逍遙》（台北：文津出版社，1995 年），頁 165-166。

[28] （清）劉熙載，《藝概·書概》，引同彭修銀，《墨戲與逍遙》，頁 164。

　　宋的尚醜觀延續到元文人畫，畫家在繪畫中不排斥醜，常有蕭竦、荒寒、樸拙、僻澀等情景與形式，但又加以節制與融化，雖增加一點「醜」的變化，卻更添加一番妙趣，且具和諧統一之美感，更提升爲審美的意境，這是來自莊子美學思想的影響。

　　在中國一般認爲帶有近代性質的醜，是元明以後才出現的，自此醜的地位逐漸上升，表現方式是：「形式醜向內容醜、本質醜的深化；形式醜和內容美的日趨尖銳對立。」[29]明代以醜爲美，醜勝過美，例如以孤僻怪誕著稱的文人畫家徐渭，他不忌醜、俗，反對文飾巧扮、矯揉雕琢。清代將醜上升爲一重要美學範疇，書法家傅山提出「寧醜勿媚」的觀點；「揚州八怪」都以狂狷醜怪爲美，鄭燮爲「揚州八怪」之一，他的繪畫美學深深受到徐渭的影響，尚「醜」、尚「陋劣」，比徐渭更勝一籌，他的文、書、畫都以「拙」、「怪」爲美；這一類求醜怪之美的藝術創造，以及玩世滑稽的諷刺作風，探求美學思想的源頭，是和莊子的美學非常有關的。

　　莊子筆下醜怪的形象曾對中國的藝術發展產生明顯的影響，有些畫家也都在作品中創造出醜怪的形象，茲舉例如下：

（一）禪月大師貫休的人物畫

　　五代前蜀畫家禪月大師貫休的人物畫就是一個典型的例子。貫休所畫的人物形象「狀態古野，殊不類世間所傳」，非常怪異甚至醜陋，卻又讓人感到一股內在的精神力量。「其名作十六禎水墨羅漢，骨相奇特古怪，爲前代所找不出的。例如有龐眉大目者，孕頤隆鼻者，倚松石者，作山水者。……以之與閻立本的帝王圖像對照，雖然堅實勁拔的筆致，略有相似，而人物的形態完全不同。閻式的人物莊嚴肅穆，是一種士大夫社會的正型。而貫休的人物怪駭突兀，宛如戰鬥時　精神緊張的一種變型。」（滕固《唐宋繪畫史》）貫休的羅漢形象特異，「胡貌梵相」，由印度犍陀羅的雕刻相貌，再誇張其深目、龐眉、隆鼻、豐頤、蹙額、槁項，以非常的面貌，使人一掃世俗的塵心，以絕俗的軀殼，來傳達超凡的修煉。

圖1：那伽犀那尊者，貫休，五代。

---

[29] 同彭修銀，《墨戲與逍遙》，頁165。

　　「那伽犀那尊者」（圖 1）變形的古怪相貌更像夢境虛幻人物，但五官、身體和衣紋以一種結實穩固的筆法表現，卻又透露民間販夫走卒的氣味，原來當時正處於分裂的時代，兵荒馬亂，生靈塗炭，現實世界充滿恐怖地獄相，貫休把它濃縮在羅漢造型上。尊者眼睛大睜，似驚訝於跟前慘狀，額頭呈現深邃的皺紋，眉間肌肉激烈收縮，下顎極度拉開，引起筋肉扭動，表示非常痛苦的表情，這些都是很合乎解剖學的。應是貫休對悲慘世間有深刻觀察和體驗，才能產生宗教情操，在精神上透露禪悟境界。[30]

（二）石恪的人物畫

　　五代宋初人物畫家石恪筆下的人物也同樣具有醜怪的特點，石恪的「二祖調心圖」（圖2）筆法奇特，用兩種線條完成，一是用蔗渣或蓬蓮絲瓢勾勒外圍，以粗糙線條參差不齊的畫輪廓；一是用精緻線條和渲染描繪內部；二者巧妙融合，傳達內心感受，追求精神凝

圖2：二祖調心圖，石恪，五代宋初。

定的禪境。梵僧的奇特面容，苦思冥想的姿態，和馴伏猛虎異獸的神力，成功表現神聖光輝；虎意謂人性貪瞋癡，象徵降心之難，有如降虎，一旦心順，猛虎也柔順。[31]

二、藝術強調虛白的表現

　　莊子哲學的有無思想影響了藝術中的虛實關係，在繪畫和書法中，形象、文字是「實」的部份，而周圍的空白就是「虛」的部份；在音樂中，虛是無聲，實是有聲。我國古代的繪畫、書法、音樂、文學、戲劇、建築……中，都注重虛實相成，特別強調虛的藝術表現，因而產生獨特的藝術效果，這作法和老莊以「無」為根本的思想是分不開的。

---

[30] 楊佳蓉，〈禪餘水墨畫—人物題材之賞析〉《工筆畫》第 27 期（台北，工筆畫學會，2003 年 6 月），頁 45、46。
[31] 同楊佳蓉，〈禪餘水墨畫—人物題材之賞析〉《工筆畫》第 27 期，頁 49。

　　這種虛實相生的藝術特徵，在我國古代戲劇上也十分突出。中國傳統的戲劇雖無複雜的舞臺布景，卻更能真切的表現出戲劇的張力。比如：奇馬奔跑，用一根馬鞭子和一些動作的簡單形象，就可表現出具體動態；這是由於充分利用虛和實的關係，而能發揮「虛」的效果。

　　「虛」在創作上的呈現又以繪畫最為特出。文人畫家強調畫面上留有空、白，令人感到「無畫有畫」，使「畫中之白即畫中之畫，亦即畫外之畫。」（華琳《南宗抉秘》）如此除有筆墨之畫外，也在無筆墨處產生畫之美妙。「虛」、「無」、「空」與黑白是道家的色彩觀，道家在人生上虛靜的審美觀和在繪畫上樸素的審美觀有緊密的聯繫，莊子的「虛實生白」、「心齋坐忘」，以及老子的「知白守黑」、「玄之又玄」、「致虛守靜」等，都表示道家對虛、空、白的重視。

　　元文人畫中的虛白是追求「逸格」的重要表現。畫中空白、淡化彩色、重水墨的色彩追求是「逸格」的重要標誌，具「拙規矩於方圓，鄙精研於彩繪。」[32]（黃休復《益州名畫錄》）的特點，更強調藝術表現的靈活自由。「逸格」是對藝術表現內涵的強調，用極其簡約洗練的筆法，略去不必要的細節，傳達出物象的神采氣韻與主體的精神修養特質，如此「逸筆」發展成熟，由一般美學概念提升為文人畫的重要範疇，成為元文人畫家的繪畫規律，首先是在精神上的極度自由超越；其次是在筆墨簡約的基礎上，產生空靈抽象的美學效果；最終成為心靈的自由創作。正如今人徐復觀所說：

> 自元季四大家出，逸格始完全成熟，而一歸於高逸、清逸的一路，實為更迫近於由莊子而來的逸的本性。所以，真正的大匠，便很少以豪放為逸，而逸乃多見於從容雅淡之中。[33]

由上可知莊子美學對元代文人畫的影響。元四家中倪瓚最善留白，他的《漁莊秋霽圖》[34]兩岸之間不著一筆，大片虛白既似平靜無波的湖水，又似蒼茫混沌的天地，近處突出地描繪了幾株秀麗的樹木，畫面疏鬆、清淡而又自然，極為空寥，達到「創前人以未造，示後人以難摹」的意境，畫面留白處任由觀畫者運用無限想像去填補，其中流露出畫家孤傲自賞的隱逸心胸。元代文人畫的虛白包括兩種含義：既是藝術樣式的虛白，又是情感表達中的虛白，而後者更為人所注重。

---

[32] 王進祥，《中國美學史資料選編》下卷（台北：漢京文化事業有限公司，1983年4月），頁1-2。

[33] 徐復觀，《中國藝術精神》（春風文藝出版社，1987年），頁280。

[34] （元），倪瓚，《漁莊秋霽圖》，引自高居翰，《隔江山色：元代繪畫》（台北：石頭出版股份有限公司，1994年），頁135。

　　水墨之境貴在簡淡，以一當十，以少總多，以「少少許勝多多許」，甚至簡到「零」，「零」既是白又是空，計白當黑，白與空是爲了「多」，爲了「夠」，爲了滿足心靈，空白能給予人無窮無盡、深遠悠長的感受，這是水墨畫的特殊審美訣竅。虛白的無定形，最能表現自然變化莫測的精神，虛白可以給人豐富的美感，景爲實，意爲虛，文人寄託含而不宣的情懷，使得畫面本身充滿靈動，繪畫的虛白美學因而得以發揚。例如山水畫的煙霧雲水最常用虛白表示，這種虛白與樹木山石等固態實景於畫面結合，表現出一種流動性的動態感，形成一種生動的氣韻，展現更加真實靈動的客觀世界，增加了靜寂清幽的感受。清笪重光在《畫筌》中說：「空本難圖，實景清而空景現；神無可繪，真景逼而神境生。位置相戾，有畫處多屬贅疣；虛實相生，無畫處皆成妙境。」[35]文人畫家寄意於渲染虛白的藝術表現形式，即爲塑造含蓄的審美意象，再發展到畫中意象的露與藏、深與淺、形與神等等的相生相融，進而產生象外之象、意外之意，擴大了畫面的變化及寄寓，形成更圓融的意境。

　　文人畫中，飛舞的墨色和畫中的虛白融成一片，可以生發無窮之情，今人宗白華在《美學散步》中說：「中國畫的光是動蕩著全幅畫面的一種形而上的、非寫實的宇宙靈氣的流行，貫徹中邊，往復上下。……西洋傳統的油畫填沒畫底，不留空白，畫面上動蕩的光和氣氛物理的目睹的實質，而中國畫上的畫家用心所在，正是無筆墨處，無筆墨處確是飄渺天倪的境界。」說明中國畫意象遼闊，「無筆墨處」的「畫中之白」予人無限想像空間。

柒、結語

　　綜上所述，莊子的美學由其人生哲學發展出來；莊子的美學理論無法單獨存在，而是與其生命理想和自由思想相融合。莊子的論點成爲後代美學家努力追求的目標，莊子理想中的美，是擺脫形體欲望和心知執著，合於自然的天地大化之美；也唯有不拘限於人爲的造作，一切皆順應天然的道，才能真正體現無爲的道理，而此悠遊自適、逍遙愉悅，精神與萬物合而爲一的境界，正是美的終極表現，也就是藝術審美的境界。

　　莊子的審美具有超功利性，美的意境超乎語言概念明確規定，藝術創造具有無規律而合規律、無目的而有合目的性的特徵，且著重自由表現；莊子的藝術審美境界非常精

---

[35] （清）笪重光，《畫筌》，收於《叢書集成新編》（台北：新文豐出版公司，1981年3月），頁54。

妙，形而上的道與藝術之間能夠契合無間，道的生命灌注於藝術，藝術的表現來自道的啓發。

境界的呈現需要個體思維的成熟作爲前提，只有在人格修養圓融的條件下，道才能顯現於心中，美才能表現於生命與藝術中。中國藝術的一切雖非單純以莊子思想所決定，但莊子的哲學與美學地的確是一活水源頭，爲藝術生命注入無限生機。莊子思想對於美與審美的問題蘊含蓄著合理人生的普遍基礎，故能有永恆不朽的價值，形成中國藝術的極高境界。生命本身即是如此令人喜悅，在複雜生成背後，卻是質樸的渾然天成。莊子之所以偉大，就是他對萬物活躍生命的高度體貼；莊子的美是什麼？真切地說，那是一種超越所有藝術形式，表現生命的至真至樂之美！

（發表於：玄奘大學第三屆東方人文思想學術研討會&論文集·新竹·玄奘大學·2011 年 6 月。）

參考文獻：

一、專書：

（晉）郭象注；（清）郭慶藩集釋，《莊子》，台北：台灣中華書局，1973 年。

（清）笪重光，《畫筌》，收於《叢書集成新編》，台北：新文豐出版公司，1981 年 3 月。

于民，《中國美學思想史》，上海：復旦大學出版社，2010 年 1 月。

王進祥，《中國美學史資料選編》，台北：漢京文化事業有限公司，1983 年 4 月。

方東美，《人生哲學概要》，台北：先知出版社，1974 年。

王邦雄等，《中國哲學史》，台北：國立空中大學，1998 年。

任繼愈，《中國哲學八章》，北京：北京大學出版社，2010 年。

李澤厚，《中國古代思想史論》，台北：漢京文化事業有限公司，1987 年。

李澤厚，〈莊子的美學思想〉，《中國美學史》第一卷，台北：谷風出版社，1987 年。

杜保瑞、陳榮華，《哲學概論》，台北：五南圖書出版股份有限公司，2008 年。

吳怡，《新譯莊子內篇解義》，台北：三民書局，2004 年。

吳怡，《新譯老子解義》，台北：三民書局印行，1996 年。

宗白華，《美學的散步》，合肥：安徽教育出版社，2006 年。

俞劍華，《中國繪畫史（上）（下）》，台北：台灣商務印書館，1999 年 6 月。

姜一涵、邱燮友、曾昭旭、楊惠南、陳清香、張清治，《中國美學》，台北：國立空中大學，1992 年。

高居翰，《隔江山色：元代繪畫》，台北：石頭出版股份有限公司，1994 年。

徐復觀，《中國藝術精神》，春風文藝出版社，1987 年。

陶黎銘、姚萱，《中國古代哲學》，北京：北京大學出版社，2010 年。

陳傳席，《中國繪畫美學史》，人民美術出版社，1998 年。

陳師曾，《中國繪畫史》，徐書城點校，中國人民大學出版社，2004 年。

黃錦鋐註譯，《新譯莊子讀本》，台北：三民書局，1992 年。

黃河濤，《禪與中國藝術精神的嬗變》，北京：商務印書館國際有限公司，1994 年。

黃椿昇，《藝術導論─談美》，台北：全威圖書公司，2005 年 9 月。

傅抱石，《中國繪畫理論》，台北：里仁書局，1985 年 3 月。

彭修銀，《墨戲與逍遙》，台北：文津出版社，1995 年。

楊仁愷主編，《中國書畫》，台北：南天書局有限公司，1992 年 5 月。

楊大年，《中國歷代畫論采英》，南京：江蘇教育出版社，2005 年。

葉朗，《中國美學史大綱》，上海：上海人民出版社，1985 年。

董小蕙，《莊子思想之美學意義》，台北：學生書局印行，1993 年 10 月。

劉文潭譯，Wsadystaw Tatarkiewicz 著，《西洋六大美學史》，台北：丹青圖書印行，1987
　　年。

劉文潭，《現代美學》，台北：台灣商務印書館，1993 年。

劉啓彥，《中國學術思想史》，台北：書林出版有限公司，2006 年。

鄧曉芒譯，康德（Immanuel Kant）著，《康德三大批判之三——判斷力批判》，台北：聯
　　經出版事業股份有限公司，2006 年。

賴賢宗，《意境美學與詮釋學》，台北：國立歷史博物館，2003 年。

蕭振邦，《深層自然主義：《莊子》思想的現代詮釋　》，台北：東方人文學　研究基金會，
　　2009 年。

二、期刊論文：

陳慶坤，〈《莊子》美學的詮釋脈絡之探討〉，《育達科大學報》，新竹：育達科技大學，
　　第 22 期，2010 年 3 月。

楊佳蓉，〈禪餘水墨畫—人物題材之賞析〉，《工筆畫》，第 27 期，台北：工筆畫學會，
　　2003 年 6 月。

元好問論詩第十一首詩畫同律之美學探析

摘　要

「眼處心生句自神，暗中摸索總非真。畫圖臨出秦川景，親到長安有幾人？」是元好問〈論詩三十首〉的第十一首，這首詩顯現詩畫同律的美學觀點，即情與景密切融合將可展現詩和畫的創作審美意象；杜甫盡覽秦川景物與風情，猶如范寬親臨其境，故能經由內心蘊化而描繪入神。「眼處心生」與意境說關係相繫，心與境契合能引發靈感與創作；而「外師造化，中得心源。」除以大自然為師，並且心靈意會；提升為物我相融，詩作自有神韻，相通於「傳神」及「氣韻生動」之畫理；最後臻於「逸品」即藝術的最高層次。「親到長安」在美學精神上則含有自然景色、現實生活與內心情性的真與神。因此，對於元好問此詩關於詩畫同律之美學探析，顯出詩與畫的創作貴真、心、神之理趣，而達美的意境。

關鍵字：元好問〈論詩三十首〉、詩畫同律、眼處心生、杜甫、范寬

The Aesthetic Analysis of the 11th Poem of "Poem Discussion" by Yuan Hao-Wen-Poems and Paintings in the Same Rhythm

Abstract

"What you see is in your heart creates lines; searching in the dark is not always true. Painting the scene of Chin River, who can go to Chengan by themselves" is the 11th poem of "Poem Discussion" by Yuan Hao-Wen. This poem shows the aesthetics point of view of poems and paintings in the same rhythm. In other words, the close combination of emotion and scenery can express the aesthetics image of creation. Du Fu sees the entire scene and image of Chin Rivers just like Fan Juan is there by himself; therefore, it can be described from the heart. "What you see is in your heart" has close relationship with artistic conception. The heart and the scene closely connected can intrigue inspiration and creativity. As for "the creation is from the outside, centered from the heart," it learns from the nature and have spiritual connection. Increase the fusion of object and self. Poems have their clink that connects to the "vivid" and "vigorous of chi" of painting theory. Finally, supreme creation is the highest level of art. "Go to Chengan" has the true and spirit of nature scenery, reality, and inner heart. Therefore, this poem by Yuan Hao-Wen is to discuss the poems and paintings in the same rhythm, showing the pleasure of true, heart, and spirit when creating poems and paintings; finally, reach the concept of beauty.

Keywords："Poem Discussion" by Yuan Hao-Wen, poems and paintings in the same rhythm, what you see is in your heart, Du fu, Fan Kuan

一、前言

　　元好問[1]（1190-1257 年）〈論詩三十首〉[2]中的第十一首：「眼處心生句自神，暗中摸索總非真。畫圖臨出秦川景，親到長安有幾人？」一方面以杜甫（712-770 年）曾親身到秦川遊歷，寫下不少有關秦川的詩作，這些寫景詩有如繪畫般生動傳神，驗證「眼處心生句自神，暗中摸索總非真」的美學觀點；一方面以畫家范寬（1020 年左右在世），做為類比，以「詩畫同律」的道理，勉勵後學寫詩創作的正確途徑，點出「親到長安」的妙處。清人查初白（1650-1727 年）說：「見得真，方道得出。」此詩前兩句意謂眼目觸及物象，心物交融後的詩文表達，自能達到傳神的境界；若未能親臨其境，只是暗中摸索，總是無法傳述真實的情景。後兩句意指杜甫在久居長安，盡覽秦川景物，作詩題詠，刻劃入神，猶如范寬畫出的《秦川圖》，只是像杜甫、范寬這樣能親到長安而真切創作的藝術家能有幾人？此詩指出寫詩重在身臨體察、心靈意會、貴真貴神。

　　本文寫作，不揣淺陋，期冀從元好問這首詩中詩畫同律的美學觀點，探討詩畫貴真貴心貴神的義理，故從「詩畫藝術之理趣相通」初始研究；其次論及「杜甫、范寬與秦川的關係」；接著進入「『眼處心生』的美學境界」的深層探析，包含：「心與境的契合」、「外師造化，中得心源」、「傳神與氣韻生動」、「寫胸中逸氣」；再進入「『親到長安』的美學精神」探究，包含：「自然景色的真與神」、「現實生活的真與神」、「內心情性的真與神」；最後則做一結論。希望藉本人粗淺的提列綱要與研究探索，可以對元好問論詩所持的美學觀點，有更進一步的認識體會。詩理與畫理有著共通性，本文探討元好問在這首詩裡所提出的共同性，至於詩與畫分屬兩種藝術的不同特質，則不屬於本文討論的範圍。

---

[1] 元好問，字裕之，號遺山，山西秀容（今山西忻州）人，世稱遺山先生；是金、元之際詩壇翹楚，當時詩家地位以元好問排名第一。元好問的先祖是北魏鮮卑族拓跋氏，隨著北魏孝文帝由平城（今大同市）南遷至洛陽，後改姓元。著作有《中州集》、《遺山集》、《壬辰雜編》、《南冠錄》，以及清光緒讀書山房重刊本《元遺山先生全集》等，其〈論詩三十首〉對後世的影響很大，由元至清的詩家與學者予以回應者眾多。

[2] 元好問的〈論詩三十首〉以絕句形式表達詩歌理論，成詩年代從詩題下自注「丁丑年，三鄉作」，知寫作年份於「丁丑年」(1217 年)，元好問時年二十八歲。〈論詩三十首〉是一長篇詩史，上始於漢魏，中歷晉代、劉宋、北魏、齊梁、唐代、以迄北宋。所論述的詩家有：曹植、劉楨、張華、阮籍、劉琨、陶潛、潘岳、陸機、謝靈運、沈佺期、宋之問、陳子昂、李白、杜甫、元結、韓愈、柳宗元、劉禹錫、盧仝、孟郊、元稹、李商隱、溫庭筠、陸龜蒙、歐陽修、梅聖俞、王安石、蘇軾、黃庭堅、秦觀、陳無己等人。元好問論詩嚴分正體、偽體，推崇具漢魏風骨、風雲氣勢、天真自然、清淳淡雅、韻味天然之詩……亦重視人品與詩品的結合，強調人品高於詩品……」以上說明引自：方滿錦，《元好問〈論詩三十首〉研究》(台北：萬卷樓圖書股份有限公司，2002 年)，頁 390。

二、詩畫藝術之理趣相通

宋元藝術家強調詩畫同質，元好問身處當時，他舉畫來談詩理，正是對詩畫同律的體察；他的詩大都學杜甫、蘇軾、韓愈，在此詩中藉畫言詩，正是在宋金元的詩畫美學背景下產生的。

宋蘇軾（1037-1101 年），曾提出詩與畫在創作審美意象的共同要求，他說：「詩畫本一律，天工與清新。」（《蘇軾詩集》卷二十九〈書鄢陵王主簿所畫折枝二首〉之一），他也曾讚美王維的詩與畫：「味摩詰之詩，詩中有畫；觀摩詰之畫，畫中有詩。」（《東坡題跋》下卷〈書摩詰藍田煙雨圖〉）；在宋代有許多人持與蘇軾同樣的看法，他們都強調了詩與畫的同一性，如：張舜民說：「詩是無形畫，畫是有形詩。」（《跋百之詩畫》）；孔武仲說：「文者無形之畫，畫者有形之文，二者異跡而同趣。」（《宗伯集》卷一，《東坡居士畫怪石賦》）；黃庭堅（1045-1105 年）說：「李侯有句不肯吐，淡墨寫作無聲詩。」（《次韻子瞻、子由-憩寂圖》）；周孚（1135-1177 年）說：「東坡戲作有聲畫，嘆息何人為賞音。」（《題所畫梅竹》）等文詞，都把畫說成「無聲詩」、「有形詩」，把詩說成「有聲畫」、「無形畫」，亦即詩與畫在於有聲無聲、無形有形之別，但就創作審美意象來看卻是具有同一性。

元好問從唐代杜甫的許多寫景詩中舉秦川十作當代表，因要藉宋代山水畫家范寬的《秦川圖》，以說明寫景詩與山水畫的創作道理相通。元好問在《題張左丞家范寬秋山橫幅》中，盛讚范寬的繪畫：「秦川之圖范寬筆，來從米家書畫船。」與「雲興霞蔚幾千里，著我如在峨嵋巔。」（《范寬秦川圖》），可見范寬的畫風雄健。元好問除長於詩詞文曲的創作之外，還擅於書法，精通書畫鑑賞和金石文字，他在題畫詩以及《遺山題跋》書畫學論著中記錄了書畫鑑賞，他一生的詩詞創作達一千多首，有多達一百八十二首題畫詩，所品題的書畫，包括金元名家和鄉村畫師的畫作，也有前朝大家如范寬、巨然之作。元好問對詩畫藝術有深入的研究，他主張畫家應物我融合為一體，證之於詩理，則詩人內在情景交融，詩句自然具有神韻，與畫理「傳神」、「氣韻生動」相通。

「詩畫同律」的道理，依據詩畫皆經由景象和情趣的契合，兩者融合為一體，將景象情趣化，或將情趣景象化；宋元美學家強調單有情或單有景都不行，只有情景交融，才能構成審美意象，明代謝榛（1495-1575 年）承續宋元美學思想，在《四溟詩話》中多處提及情與景的關係：「作詩本乎情景，孤不自成，兩不相背。……景乃詩之媒，情乃

詩之胚，合而爲詩，以數言而統萬形，元氣渾成，其浩無涯矣。」「詩乃模寫情景之具。情融乎內而深且長，景耀乎外而遠且大。」情景融合構成的意象是一種藝術形象，創作主體對於客觀物象賦予獨特的主觀的情感活動，因而創造出來；或是將主體情趣經驗與內心的感悟，脫化出可視的形象。詩畫藝術要含蓄與張力並兼，必須依靠意象語言來充實，以顯出豐富內涵；簡言之就是借物抒情，融入藝術家感情和思想的「物象」，是注入某種特殊含意與藝術意味的實體形象。

　　元好問尊崇的詩人杜甫，對繪畫的鑑賞也有深刻的見解，在鑑賞的角度上，杜甫十分重視「形」與「神」的結合爲一，故「形神兼備而以神爲重」是其繪畫理論最重要的一部分，與其寫詩印證「眼處心生句自神」之形神相合互爲一致。杜甫作詩重「刻畫」，即詳盡描述，將其所見所聞，都做詳細的敘述，使讀詩者能夠宛若視得其形，聞得其聲，見得其事；如讀其描寫秦川之〈麗人行〉等詩，可了解皆有巨細靡遺的「刻畫」，最後達「語不驚人死不休」之神的境界。對於杜甫的題畫詩，近人孔壽山以謝赫「六法」分析說：

> 他的題畫詩都是以畫法為詩法，饒有藝術之美，可謂有聲畫。……非但生動逼真地再現了畫面的藝術形象，而且還將蘊藏在畫內的深意盡情地表達出來，強烈地感動著讀者……真乃無形畫。[3]

孔壽山認爲杜甫的題畫詩完全符合繪畫「六法」的要求，又再次闡釋「詩畫同律」的道理。

三、杜甫、范寬與秦川的關係

　　元好問的《論詩三十首》承續杜甫「別裁僞體親風雅」的詩學觀點，內容以彰顯「正體」爲經，加以評論各朝代詩人爲緯，交織成論詩絕句。在第十一首論杜甫的詩裡：「眼處心生句自神，暗中摸索總非真」，贊成唯有如杜甫親到長安，才能「隨物賦形」，窮形盡相，而能在詩中真實而傳神的描寫出秦川風物。

　　今人盧興基說：「元遺山早年雖未親覽〈秦川圖〉，但對它非常熟悉，嚮往一睹爲快。」他「是以范寬的生平主張，並以他的〈秦川圖〉爲依據，寫出『畫圖臨出秦川景，親到

---

[3] 孔壽山，〈杜甫的題畫詩〉《中國畫論》（台北：駱駝出版社，1987 年），頁 275-282。

長安有幾人？』的詩句，以印證『眼處心生句自神』的詩歌主張……」[4]金代麻知幾的〈跋范寬秦川圖〉中也說：「想君胸中有全秦，見鑲學鑲鑲乃真。」（見於《全金詩》卷十九麻九疇條）因此，元好問認為范寬有秦川的生活依據，才能將〈秦川圖〉畫得這麼逼真。

　　杜甫、范寬皆是真實親到長安，體會秦川景物，方有深刻細膩的創作，故兩人與秦川的關係密切，以下分別探討詩人杜甫與畫家范寬各自於秦川的經歷。

（一）杜甫之於秦川

　　唐代杜甫，字子美，原籍襄陽人。唐天寶五年，杜甫返京，隔年就試又落第，從三十五歲到四十四歲，在長安生活十年，看盡在開元盛世背後隱藏的社會複雜矛盾現象，他體驗到的是秦川的實質，實地的風土民情；因此「畫圖臨出秦川景」，包含真實地描繪出秦川的美麗山水景象，也如實的刻畫出彼時社會雜亂的面貌。施國祁在《元遺山詩集箋注》中說：

> 少陵自天寶五載至十四年以前，皆在長安。見諸題詠，如〈玄都觀〉之子規山竹、王母雲旗。〈慈恩塔〉之河漢西流、七星北戶。〈曲江三章〉之素沙白石、杜曲桑麻。〈麗人行〉之三月氣新、水邊多麗。〈樂遊園〉之碧草煙絲、芙蓉波浪。〈渼陂行〉之棹謳間發，水面蘭英。〈西南台〉之錯翠南山、倒影白閣。〈湯東靈湫〉之陰火玉泉、樓空浴日。凡茲景物，並近秦川一帶。登臨俯仰，獨立冥搜，分明十幅圖畫，都在把酌浩歌，曠懷遊目中，一一寫照也。[5]

可知杜甫在詩作中描繪了長安，猶如一幅幅圖畫，將秦川景物盡收眼底。再看今人何三本說：

> 就因其遊歷廣，體驗多，觀察深入，而產生了〈兵車行〉、〈麗人行〉等詩。而使他的詩風由此轉變，日益往社會寫實發展……且更進一步真真實實的刻畫出當時戰禍頻繁，生民雜亂之慘狀……[6]

故杜甫親到長安，不僅描寫出秦川景色，其實也描述出當時於長安社會的生活感受。

---

[4] 盧興基，〈元遺山和范寬〈秦川圖〉〉，載《文學遺產》1986年第2期，頁92。
[5] 施國祁，《元遺山詩集箋注》（北京：人民文學出版社），卷11，頁527。
[6] 何三本，〈元好問論詩絕句三十首箋證〉（二），《中華文化復興月刊》第七卷第四期（台北：1974年），頁47。

杜甫的詩作風格多樣、思想豐富，一切來自傳統的詩材都已由杜甫融合，成為作品的養分，可見杜甫選擇前代文學的精華，推陳出新，因而能開創神乎其技的文學創作境界；杜甫以學養見長，而臻於「學至於無學」的境地；元好問在《杜詩學引》中曾盛讚杜甫的詩：

> 今觀其詩，如元氣淋漓，隨物賦形；如三江五湖，合而為海，浩浩瀚瀚，無有涯涘。如祥光慶雲，千變萬化，不可名狀。固學者之所以動心而駭目。及讀之熟、求之深、含咀之久，則九經百氏古人之精華所以膏潤其筆端者，猶可彷彿其餘韻也。

因此杜甫及其詩成為元好問景仰和學習的對象。

以下將舉兩首杜甫所創作有關秦川風物的詩以明當時情況。杜甫在長安時期，積極求取仕進，卻屢試不第，感慨年近不惑，仍然一事無成，在這種窘境下，心情難免埋怨抑鬱，語多不平憤激；頹唐心境影響詩作，就顯露消極頹廢的意味。如〈樂遊園歌〉：「聖朝亦知賤士醜，一物自荷皇天慈。此身飲罷無歸處，獨立蒼茫自詠詩。」，這首詩是天寶十年，杜甫年四十的作品，詩的內容儘管敘述了長安樂遊園的山光美景、遊人熱鬧的情況和飲宴盛況，末了抒寫個人的心懷，依舊頹放無奈；可見在山水遊宴的描繪下反映杜甫心境的轉移。杜甫長安時期的山水詩在創作上，與少年遊歷的閑雅詩風相較，頗有創新之處，如長篇巨作的七言歌行：〈樂遊園歌〉、〈渼陂行〉，氣勢磅礴，壯闊奇麗，前所未見，因此，杜甫這段時期的山水詩在形式上的突破是很大的。〈樂遊園歌〉全詩如下：

> 樂遊古園崒森爽，煙綿碧草萋萋長。公子華筵勢最高，秦川對酒平如掌。
> 長生木瓢示真率，更調鞍馬狂歡賞。青春波浪芙蓉園，白日雷霆夾城仗。
> 閶闔晴開昳蕩蕩，曲江翠幕排銀榜。拂水低徊舞袖翻，緣雲清切歌聲上。
> 卻憶年年人醉時，只今未醉已先悲。數莖白髮那拋得，百罰深杯亦不辭。
> 聖朝已知賤士醜，一物自荷皇天慈。此身飲罷無歸處，獨立蒼茫自詠詩。[7]

這首詩以七言長篇鋪敘而作，「樂遊古園崒森爽，煙綿碧草萋萋長……拂水低徊舞袖翻，緣雲清切歌聲上。」上半部詩句反映長安樂遊園景象，氣勢壯麗；至「卻憶年年人醉時」一轉，下面詩句迴盪低沉悲哀的情韻，凸顯杜甫宦遊長安卻不得志的傷感情懷，已有沉

---

[7] 張健主編，《大唐詩聖杜甫詩選》（台北：五南圖書出版公司，1998年），頁21。

鬱頓挫之味。詩中景色,「秦川對酒平如掌」,據東漢辛氏《三秦記》說:「長安正南秦
嶺,嶺根水流爲秦川。」川又有平原解,此處指秦地的平原,《方輿紀要》說:「陝西謂
之平川。」唐詩人沈佺期詩云:「秦地平如掌」。「青春波浪芙蓉園」,「曲江翠幕排銀牓」,
據宋程大昌《雍錄》說:「曲江(在長安東南)之北爲樂遊園及樂遊苑,漢宣帝樂遊廟
也。廟在唐世,基跡尙存,與唐之芙蓉園、芙蓉池,皆相並也。」唯有杜甫親到長安,
親眼目睹樂遊園景象,並體驗當地生活情況,才能創出此七言長篇詩作。以下是杜甫另
一首長安時期的詩〈渼陂行〉:

> 岑參兄弟皆好奇,攜我遠來遊渼陂。天地黯慘忽異色,波濤萬頃堆琉璃。
> 琉璃汗漫泛舟入,事殊興極憂思集。鼉作鯨吞不復知,惡風白浪何嗟及。
> 主人錦帆相爲開,舟子喜甚無氛埃。鳧鷖散亂櫂謳發,絲管啁啾空翠來。
> 沈竿續蔓深莫測,菱葉荷花淨如拭。宛在中流渤澥清,下歸無極終南黑。
> 半陂已南純浸山,動影裊窕沖融間。船舷暝戛雲際寺,水面月出藍田關。
> 此時驪龍亦吐珠,馮夷擊鼓群龍趨。湘妃漢女出歌舞,金支翠旗光有無。
> 咫尺但愁雷雨至,蒼茫不曉神靈意。少壯幾時奈老何,向來哀樂何其多。[8]

這首七言詩是天寶十三年,杜甫與岑參兄弟同遊渼陂所作,描寫渼陂佳景,並述遊歷心
境。「琉璃汗漫泛舟入」,詩中將泛舟過程描述得如同迷離之境,氣氛詭異,還有驪龍吐
珠、馮夷擊鼓、湘妃歌舞等,猶如曹植的洛神賦般,但筆鋒一轉回到現實,「咫尺但愁
雷雨至」如今只恐雷雨將臨,在少壯之年已感歎年老之悲愴。

(二)范寬之於秦川

　　北宋范寬,名中正,字仲立,是陝西華原人,常往來京洛間,爲了體驗秦嶺、終南
山、太華山、太行王屋的山林,經常獨自深入崇山峻嶺,坐臥終日,縱目四顧,對自然
山水進行細心體察,故能盡得山川的真實風貌,所作的山水畫也就能實際描繪他所熟悉
的自然環境,表現關陝景觀的特色,如「山從人面起,雲傍馬頭生」(〈送友人入蜀〉,
李白詩)的景況。

　　范寬常實地寫生,非「暗中摸索」,故能「眼處心生」,於遍觀奇勝之後,落筆雄偉,
真得山骨,達畫自神的境界,可證「詩畫同律」之理;以杜甫的秦川寫景詩與范寬的秦
川圖相互對照,可明白詩畫貴真貴神的義理。宋《宣和畫譜》中曾記述范寬刻苦寫生的

---

[8] 同張健主編,《大唐詩聖杜甫詩選》,頁44。

情形：「居然終南山華嚴隈林麓之間，而覽其雲煙滲澹風月陰霧難狀之景……（畫）則千巖萬壑，恍如如行山陰道中，雖盛暑中，凜凜然使人急欲挾纊也。」宋代劉道醇在《聖朝名畫評》中說他的山水畫：「真石老樹，挺生筆下，求其氣韻，出於物表，而又不資華飾。」由此可見范寬繪畫的美學觀點，不僅追求山水景物外在的摹寫和形似，並且在這真實的觀察和描繪的基礎上，盡力表現內在的風神。

范寬的山水畫氣勢磅礴，他懷著「師古人不如師造化，師造化不如師心源」的崇高理想，達到自然與生命渾然一體的無形境界，他說：「前人之法，未嘗不近取諸物。吾與其師於人者，未若師諸物也；吾與其師於物者，未若師諸心。」[9]所謂「師物」可視為來自張璪「外師造化」的啟發，與元好問「眼處」說法相同；然「師心」之說則受到當時盛行的禪宗「心法」影響，六祖大師說：『心若未明，學法無益』以及『我於忍和尚處，一聞言下便開悟，『頓見』真如本性』；故范寬「師心」與張璪「中得心源」、元好問「心生」說法不同；若從此觀點來看，范寬畫秦川景物，「師物」必須「親到長安」；「師心」則似乎無需「親到長安」。然而在實際情況下，范寬繪作山水畫都經歷過艱苦的寫生，是親臨實地，真實的描繪關陝地區的自然景色，因此元好問仍然將他與杜甫類比，引為「眼處心生」的代表性畫家。

元好問在〈范寬秦川圖〉（於《宣和畫譜》卷 4）的題畫詩中，對於畫面有想像的表現，在一至十八句中寫著：

> 亂山如馬爭欲先，細路起伏蛇蜿蜒。秦川之圖范寬筆，來從米家書畫船。
> 變化開闔天機全，濃澹覆露清而妍。雲興霞蔚幾千里，看我如在峨嵋巔。
> 西山盤盤天與連，九點盡得齊州煙。浮雲未清白日晚，矯首四顧心茫然。
> 全秦天地一大物，雷雨項洞龍頭軒。因山分勢合水力，眼底廓廓無齊燕。[10]

「看我」句、「矯首」句和「眼底」句這些視點都是詩人虛擬站在畫裡山巔的視角，就是畫家范寬當時站立山上展望所得到的視野，詩中描寫的景物：亂山、細路、雲興霞蔚、西山、浮雲等，都統攝於這個視野範疇內。畫家對於畫面的構圖，表現了景物的逼真；詩人也進入畫面構思，表達了對畫中風景或生活的嚮往，元好問不僅繼承蘇軾喜在題畫詩中引入自己的經歷和記憶，更突出在畫中觀看的視點。

---

9 宋，《宣和畫譜》卷 11 ，景印文淵閣《四庫全書》子部第 119 冊（台北：台灣商務印書館，1983 年），頁 132。
10 同宋，《宣和畫譜》，景印文淵閣《四庫全書》第 813 冊，頁 250。

四、「眼處心生」的美學境界

　　元好問在論詩第一句「眼處心生句自神」彰顯詩貴真與神，需身處其境，心物交融，方能臻於「神」的至高境界；以下將一層一層深入探析「眼處心生」的美學境界。

（一）心與境的契合

　　「眼處心生」使創作達到「神」的境界，唐王昌齡（698-756 年）於《詩格》說：「搜求於象，心入於境，神會於物，因心而得。」最早提出「境」之美學的王昌齡把詩描繪的對象分成「三境」：

> 詩有三境：一曰物境。欲為山水詩，則張泉石雲峯之境，極麗極秀者，神之於心，處身於境，視境於心，瑩然掌中，然後用思，了然境象，故得形似。二約情境。娛樂愁怨，皆張於意而處於身，然後用思，深得其情。三曰意境。亦張之於意而思之於心，則得其真矣。[11]

以詩畫同律來看，此三種境界於畫理也是相通的，今人葉朗認爲：「物境」指「自然山水的境界」，「情境」指「人生經歷的境界」，「意境」指「內心意識的境界」。這裡的「意境」與「物境」、「情境」都是屬於審美客體的「境」；有別於意境說的「意境」，後者是「一種特定的審美意象」，是審美主體的藝術家之情意與「境」（含前者三境）的結合。中國審美意識自魏晉南北朝之後，漸由「象」轉變爲「境」，在繪畫方面，由「應物象形」（謝赫「六法」）推移到「景」（荊浩「六要」[12]）；在詩方面，就由取「象」推移到取「境」。

　　《詩格》中對詩意境的產生有「三格」說，包含：1.「生思」，指靈感和想像是被「境」所觸發；2.「感思」，指藉前人作品裡的意象來觸發靈感；3.「取思」，指主動尋求生活裡的境象，心物交感，產生新的意象：「夫置意作詩，即須凝心，目擊其物，便以心擊之，深穿其境。如登高山絕頂，下臨萬象，如在掌中。以此見象，心中了見，當此即用。」[13]「生思」和「取思」圍繞在「境」、「心」和「思」，「境」爲審美客體，「心」爲審美主

---

[11] 唐，王昌齡（698-756 年），《詩格》；引自葉朗，《中國美學史》（台北：文津出版社，1996 年），頁 192。

[12] 荊浩字浩然，五代後梁畫家，山西沁水人；在避世時隱居於太行山洪谷，故自號洪谷子。他潛心於水墨繪畫研究，爲補充謝赫「六法」的不足，提出「氣」、「韻」、「思」、「景」、「筆」、「墨」「六要」，主要針對山水畫，但對其他畫類也可適用。荊浩上承王維水墨畫的傳統，下啓宋元水墨山水的文人畫。

[13] 葉朗，《中國美學史》（台北：文津出版社，1996 年），頁 198。

體和主觀情意的發源,「思」為藝術家的靈感和想像。

　　元好問的「眼處心生」看來屬於「生思」和「取思」的情況,至於「暗中摸索」與模擬前人都是元好問所不認同的。意境的創造來自於「目擊其物」,亦即在「眼處」的基礎上;主觀情意(「心」)和審美客體(「境」)有所契合,因而引發藝術靈感和想像,也就是「心生」。審美創造與審美主體的「心」和審美客體的「境」關係密切,這是意境說(唐代)的重要思想,「眼處心生」與意境說因而產生關聯。

　　由於「眼處心生」與意境說的聯繫緊密,故再進一步探索意境說的根源;意境說以老子與莊子美學為基礎,老莊思想把虛靜視為審美觀照的主觀要件,只有保持內心處於虛靜狀態,方能感受到客觀的「境」,也才能表現真實的「境」,如蘇軾〈送參寥師詩〉表示:「欲令詩語妙,無厭空且靜。靜故了群動,空故納萬境。」[14]司空圖《二十四詩品》說:「體素儲潔,乘月返真。」皆說詩人須超越世俗欲念,保有內在虛靜。《老子》說「曠兮,其若谷。」[15](第十五章),謙虛像深谷般虛無,而「谷神不死」(第六章),虛谷的神妙是生生不息的,因虛心不傷神,欲念多必傷神;老子主張「虛其心,實其腹,弱其志,強其骨」,持著虛靜無欲的心,除去物欲誘惑,使心的活動符合美學精神;第十六章說:「致虛極,守靜篤。」虛其心的極境是精神上的純一,由虛靜、無欲、無為而達到篤實明淨的境界。《莊子》〈天道篇〉說:「夫虛靜恬淡,寂寞無為者,萬物之本也。」[16]「虛靜恬淡」　同時也是美之本,一切任其自然,才能達到天下無與倫比的美;「心齋」和「坐忘」都是要將形體的我化為虛境,心靈得以全然自由解放,抱著「無所為而為」的想法,在獨立逍遙的情況之下,得到審美的愉悅,才能享有完全的美感經驗。

　　並且,詩的意境須能體現宇宙的本體和生命,老子的哲學認為: 宇宙的本體和生命是「道」,道是「有」與「無」、「虛」與「實」的統一。《老子》第五十一章說:「道生之,德畜之,物形之,勢成之。」老子認為道是既超越又內在,道是萬物的根源,是無形的、虛無的,具絕對性,而無生滅,故是有恆的、無限的。「道生一,一生二,二生三,三生萬物。」(第四十二章)　無是天地萬物之始,無形之美是最初的美。老子認為有無是相依相存的,「萬物生於有,有生於無。」虛勝於實,虛而不贏滿,才有生的空間;且「無」也是一有用的空間,因為虛、實相合,有、無相待,方才構成人類文明與藝術的發展和燦爛。

　　最後,詩的意境不應侷限於有限的「象」,而須超出孤立的物象,而擴至「大象」,

---

[14] 清,查慎行,《蘇詩補注》卷十七,《四庫全書》(台北:台灣商務印書館,1983 年)。
[15] 樓宇烈校釋,《王弼集校釋》(台北:華正書局,1992 年),以下《老子》內容引自此書。
[16] 清,王先謙,《莊子集解》(台北:廣文書局,1972 年),以下《莊子》內容引自此書。

在老莊美學影響下，唐美學家提出「境」的美學範疇。莊子認為「象罔」能表現道，「境」就是「象罔」，即司空圖說的「象外之象」及「景外之景」[17]。老子認為「大象」是宇宙中最大的形象，是現象界可觀察的一個最大的整體；道常處在無名無狀的境界，天道的作用透過萬物的形體而變化發展，因此最大的垂象也是無形的，未留下有形的跡象。人們觀察自然，感受自然，漸將現象界萬物歸納為一個諾大的整體，演變成一種抽象概念。中國文學家「以意寫象」，藝術家「以形寫神」，在描繪宇宙萬物的形象時，試圖在筆墨揮灑間表現大自然悠遠的意境，以「有形」來顯現「無形」，表達「無形」的恆常和超越，正好連結物體的形象和本身的內涵，這藝術的作用與老子言論思想不謀而合。

（二）外師造化，中得心源

唐代畫家張璪說：「外師造化，中得心源。」，「外師造化」是元好問所說「眼處」的意思，需親眼所見，親身觀察外在萬物，以大自然為師；「中得心源」也是元好問所說「心生」的意思，眼見之後，經由心裡內化而創造出作品出神入化的境界。宋代畫論專著《林泉高致》[18]中郭熙（約 1023－1085 年）對於繪畫也認為需親自歷臨，以俯瞰、遠眺、近看等各種視點，仔細觀看，再一一記憶於心胸中，得心應手的磊落畫出，書中記述：

> 學畫花者，以一株花置深坑中，臨其上而瞰之，則花之四面得矣。學畫竹者，取一枝竹。因月夜照其影於素壁之上，則竹之真形出矣。學畫山水者，何以異此。蓋身即山川而取之，則山水之意度見矣。真山水之川谷，遠望之以取其勢，近看之以取其質。[19]

以及「欲奪其造化，則莫神於好，莫精於勤，莫大於飽遊飫看，歷歷羅列於胸中。而目不見絹素，手不知筆墨，磊磊落落，杳杳漠漠，莫非吾畫。」繪作山水，見真實山嶺川壑，心領神會而下筆，便不會落入臨摹的形態窠臼，才能使畫中山水擁有生命，明唐志

---

[17] 同葉朗，《中國美學史》，頁 201。

[18] 《林泉高致集》，論山水畫的重要專著，是北宋中期最有代表性的畫家郭熙的繪畫理論，郭熙之子郭思收集其父親的創作理論，以及有關事蹟，集結成書，足可視為郭熙本人的畫論。全書共分為十章，分序言、山水訓、畫意、畫訣、畫題、畫格拾遺和畫記。今多以文淵閣《四庫全書》本為底本。舊本題宋郭思撰。思父熙，字淳夫，河陽溫縣人，後人習慣依地名稱郭河陽，官翰林待詔直長；郭熙的生卒年無明確記載，元好問記載「元韋占以來郭熙，明昌、泰和間張公佐，皆年過八十，而以山水擅名。」故不少學者認為郭熙享有高壽。以下《林泉高致》的引文取自文淵閣《四庫全書》。

[19] 王進祥，《中國美學史資料選編》下卷（台北：漢京文化事業有限公司，1983 年 4 月），頁 13。

契《繪事微言》也說:「胸中富於聞見便富於丘壑。」[20]及「凡學畫者,看真山真水,極長學問便脫時人筆下套子,便無作家俗氣。古人云:『墨瀋留川影,筆花傳石神』,此之謂也!」[21]看真實山水,深入自然,才能確實認識自然美並了解自然物性,再進一步於畫中呈現物我相互交融的意境。

學山水畫「須身即山川而取之」,對山水直接觀照,才能悉見山川的真貌,掌握山水的意度,也就是發現山水的審美形象;學山水畫是這樣,學山水詩也是一樣的。《林泉高致》有「三遠四可」的畫論,三遠指山水畫有高遠、深遠和平遠,「四可」謂:「山水有可行者,有可望者,有可遊者,有可居者。——畫凡至此,皆入妙品,但可行可望,不如可居可遊之為得。」所謂「飽遊飫看」,就是審美觀照包含廣度與深度,比「身即山川而取之」更進一步,才能窮盡領會山水「奇崛神秀」的奧妙,使意象更鮮明,與情趣更貼切,畫景與寫景也就更加得境之神,達致元好問的「句自神」,畫理與詩理皆是如此。

晉代顧愷之(約344－405年)的畫論強調畫家須知「人心之達」與「遷想得妙」,能體察人類的生活和心靈,並尊重客觀事物的變化,透過對對象的客觀認識,在創作時才能達到「以形寫神」的藝術境界。明董其昌(1555－1636年)於《畫眼》說:

> 畫家以古人為師,已是上乘。進此當以天地為師。每每朝看雲氣變幻,絕近畫中山……看得熟,自然傳神,傳神者,必以形,形與心手相湊而相忘,神之所託也。[22]

對藝術家而言,師法古人不如師法自然,才能對前人不斷超越,藉以推動藝術的發展。董其昌認為畫家應當以天地為師,以脫去歷代名家習氣,當形已融入心手創作中,便能達到傳其神的境界。

中國藝術講求「以形寫神」的境界,師法古人不如師法自然,「想像模畫」亦不如師法自然,當縱觀自然,使客體對象了然於心胸,就能信筆揮灑,能描繪其「形」更能表現其「神」,宋朝羅大經(1196－1242年)在《鶴林玉露》(卷之六,丙編)〈畫馬〉中記述:

> 唐明皇令韓幹觀御府所藏畫馬,幹曰:「不必觀也,陛下駞馬萬疋,皆臣之師。」李伯時工畫馬,曹輔為太僕卿,太僕廨舍國馬皆在焉,伯時每過之,必終日縱觀,

---

[20] 傅抱石,《中國繪畫理論》(台北:里仁書局,1985年),頁8。
[21] 同葉朗,《中國美學史》,頁9。
[22] 同葉朗,《中國美學史》,頁41。

至不暇與客語。大概畫馬者，必先有全馬在胸中。若能積精儲神，賞其神俊，久久則胸中有全馬矣，信意落筆，自然超妙……故由筆端而生，初非想像摹畫也。東坡文與可竹記云：「……今畫者節節而為之，葉葉而累之，豈復有竹乎！故畫竹必先得成竹於胸中，執筆熟視，乃見其所欲畫者，急起從之，振筆直遂，以追其所見，如兔起鶻落，少縱則逝矣。」坡公善於畫竹者也，故其論精確如此。曾雲巢無疑工畫草蟲……曰：「是豈有法可傳哉？某自少時，取草蟲籠而觀之，窮畫夜不厭。……於是始得其天，方其落筆之際，不知我之為草蟲耶，草蟲之為我也。……」[23]

以上韓幹畫馬，得全馬於胸中；東坡畫竹，得成竹於胸中；曾雲巢畫草蟲，得整草蟲於心中；皆賴細心觀察，才能熟知且潛藏於內心，而需「振筆直遂，以追其所見」，甚至物我兩忘，達互相交融之境。以竹來說，「眼中之竹」是對自然真實景物的感知；「胸中之竹」是經由理性思考後的內在意象；此時「手中之竹」既是意在筆先以寫神的形象，也可能是在創作過程無意間出現的「天趣」。

（三）傳神與氣韻生動

中國人的繪畫重視傳神與氣韻生動，雖「眼處心生」，但不盡然需在實地繪作實景，也不需畫得很相似；往往接觸山水自然之後，心神意會，並融入個人精神氣度，表現大自然其中韻味；故與西人繪作風景畫大為不同，西人常於當地景物之前寫生，畫出眼中所視具體的景色。陳衡恪（1876－1923年，字師曾）有一段話即比較出中國人繪畫獨特之處：

西人畫山水，必就山水之處畫之，畫花鳥必就花鳥畫之，宋人趙昌寫生，每以畫具自隨即其法也……嘗謂西人之畫，目中之畫也。中國人之畫，意中之畫也。先入於目而會於意，發於意而現於目。因具體而得其抽象，因抽象而完其具體，此其所以妙也。然行萬里路又必須讀萬卷書者，正以培養精神，融洽於客體，以生畫外之韻味也。[24]

---

[23] 引自宋羅大經，〈畫馬〉《鶴林玉露》(卷之六，丙編)，《鶴林玉露》分甲、乙、丙三編，各編六卷，共十八卷，約成書於宋理宗淳祐年間。。明葉廷秀評論羅大經：「其言以紫陽為鵠，學術治道多有發明，而不離王道。」《鶴林玉露》之名取自杜甫《贈虞十五司馬》詩：「爽氣金無豁，精淡玉露繁」之意；書中對於先秦、漢朝、六朝、唐朝和宋朝的文章與文人多有所評論。
[24] 同葉朗，《中國美學史》，頁20。

因此，「外師造化」爲必要條件之後，「中得心源」除了能意在筆先，畫出意會後的形象之外，還需能在畫裡蘊含天然的氣韻，方能達到最高的意境；董其昌在《畫旨》中就曾說明如何求取氣韻：「士大夫當窮工極研，師友造化。」文人以大自然爲師爲友，行萬里路，讀萬卷書，培養胸中逸氣，足以爲山水傳達神韻；以下是《畫旨》另一段話：

> 畫家六法，一曰氣韻生動，氣韻不可學，此生而知之，自然天授。然亦有學得處，讀萬卷書，行萬里路，胸中脫去塵濁，自然邱壑內營，成立鄞鄂。隨手寫出，皆爲山水傳神。[25]

董其昌所說「六法」即南朝南齊謝赫（479－502 年）於所著《古畫品錄》一書中 ，在序言裡提出的「六法」：「一曰氣韻生動，二曰骨法運筆，三曰應物象形，四曰隨類賦彩，五曰經營位置，六曰傳移模寫。」其中，「氣韻生動」最顯重要，「氣韻生動」的概念就是「神韻」、「神氣」、「生氣」、「壯氣」、「神運氣力」……；除了具備運筆與形象的有力與確實、位置的妥善經營、色彩的巧妙敷設外，更須注重「以形寫神」，藉由物體的外在形象表現大自然內藏變化萬千的氣韻。宋鄧椿的「畫繼」提到：「畫之爲用大矣，盈天地之間者萬物，悉皆含毫運思，曲盡其態，而所以能曲盡者，止一法耳。一者何也？曰傳神而已矣……故畫法以氣韻生動爲第一……。」[26] 也揭示以「氣韻生動」爲首要方法，才能全然表現天地萬物的神態。

藝術創作必然反映本身自由的靈魂與無欲的心境，因而產生「自然」、「大巧」、「逸品」等上乘的作品，宋郭若虛「圖畫見聞志」說：「人品既已高矣，氣韻不得不高；氣韻既已高矣，生動不得不至，所謂神之又神，而能精焉。」[27] 人品高潔，氣韻隨之提升，信手繪畫、寫詩，豈不生動，都能爲山水傳達精神韻致；《林泉高致》〈山水訓〉也說：「看山水亦有體。以林泉之心臨之則價高，以驕侈之目臨之則價低。」以及〈畫意〉說：「人須養得胸中寬快，意思悅適，如所謂易直子諒，油然之心生，則人之笑啼情狀，物之尖斜偃側，自然布列於心中，不覺見之於筆下……」故畫家、詩人修養人品性情，描繪山水景物自會於筆下流露意境。

蘇軾認爲詩畫同理同律，詩畫都有形似與神似的問題，曾舉花鳥畫的始祖----唐代邊鸞，他最大特色是以「折枝花卉」的畫法創作，所畫花鳥從寫生而來，只畫出花卉的局部，呈現具有美感的理想構圖；又舉北宋宮廷畫家趙昌（?～1016 年），他被譽爲「與花

---

[25] 同葉朗，《中國美學史》，頁 20。
[26] 俞劍華，《中國繪畫史》（台北：台灣商務印書館，1999 年），頁 218。
[27] 同葉朗，《中國美學史》頁 39。

傳神」，也是以設色亮麗的折枝花卉聞名，所畫花卉一樣從觀察寫生而來，趙昌常於清晨曉露未乾時，就在花園中調色摹寫，所寫生的杏花等花卉生動逼真。東坡於〈書鄢陵王主簿所畫折枝〉詩中說：

> 論畫以形似，見與兒童鄰。賦詩必此詩，定非知詩人。詩畫本一律，天工與清新。邊鸞雀寫生，趙昌花傳神。何如此二幅，疏澹含精云。誰言一點紅，解寄無邊村。[28]

「天工與清新」、「精云與疏澹」，指的就是形似與神似，以傳神貴於形似，但並非把形似全部否認，而是在形似的基礎上，朝向傳神的最高境界，東坡在〈李潭六馬圖贊〉中也說：「畫師何從，得所以然。」「得所以然」何意?即在〈傳神記〉中所說：「亦得其意思所在而已。」就是描繪出對象的內在本質主要的特點，此「神」是需經由特定的「形」來呈現的，沒有「形」，「神」也無從表現，這是「須身即山川而取之」與「飽遊飫看」等更深化的說法，待將對象以具深度廣度的全然觀照之後，領略到「形」的精神特徵，然後才能臻於「傳神」的最高境域，繪畫是如此，作詩也是如此，卻除「暗中摸索」，強調「眼處心生」，身臨實境，心物交融，興起感發，最後達到「句自神」的最高境界。

　　元好問的題畫詩，內容曾論及畫理和畫技，可見他對詩畫同質的透徹。以他的一首題畫詩為例--〈題息軒楊秘監雪行圖〉：「長路單衣怨僕僮，無人說向息軒翁。長安多少貂裘客，偏畫書生著雪中。」元好問最讚賞畫中的取材，能「得其意思所在」，畫一位衣衫單薄的書生，瑟縮的踽踽行於長遠的白色雪地中，不僅具視覺的形象，也有寒凍的身體感覺，蕭疏的景象反映出寂淨的內心和堅貞的意志，「雪行」的意境在畫與詩中同樣表現無遺。

（四）寫胸中逸氣

　　唐代美學家司空圖說「超以象處，得其環中。」清代神韻派王士禎（1634－1711年）也說：「天外數峰，略有筆墨，意在筆墨之外。」其中表達的是無窮無盡的象。元倪瓚（1301－1374年）說：「僕之所謂畫者，不過逸筆草草，不求形似，聊以自娛耳。」[29] 他認為「逸」是自然、天真的表露，筆簡形具，有素樸的特質，不刻意求工，以免流入匠氣；逸品即為上上之品，出於意表之作，是大自然神魄與藝術家的靈魂及筆墨媒材運作

---

[28] 北宋，蘇軾，《蘇軾詩集》卷二十九〈書鄢陵王主簿所畫折枝二首〉之一；傅抱石，《中國繪畫理論》（台北：里仁書局，1985年），頁38。

[29] 元，倪瓚，《雲林集》、《清閟閣全集》；引自俞劍華，《中國古代畫論類編》（北京：人民美術出版社，1986），頁702。

的極高度渾然融合，也就是天人合一的產物；倪瓚作品擁有「澹泊」、「蕭疏」的特質，這是中國畫評家給予畫家的最高讚美，他在「雲林集」中說：「余之竹聊以寫胸中逸氣耳!豈復較其似與非……」可見藝術家一如倪瓚的不求形似，僅為描繪胸中逸氣，已是追求傳神之深探。

　　唐宋書畫品評中常出現「逸品」，北宋黃休復把畫分為「逸」、「神」、「妙」、「能」四格（《益州名畫錄》，1006 年），他對四格的說明如下：

> 畫之逸格，最難其儔。拙規矩於方圓，鄙精研於彩繪，筆簡形具，得之自然，莫可楷模，出於意表，故目之曰逸格爾。（神格）大凡畫藝，應物象形，其天機迴高，思與神合；創意立體，妙合化權，非謂開廚已走，拔壁而飛，故目之曰神格爾。（妙格）畫之於人，各有本性，筆精墨妙，不知所然；若投刃於解牛，類運斤於鼻；自心付手，曲盡玄微，故目之曰妙格爾。（能格）畫有性周動植，學侔天功，乃至結岳融川，潛鱗翔羽，形象生動者，故目之曰能格爾。[30]

「能格」指畫家對於山水鳥獸各種特點觀察得非常精細，再以很高的技巧作畫，因此能創作出生動的形象，劉道醇（《聖朝名畫評》，約 1080 年）說「能格」是「妙於形似」、「長於寫貌」、「盡事物之情」，達「能格」也不易，但「能格」的地位一向很低。同屬於上品的「逸格」、「神格」、「妙格」三者的區分就不明顯了。

　　「妙」就是超出現實有限的物象，通向大宇宙的本體生命，達詩畫的絕妙意境，與道家的「道」相通。「神」是說藝術家創造的獨特意象要符合自然造化所顯現的外在形象，而使藝術達至一神化的境界，讓詩畫創造得到一種高度的自由。「逸」本是一種生活態度與心靈境界，滲透到詩畫藝術中，成為最高層次的「逸品」、「逸格」，擁有「得之自然」的特點，表現超脫世俗一切的生活型態和精神境界，藝術家的「筆簡形具」與道家的「簡」是相合的，也有「寫意」的傾向，表現特定的「意」，即「清逸」、「高逸」、「超逸」之意，總稱為「逸氣」，到元代成為藝術的主要潮流，元四家之吳鎮、黃公望、倪瓚和王蒙即典型代表，「逸品」於元代達到成熟的階段，與元代的社會情況和文人遭遇有密切關係，顯現當時文人的生活與心理狀態。元好問的「眼處心生」到「神」境界，恰從「能格」發展到「妙格」、「神格」，達到「逸格」已是「神」的深化。

---

[30] 同王進祥，《中國美學史資料選編》下卷，頁 1-2。

五、「親到長安」的美學精神

「親到長安有幾人」的「長安」是對應前一句描繪「秦川景」;「親到」是反襯第二句的「暗中摸索」導致失真,並呼應「眼處心生」的重要;「有幾人」一方面推崇杜甫寫景、范寬畫景的絕妙無人可比,一方面感嘆當時詩人只知「閉門覓句」,從文字表面模仿鍛鍊,而不是從真實的觀察描繪與涵養內在性情努力,以致詩作已失去真切自然和神韻。

因此元好問這首詩除了表達對杜甫的崇敬,也批評了當時詩壇欠缺現實體驗的模擬風氣,如西崑體、江西詩派等,金代詩人受到影響,詩風也趨近輕靡浮艷,作詩技巧流於雕鏤模影,這種文風引起部分文人不滿,故提倡師古法;元好問論詩的旨趣,也是在復古風下的產物,他指出詩文創作的泉源是客觀現實。如果只是「暗中摸索」,臨摹前人,永遠是「總非真」,不可能真實的表現現實對象;如此元好問就在杜甫和杜詩的模仿者間,清晰地劃出一條真、偽的界限。

(一)自然景色的真與神

「親到長安」是強調親臨其地,親眼目睹當地的自然景色,杜甫長居長安,才能寫出長安景物的真,范寬繪作秦川圖也是一樣的,郭熙在《林泉高致》〈山水訓〉中說:「今執筆者,所養之不擴充,所覽之不淳熟,所經之不眾多,所取之不精粹,而得紙拂壁,水墨遽下,不知何以綴景於煙霞之表,發興於溪山之顛哉?」藝術家缺乏審美的涵養,缺乏閱覽經略的深度廣度,也就缺乏萃取精華的藝術功夫;這可從景象和情趣的關係看出,提煉的意象要能恰好貼合心中的情趣,為求「取之精粹」,就須賴「親到長安」、「飽遊飫看」的親自遊歷體會,直到「養之擴充」、「覽之淳熟」、「經之眾多」,創作下筆才能「取之精粹」。

郭熙也曾提到「景外意」、「意外妙」,於《林泉高致》〈山水訓〉中的這段話如下:

> 春山煙雲連綿人欣欣,夏山嘉木繁陰人坦坦,秋山明淨搖落人肅肅,冬山昏霾翳塞人寂寂。看此畫令人生此意,如真在此山中,此畫之景外意也。見青煙白道而思行,見平川落照而思望,見幽人山客而思居,見岩壁泉石而思遊。看此畫令人

起此心，如將真即其處，此畫之意外妙也。[31]

在「親到長安」、「飽遊飫看」之後，自然景物印在藝術家的心裡，與藝術家的人格情意思想相融合，因而轉化為審美意象，昇華為審美層面，也就是寫景畫景已由真實真切而進入神的意境。如果「暗中摸索」，縱使模擬得很像，但因沒有親自體驗，而無法產生深刻感受，也就難以令人產生「景外意」、「意外妙」，永遠不能進入傳神之境。

（二）現實生活的真與神

「親到長安」詩句也在強調身歷其境，親自體驗當地的生活。盧興基說這首詩「反映了他的詩歌主張中的現實主義精神。」[32]劉澤也說：「近似今天現實主義創作原則的某些特徵，因此許多論者認為這首論詩絕句是元好問詩論的精髓。」[33]杜甫是中國文學史上現實主義的大詩人，他的一生都輾轉於窮困的生活中，他從一己的生活經驗，去了解人民的苦樂，因此他在詩裡常表現對現實生活的思考，表達憂國憂民的思想，在題畫詩中也常從繪畫的景象轉移到現實的物象，這特點來自於杜甫經歷過安史之亂；元好問同樣經歷過亡國痛楚，在題畫詩中繼承了杜甫的特點，關心現實生活，貫注在家國命運的思索。

以下〈麗人行〉是杜甫「親到長安」所體現的現實情況，這首詩作於天寶十二年春，當時杜甫四十二歲，自天寶十一年十一月楊國忠在朝廷拜右相，從此氣勢高張、為所欲為，又與原為堂妹的玄宗之妃，即虢國夫人有染，詩中寫出虢國夫人和秦國夫人等的奢華生活，也提到楊國忠和虢國夫人的緋聞，婉轉而不隱晦，形成一首諷刺現實的詩作：

> 三月三日天氣新，長安水邊多麗人。態濃意遠淑且真，肌理細膩骨肉勻。
> 繡羅衣裳照暮春，蹙金孔雀銀麒麟。頭上何所有？翠為盍葉垂鬢脣。
> 背後何所見？珠壓腰衱穩稱身。就中雲幕椒房親，賜名大國虢與秦。
> 紫駝之峰出翠釜，水精之盤行素鱗。犀箸饜飫久未下，鸞刀縷切空紛綸。
> 黃門飛鞚不動塵，御廚絡繹送八珍。簫鼓哀吟感鬼神，賓從雜遝實要津。
> 後來鞍馬何逡巡，當軒下馬入錦茵。楊花雪落覆白蘋，青鳥飛去銜紅巾。
> 炙手可熱勢絕倫，慎莫近前丞相嗔！[34]

---

[31] 同王進祥，《中國美學史資料選編》下卷，頁 14。
[32] 盧興基，《元遺山和范寬〈秦川圖〉》，載《文學遺產》1986 年第 2 期。
[33] 劉澤，《元好問論詩三十首集說》（太原：山西人民出版社，1992 年），頁 103。
[34] 同張健主編，《大唐詩聖杜甫詩選》，頁 25。

「長安水邊多麗人」，據《舊唐書》記載：「玄宗每年十月幸華清宮，國忠姊妹五家扈從，每家為一隊，著一色衣，五家合隊，照映如百花之煥發。遺鈿墜舄，瑟瑟珠翠，燦爛芳馥於路......」故知玄宗時期在長安水畔，眾多仕女盛裝赴宴，場面燦爛芳馥；「三月三日天氣新......珠壓腰衱穩稱身。」以上十句泛寫遊春的仕女富體態之美和服飾之盛；「就中雲幕椒房親......賓從雜遝實要津。」以上十句描寫遊宴曲江的豪華，以及楊氏姊妹所得到的寵幸；「後來鞍馬何逡巡......慎莫近前丞相嗔！」以上六句敘述楊國忠的驕橫；杜甫的〈麗人行〉就是專為嘲諷楊國忠兄妹驕奢荒淫的生活而寫。

（三）內心情性的真與神

元好問認為，詩作不是詩人憑空虛構的，而是依據客觀現實而生成的反映。詩人擁有切實的生活感受，才能由內心產生真情性；只有像杜甫「親到長安」，對客觀的描繪對象有確實的觀察接觸和體悟，才能夠真切的激發內心的感受，創作出傳神的詩句。

元好問在《楊叔能小亨集引》中說：「夫惟不誠，故言無所主，心口別為二物，物我邈其千里，漠然而往，悠然而來，人之聽之，若春風之過焉耳，其欲動天地，感鬼神難矣！」元好問論詩，特重詩的內容本質，欲達至「情性之外，不知有文字」的境界，這是心物交感之後，由人格意志、內在情性所激發出的興發感動力量，非常真實深刻，藝術家長久的修養鍛鍊就這樣不由自主地從筆下流露出來。

詩中情與文的關係，或指內容與形式的關係，大約可分：第一，以情感為主的「因情生景」、「因情生文」；第二，情文並重的「情景吻合」、「情文並茂」；第三，以形式為主的「即景生情」、「因文生情」。嚴格來說，元好問反對的是「因文生情」、「造景生情」、「為文造情」，也就是缺少心物交感後由內心情性興發感動而生成的詩作，是他不贊同的。以一位詩人來說，未曾「親到長安」，只靠「暗中摸索」得詩句，缺乏「眼處心生」之心物交感與情意生發，就會「言無所主，心口別為二物，物我邈其千里」，物我相距遙遠之下寫出的詩，便會「漠然而往，悠然而來」，毫無感動人的地方；對讀者來說，也會「人之聽之，若春風之過焉耳」，無法留下深刻的感受，故詩作難以發揮「動天地，感鬼神」的力量。

六、結論

「眼處心生句自神，暗中摸索總非真。畫圖臨出秦川景，親到長安有幾人？」這首元好問論詩絕句的美學觀點在「詩畫同律」中展現，蘇軾與宋人的看法影響了後代的詩人與畫家；情景融合構成詩與畫的創作審美意象，意象是詩與畫中的繁花，因有它，詩畫便富含美感。畫是「無聲詩」、「有形詩」，詩是「有聲畫」、「無形畫」，元好問以畫理與詩理相互印證，也是對詩畫同律有深刻的體會。

「眼處心生」與意境說有所連繫，意境說以老子與莊子美學爲基礎；意境起於「眼處」，審美主體的「心」和審美客體的「境」引發藝術的靈感想像與審美創造，也就是「心生」。「外師造化，中得心源。」，是元好問所說「眼處」「心生」的意思需親以大自然爲師，藉著內心蘊化而創出傳神的境界。元好問也認爲物我融合爲一體，詩作自會具有神韻，相通於畫理之「傳神」、「氣韻生動」；再說從「能格」達至「逸格」已是「神」的深化，藝術最高層次的「逸品」（「逸格」）是一種生活型態和精神境界，有超脫世俗、得之自然的特點。

「親到長安」的美學精神具有自然景色、現實生活與內心情性的真與神；元好問道出「親到長安有幾人」是一種感嘆，他特別重視詩的內容本質，反對空有形式的「爲文造情」，對雕琢刻鏤的詩提出針砭的言論。親到長安的杜甫，不只出色的描繪出秦川景色，也反映出當時社會的現實生活；而范寬也有秦川的生活經歷，方能真實描繪他所熟識的關陝景色，才能將山水畫〈秦川圖〉表現得歷歷在目，宛若身在其中；元好問論詩第十一首「詩畫同律」之美學觀點於此彰顯了詩畫貴真貴心貴神的理趣。

（發表於：《育達科大學報》第 31 期，苗栗：育達科技大學，2012 年 6 月。）

參考文獻

一、專書

（一）藝術類

宋，《宣和畫譜》，景印文淵閣《四庫全書》，台北：台灣商務印書館，1983 年。

于民，《中國美學思想史》，上海：復旦大學出版社，2010 年 1 月。

王進祥，《中國美學史資料選編》，台北：漢京文化事業有限公司，1983 年 4 月。

俞劍華，《中國繪畫史（上）（下）》，台北：台灣商務印書館，1999 年 6 月。

俞劍華，《中國古代畫論類編》，北京：人民美術出版社，1986 年。

徐復觀，《中國藝術精神》，桂林：廣西師範大學出版社，2007 年。

黃椿昇，《藝術導論—談美》，台北：全威圖書公司，2005 年 9 月。

程明震，《文心后素—文人畫藝術研究》，南京：東南大學出版社，2007 年 12 月。

葉朗，《中國美學史大綱》，台北：滄浪出版社，1986 年。

葉朗，《中國美學史》，台北：文津出版社，1996 年。

傅抱石，《中國繪畫理論》，台北：里仁書局，1985 年 3 月。

楊仁愷，《中國書畫》，台北：南天書局有限公司，1992 年 5 月。

（二）文哲類

方滿錦，《元好問〈論詩三十首〉研究》，台北：萬卷樓圖書股份有限公司，2002 年。

王先謙（清），《莊子集解》，台北：廣文書局，1972 年。

李栖，《題畫詩散論》，台北：華正書局，1993 年。

吳怡，《莊子內篇解義》，台北：三民書局，2004 年。

吳怡，《老子解義》，台北：三民書局印行，1996 年二版。

胡雲翼，江應龍校訂，《增訂本中國文學史》，台北：三民書局，1994 年 8 月。

施國祁，《元遺山詩集箋注》，北京：人民文學出版社。

張健主編，《大唐詩聖杜甫詩選》，台北：五南圖書出版公司，1998 年。

陳鼓應，《老子今註今譯》，台北：臺灣商務印書館，1998 年 8 月。

陳鼓應，《莊子今註今譯》，台北：台灣商務印書館，1999 年。

劉澤，《元好問論詩三十首集說》，太原：山西人民出版社，1992 年。

劉大杰，《中國文學發展史上中下》，台北：華正書局，2001 年 9 月。

樓宇烈校釋，《王弼集校釋》，台北：華正書局，1992 年。

二、學術期刊論文：

孔壽山，〈杜甫的題畫詩〉，《中國畫論》，台北：駱駝出版社，1987 年，頁 275-282。

何三本，〈元好問論詩絕句三十首箋證〉（二），《中華文化復興月刊》第七卷第四期，台北，1974 年，頁 47。

顏慶餘，〈畫言志—元好問題畫詩研究〉，《漢學研究》第 26 卷第 3 期，台北，2008 年，頁 61－91。

鍾屏藍，〈元遺山《論詩絕句》第十一首——「眼處心生句自神」的美學觀點銓證〉，《屏東師院學報》第八期，台北，頁 340-355。

盧興基，〈元遺山和范寬〈秦川圖〉〉，載《文學遺產》1986 年第 2 期，頁 92。

敦煌《降魔變文》與經變壁畫之探析

摘　要

　　佛教變文與經變之間關係密切，佛教經典的變文採取講唱的聽覺方式宣揚宗教教義，經變以圖像的視覺方式成爲傳播佛教的絕佳工具，尤以經變壁畫最具特色。佛經變文的敘述與經變壁畫的繪製具有來源根據，《降魔變文》與《勞度差鬥聖變》壁畫爲本論文探析的主題，《降魔變文》的題材多取自《賢愚經・須達起精舍品》，其故事內容精彩，角色形象鮮明，《賢愚經》以此主要的故事題材，促使敦煌俗文學講唱變文的開展，並爲敦煌壁畫的經變圖開闢新素材。《降魔變文》將故事性強的情節予以渲染鋪排，有異於講經文的拘束，由《降魔變文》內容與《賢愚經・須達起精舍品》記載相互比較，可發現當中的異同，而變文的文學藝術成就往往高過於講經文。《勞度差鬥聖變》壁畫從北周西千佛洞開始，經唐、五代到宋陸續出現於敦煌石窟，繪畫內容表現佛教與婆羅門教兩勢力對峙的鬥爭場面。敦煌《降魔變文》與《勞度差鬥聖變》壁畫反映出在佛教思想中包容儒家思想的情形，並與民間思想交融，其目的爲能在觀念上接近中國的庶民百姓，進而產生共鳴與信仰；因此其佛經變文與經變壁畫呈現宗教信仰、文化意識與審美體驗的豐富性。

關鍵詞：《勞度差鬥聖變》、《賢愚經》、敦煌俗文學、敦煌石窟

The Analysis of Dunhuang " Literary Style for Vanquishing Demons" and Frescoes Evolved from Sutra

Abstract

The relationship between Buddhist literary style evolved from sutra and paintings evolved from sutra is close. The classic Buddhist literary style adopts the acoustical way combining lecturing and singing to promote religious doctrine. The paintings evolved from Sutra becomes an excellent tool for propagating Buddhism by the visual way of image, especially frescoes evolved from Sutra, which are the most characteristic. Both the description of Buddhist literary style and the drawing of frescoes have sources. The analysis of "Literary Style for Vanquishing Demons" and the frescoes "Laoduchai escape the sages" evolved from sutra, is the theme of the paper; the subjects of "Literary Style for Vanquishing Demons" are mainly retrieved from "shengyujing • xudaqijingshepin", the story of which is exciting and the characters of which is vivid. "Shengyujing" uses the major story subjects to prompt the development of lecturing and singing literary style of Dunhuang Folk Literature and the to explore new material for the sutra picture of Dunhuang frescoes. Different from the restriction on lecturing scripture, "Literary Style for Vanquishing Demons" heightened vivid plots. Through comparing the content of "Literary Style for Vanquishing Demons" with the record of "shengyujing • xudaqijingshepin", we can find the similarities and differences, while the literary achievements of literary style are often greater than that of lecturing scripture. The frescoes "Laoduchai escape the sages" began from the West Zhou Xi Qian Buddha Caves and appeared in Dunhuang Grottoes from Tang Dynasty to Song Dynasty; the drawing content demonstrated the confrontation and fight scenes between two forces "Buddhism and Brahmanism". Dunhuang, "Literary Style for Vanquishing Demons" and frescoes "Laoduchai escape the sages", reflect the situation that Buddhism tolerates Confucianism and blends with folk ideology, with the purpose of approaching Chinese ordinary people in the concept and thus generating resonate and beliefs; therefore, its Buddhist literary style and frescoes evolved from sutra show the richness of religious beliefs, cultural awareness and aesthetic experience.

Keywords：The frescoes "Laoduchai escape the sages" evolved from sutra; "shengyujing"; Dunhuang Folk Literature; Dunhuang Grottoes

一、前言

佛教經典的變文採取講唱的方式宣揚宗教，變文的題材通常以某部佛經的內容為主，講唱者為了求得故事精彩，往往不會全然按照單一佛經的記載去表達，而是揉合他經與非佛經俗典的情節，加上講唱者巧妙的變化順序，隨心所欲的擴張渲染，使說唱展現的內容更為生動曲折，以達為大眾宣達佛教義理的目的。

敦煌莫高窟的藏經洞裡曾存有《降魔變文》寫卷，此變文即根據佛教經典演繹而來，當時分裂成幾個殘卷，由斯坦因和伯希和分別帶往英國和法國。《降魔變文》的故事情節和敦煌石窟壁畫所繪製的《勞度叉鬥聖變》基本上是相同的，本文將探討《降魔變文》的經文來源、《降魔變文》內容與《賢愚經·須達起精舍品》記載之比較、《勞度差鬥聖變》壁畫與《降魔變文》的關係、《降魔變文》與經變壁畫的思想特色等，藉以了解佛經、變文與經變壁畫三者之間的密切關係。

二、《降魔變文》之經文來源

在敦煌寫卷中，《降魔變文》現存有 6 種為：S.4398、S.5511、P.4524、P.4615、胡適藏本與羅振玉藏本。佛教經典中記載此故事者，主要有：《賢愚經》卷十〈須達起精舍品第四十一〉、《大般涅槃經》（北涼天竺三藏曇無讖譯）卷二十九、卷三十〈師子吼乙菩薩品〉、《佛說眾許摩訶帝經》卷十一、《根本說一切有部毘奈耶破僧事》卷八、《中本起經》卷下〈須達品第七〉、《大般涅槃經》（宋代沙門慧嚴等依《泥洹經》加之）卷二十七〈師子吼菩薩品〉、《佛所行讚》卷四〈化給孤獨品第十八〉、《十誦律》卷三十四〈八法中臥具法第七〉、《佛說孛經抄》、《分別功德論》卷二、《雜阿含經》卷第二十二第五九二條及《四分律》卷五十等。

羅宗濤先生認為《降魔變文》的題材多取自《賢愚經·須達起精舍品》[1]；王重民等學者也認為《降魔變文》的故事出自《賢愚經》卷十的〈須達起精舍品第四十一〉[2]。

另一與《降魔變文》同樣取材於舍利弗和六師外道鬥法故事的有《祇園圖記》，在敦煌寫卷中《祇園圖記》有 P.2344、P.3784 兩個卷子。據羅宗濤先生〈賢愚經與祇園因

---

[1] 羅宗濤，《敦煌講經變文研究》（高雄：佛光山文教基金會，2004 年 7 月），頁 96。

[2] 黃征、張涌泉校注，《敦煌變文校注》（北京：中華書局，1997 年 5 月），頁 568。

由記、降魔變文之比較研究〉一文考訂，這兩篇變文均出自於《賢愚經》卷十第四十八則〈須達起精舍品〉[3]。兩篇變文的比較，《降魔變文》以《賢愚經》的經文為基礎，充份發揮其想像，在故事順序上有所變更，段落中放大或縮小加以安排，敘述有新意和潤飾，人物的性格和對話更加突顯，情節更加曲折，場景和氣氛的營造更為注重，篇幅擴張將近十倍，已成具藝術價值的定本。《祇園圖記》主要是承襲經文，但在述說上並沒有直接引用經文，且全文皆以簡略、生硬甚或粗俗的語句來陳述，這種講唱底本難以表達複雜豐富的故事原貌，僅能當成備忘錄作為提示。因此，從《降魔變文》與《祇園圖記》兩篇作品的文學性而言，顯然前者高於後者。

依據《降魔變文》在頌揚帝德時說：「伏惟我大唐滿聖主開元天寶聖文神武應道皇帝陛下：化越千古，聲超百王，文該五典之精微，武折九夷之肝膽；八表總無為之化，四方歌堯之風。」其中「開元天寶聖文神武應道皇帝」是在唐玄宗天寶 7 年，群臣對帝王的尊號，由此可見此文於唐朝天寶年間已非常盛行，《降魔變文》在敦煌變文中可確定為年代最早的一篇。

三、《降魔變文》內容與《賢愚經‧須達起精舍品》記載之比較

《降魔變文》的內容敘述印度舍衛國波斯匿王的輔國大臣須達，家資萬貫，喜好施捨，被尊稱為「給孤獨長者」，其替子求妻而至王舍城，為求得大臣護彌的女兒，意外見著佛祖釋迦牟尼，聆聽佛法之後，如飲甘霖，傾心歸仰。為邀請佛祖親臨舍衛國說法，須達答應佛祖願為建造精舍，釋迦亦答應須達的請求，並派遣弟子舍利弗隨須達共同辦理此事。

須達用黃金舖地的高價購得太子祇陀園以建造精舍。六師外道聞訊，非常氣憤，決定傾盡全力阻止佛祖來說法，故約佛弟子舍利弗鬥法，波斯國王同意並親至觀看。外道（婆羅門）教徒派出勞度叉，一場激烈的較量開始，勞度叉六次變身為高峻寶山、水牛、寶池、毒龍、兩個黃頭鬼和大樹，而舍利弗六次化為金剛力士、師子、大象、金翅鳥、毗沙門天王和大風，拼鬥場面激烈緊張。最後舍利弗大獲全勝，勞度叉無技可施，甘拜下風，皈依佛法，六師外道也棄邪歸佛。不久精舍建成，須達如願迎來釋迦牟尼說法，

---

[3] 引自羅宗濤，〈賢愚經與祇園因由記，降魔變文之比較研究〉，《中國古典小說研究專集》2(1981 年 8 月)。

也爲兒完婚。

於此分述《降魔變文》與佛教經典《賢愚經・須達起精舍品》的記載之比較：

（一）須達發使

《降魔變文》記載須達遣使的情節。《降魔變文》說：

> 當日處分家中，遂使開其庫藏，取黃金千兩，白玉數環，軟錦輕羅，千張萬疋，
> 百頭壯象，當日登途：「君須了事，向前星夜不宜遲滯。以得爲限，莫惜資財。
> 但稱吾子之心，迴日重加賞賜！」拜別以（已）了，唯諾即行。[4]

文中敘述須達爲兒求妻，遣使到外國聘婦。佛教經典《賢愚經，須達起精舍品》並沒有
記載須達發使的情形，然而在卷十則記載：

> 時婆羅門，作書因之，送與須達，具陳其事。須達歡喜，詣王求假，爲兒娶婦。
> 王即聽之，大載珍寶，趣王舍城。[5]

以上敘述婆羅門允許婚事後，以書文告知須達，須達才滿載珍寶出發到王舍城爲兒娶
妻。此段記載與變文不一樣，即在情節安排的先後次序上以及內容敘述的詳略上有所差
異，《降魔變文》記載須達發使甚早，在尋找兒媳時就大備珍寶前往。因此，變文中須
達發使的情節是自佛教經典變更而來。

（二）向護彌提親

《降魔變文》中記載向護彌提親的情節說：

> 行李之間，偶值阿難乞食，生平未見，驚愕異常。執錫持盂，抗聲乞食。護彌
> 家崇十善，每親延於佛僧；小大同心，咸欽敬於三寶。小女雖居閨禁，忽聞乞
> 食之聲，良爲敬重尤深，奔走出於門外，五輪投地，瞻禮阿難。問化道之勤勞
> ，啟能仁之納慶。使影牆忽見，儀貌絕倫，西施不足比神姿，洛浦詎齊其艷綵
> 。直衝審視，恐犯於禮儀；遂即緩步抽身，徐問鄰人言曰，……使聞此語，喜
> 尉（慰）難勝，遂即通傳，下函書信。

---

[4] 潘重規編，《敦煌變文集新書・降魔變文》(台北：文津出版社有限公司，1994 年 12 月)，頁 610。
[5] 《賢愚經》(T.4, no.202, p.418c)，大正新脩大藏經第四冊 No. 202，頁 418c。CBETA 電子佛典 Big5 App 版，最近更
新日期：2009/04/15，中華電子佛典協會（CBETA）依大正新脩大藏經所編輯。

使者既蒙引入，拜賀起居。未述心曲之情，見敘寒溫之境。主客之禮，設會數朝：親姻之議，未蒙許諾。[6]

內容敘述須達的使者到達王舍城之後，偶遇阿難乞食，護彌的女兒聽到乞食的聲音，奔至門外瞻禮阿難，使者忽見儀貌絕倫的神采，大為驚豔，詢問附近鄉人才知她的身分，於是通傳引入，然而對於姻親的提議，護彌尚未答應。

雖然佛教經典《賢愚經，須達起精舍品》沒有記載向護彌提親的情節，但在卷十則記載：

諸婆羅門，便為推覓，展轉行乞，到王舍城。王舍城中，有一大臣，名曰護彌，財富無量，信敬三寶。時婆羅門，到家從乞，國法施人，要令童女，持物布拖。護彌長者，時有一女，威容端正，顏色殊妙，即持食出，施婆羅門。婆羅門見，心大歡喜，我所覓者，今日見之。即問女言，頗有人來求索汝未。答言未也。問言女子，汝父在不。其女言在。婆羅門言，語令出外，我欲見之與共談語。時女入內，白其父言，外有乞人，欲得相見，父便出外。時婆羅門，問訊起居安和善吉，舍衛國王，有一大臣，字曰須達，輔相識不。答言未見，但聞其名。報言知不，是人於彼舍衛國中，第一富貴，汝於此間，富貴第一。須達有兒，端正殊妙，卓略多奇，欲求君女，為可爾不。答言可爾。[7]

內容記載須達使者婆羅門輾轉行乞到王舍城，以須達是舍衛國第一富貴者，財富無數，且常賑濟貧困，如此的情節似乎不甚合理；《降魔變文》中向護彌提親的情節則是將佛教經典的記載加以變更，加入了阿難乞食的插曲，展現較合理。另外，佛教經典記載婆羅門親自與護彌之女詢問有否出嫁；《降魔變文》則恐怕冒犯於禮儀，轉變為向鄉人探聽身家背景。還有，佛教經典記載護彌許諾婚事，而《降魔變文》則記載護彌未允婚。由以上可知，《降魔變文》向護彌提親的內容是轉變自佛教經典《賢愚經・須達起精舍品》卷十。

（三）須達誆祇陀太子

《降魔變文》中記載須達誆祇陀太子的情節如下：

---

[6] 參見《敦煌變文集新書・降魔變文》，頁 610-611。
[7] 《賢愚經》（T.4, no.202, p.418c）。

須達欲直申說，下口稍難；權設詭詐之詞，答儲君曰：「臣昨日因行，偶至太子園所，遙見妖災競起，怪鳥群鳴。……。太子聞語，非甚驚惶，……太子曰：「……，容有此事，如何厭攘（禳）？」須達啟言太子：「物若作怪，必須轉賣與人。太子書榜四門，道園出賣。眾口可以鑠金，災祥自然消散。有人擬買，高索價直：平地遍布黃金，樹枝銀錢皆滿。世人重寶，必無肯買之人。」太子聞言，依從允順，當日書榜，安城四門。須達密計既成，遂別太子。遂於四門之上，折榜將來，直入東宮，往見太子。……（太子）與須達相隨，直到園所。周迴顧望，與本無殊；……太子遂生忿怒，雅責須達大臣：「卿今應謀社稷，……夫為君子者，居家盡孝，奉國盡忠；……豈容為臣不忠，出言虧信，非但殃身招禍，亦乃辱及先宗。寡人聞奏天恩，遣卿容身無地！……尸祿素餐，卿今即是。須奏天斑（庭），身當萬誅！」其時為法違情，不懼亡軀喪命。[8]

內容敘述須達為買得祇陀太子的園林，故意用計謀誆騙祇陀太子，說見到園中有妖災諸事，祇陀太子信而驚惶，且聽從須達，書榜於城四門，發布道園出賣的消息。祇陀太子與須達乘馬到園所環顧，不見變怪的現象，因此責備須達。

《賢愚經，須達起精舍品》並無記載須達誆祇陀太子的情節，相關記載如下：

須達歡喜，到太子所，白太子言：「我今欲為如來起立精舍，太子園好。今欲買之。」太子笑言：「我無所乏，此園茂盛，當用遊戲逍遙散志。」須達慇懃，乃至再三。太子貪惜，增倍求價，謂呼價貴，當不能賣。語須達言：「汝若能以黃金布地，間無空者，便當相與。」須達曰諾，聽隨其價。太子祇陀言：「我戲語耳。」須達白言：「為太子法，不應妄語，妄語欺詐，云何紹繼，撫恤人民。即共太子，欲往訟了，時首陀會天，以當為佛起精舍故，恐諸大臣偏為太子，即化作一人，下為評詳語太子言，夫太子法。不應妄語。已許價決。不宜中悔。」遂斷與之須達歡喜，便敕使人，象負金出，八十頃中。……[9]

佛教經典《賢愚經，須達起精舍品》僅記載祇陀太子賣祇園以黃金遍地為條件，而《降魔變文》則增加「樹枝銀錢皆滿」的條件。有關賣園條件，佛教經典記載祇陀太子自稱戲言；祇陀太子並無賣園的意願，只想將此園當作「遊戲逍遙散志」的場所，因而倍增園價，想不到須達同意了，須達堅持購買祇園，在情節的推展上皆可順理成章。而《降

---

[8] 參見《敦煌變文集新書‧降魔變文》，頁615-616。
[9] 《賢愚經》（T4, no.202）。

魔變文》則敘述須達為順利購得園林，竟用權謀，巧設詭詐言詞誆騙祇陀太子，險些引發危難，在情節的進展上似乎不太合理，然就故事的鋪排來看，則具有明顯的戲劇張力。由以上可見，須達誆祇陀太子的情節是《降魔變文》在佛教經典的基礎上新增的。

　　在佛教經典中，所呈現須達的形象、性格相當一致，行為都是光明正大、率直坦蕩，包括敬慕佛陀、積極尋求伽藍之地等，與祇陀太子商量購買園林，也以誠待人，坦白無私，行事磊落厚道，沒有謊言或騙局，達到合於情理的協議。然而，須達的形象在《降魔變文》裡卻有所轉變，他被塑造成具有心機、工於計謀的人，人格上有些缺憾；而此種轉變在講唱時可達娛樂聽眾的目的。

（四）蟻子宿因

　　《降魔變文》中記載蟻子宿因的情節說：

> 忽見一窠蟻子，壤壤遍地而行，莫知其數。舍利弗見此蟻子，含笑舒顏，對須達祇陀說宿因之處。[10]

以上敘述舍利弗在祇園中忽見一窠蟻子，就為須達說其宿因。在《賢愚經・須達起精舍品》卷十則記載：

> 時舍利弗，慘然憂色。即問尊者：「何故憂色？」答言：「汝今見此地中蟻子不耶？」對曰：「已見。」時舍利弗語須達言：「汝於過去毘婆尸佛，亦於此地，為彼世尊起立精舍，而此蟻子在此中生。……迦葉佛時，汝亦為佛，於此地中起立精舍，而此蟻子亦在中生。乃至今日，九十一劫，受一種身，不得解脫。生死長遠，唯福為要，不可不種。」是時須達，悲怜愍傷。[11]

《賢愚經・須達起精舍品》將蟻子宿因的情節放在舍利弗鬥勝勞度差後，開始營造精舍之時；而《降魔變文》則將蟻子宿因提早到舍利弗與勞度差鬥法之前。佛教經典以六師外道想要阻撓須達等人建造伽藍，發展出舍利弗與勞度差鬥法的情節，待舍利弗大獲全勝之後，在經營伽藍當時看見蟻子，於是為須達說明蟻子宿因；以故事的先後順序來看，佛教經典的記載應較為合理。

　　然而《降魔變文》將蟻子宿因的情節提前，推測作者的理由乃計畫將舍利弗與勞度

---

[10] 參見《敦煌變文集新書・降魔變文》，頁619。
[11] 《賢愚經》（T4, no.202, p.421a）。

差鬥法的精彩情節當成壓軸好戲。在敦煌寫卷中，舍利弗與勞度差鬥法猶如連環圖畫繪製，情況高潮迭起，可見這段情節的重要性，因此，《降魔變文》的作者顛倒佛教經典裡蟻子宿因的順序，是想以最激烈、最富吸引力的鬥法部分作為壓卷之故。

（五）舍利弗欲提前鬥法

《降魔變文》中記載舍利弗欲提前鬥法的情節說：

> 須達既奉敕旨，心中非甚憂惶，遂即歸家，攢眉蹙額。舍利弗見其憂懼，儀貌改常，遂即驚嗟，怪而問曰，……舍利弗含笑舒顏，報言須達：「我今雖為小聖，不那諸稟處高。祇如顯政摧邪，絕是小務。天魔億萬，惻塞虛空，猶不能動毫毛。況乃蚊蚋六師，更能祇敵！我今磨刀轂馬，唯佇試練之功。不假淹留，唯須急速。長者再奏，八日泰（太）遲，兔入狗突，熟食誰能久耐。明日即須施展，請促八日之期。」須達遂重奏王，王依所請，班（頒）告百司：「今夜齊明，敷設總須了畢。佛家道場，卿須備擬；六師所要，朕自祇供。明日拂晨，即須對試。」[12]

以上敘述須達既奉敕旨，乃憂懼返家，舍利弗見狀詢問，須達據實答之。舍利弗微笑安慰須達，不只表明他雖為小聖，然資稟高超，施展有必勝的把握，還建議將鬥法之期提前至翌晨，於是須達重奏舍衛王，王允諾須達的奏請。

佛教經典《賢愚經·須達起精舍品》沒有記載舍利弗欲提前鬥法的情節，因此這部分是《降魔變文》新增的，所載舍利弗欲將鬥法的時間提前到隔天早晨，是強調舍利弗有志在必得的決心。

（六）須達尋覓舍利弗

《降魔變文》中記載須達尋覓舍利佛的情節說：

> 行至家中，覓舍利弗不得。須達撫掌驚嗟，唱言「禍事」：「大怪出也！明朝許期關聖，今日使腳私逃。假令計料不襟（禁），不合相報。弟子為法，甘分喪軀；太子之身，何辜受戮！」蒼忙尋逐，不知所去之蹤；遍問街衢，莫委遊行之處。……長者奔車驟駕，即至七里澗邊。直至尼拘樹下，併（屏）其左右，叉手向前，啟

---

[12] 參見《敦煌變文集新書·降魔變文》，頁 626-628。

言和尚:「弟子親聞聖旨,約束切嚴;和尚自促時光,許期明關聖。豈容不知急緩,來至此間,不識閑忙,走向此間坐睡?分毫疏失,兩人性命不全。縱然弟子當辜,和尚豈安忍見!」……舍利弗不移本座,運其神通,即至鷲峰山頂,悲泣雨淚,哽噎聲嘶,旋繞世尊,數十餘匝。……舍利弗忽從定起,左右不見餘人。唯見須達大臣,兼有龍神八部。前後捧擁,四面周迴。[13]

以上敘述須達至家卻尋覓不得舍利弗,以為舍利弗私自逃逸,匆忙遍尋,直到尼拘樹下,才見舍利弗於樹下端坐,須達責問舍利弗不識閑忙到此坐睡,舍利弗不移如故,原來他正運用神通至鷲峰山頂,向釋迦牟尼借以威光,釋迦牟尼則假以金襴袈裟,於是舍利弗為眾神擁護,與須達一齊到達道場。

雖然《賢愚經‧須達起精舍品》沒有記載須達尋覓舍利弗的情節,然而卷十則記載:

時舍利弗,在一樹下,寂然入定;諸根寂默,遊諸禪定,通達無礙,……爾時六師,見眾已集,而舍利弗,獨未來到,便白王言:「瞿曇弟子,自知無術,偽求技能:眾會既集,怖畏不來。」王告須達:「汝師弟子,授時已至,宜來談論。」是時須達,至舍利弗所,長跪白言:「大德,大眾已集,願來詣會。」時舍利弗,從禪定起,更整衣服;以尼師壇,著左肩上,徐庠而步,如師子王,往詣大眾。[14]

內容敘述舍利弗於一樹下禪定,談論時間已到,眾人已會集,唯獨舍利弗未到,六師外道便以為舍利弗因畏懼自身無術而不敢出席。於是須達去請舍利弗到場,舍利弗從禪定中起來,更整衣服,徐步前往道場。

《賢愚經‧須達起精舍品》記載舍利弗於一樹下禪定,《降魔變文》則記載為舍利弗於尼拘樹下運用神通至鷲峰山頂,向釋迦牟尼借以威光。佛教經典記載舍利弗從禪定起身,更整衣服,變文則記載為釋迦牟尼以金襴袈裟假之。佛教經典記載舍利弗徐步到道場,變文則記載為舍利弗為眾神擁護到道場。佛教經典中須達至舍利弗所即見著舍利弗,須達並沒有認為舍利弗私逃,《降魔變文》則新增須達尋找利弗不得,認為舍利弗私逃,故去尋覓舍利弗。

在佛教經典中所顯現的舍利弗形象,具有超越一般人的資質,樂於教化大眾,具有領導的地位,善對佛陀的概說予以演繹而有嚴謹的說明。《降魔變文》的舍利弗形象則有一些轉變,舍利弗是佛陀的聲聞弟子,各方面仍與佛陀相去甚遠,儘管舍利弗是「智

---

[13] 參見《敦煌變文集新書‧降魔變文》,頁 628-629。
[14] 《賢愚經》(T.4,no.202, p.420a-b)。

慧第一」，但其與六師外道鬥法時，還得藉助佛陀的力量，商借佛陀的金襴袈裟，即舍利弗的行爲能力來自於佛陀，變文中舍利弗的種種轉變乃爲烘托佛陀是完美至上的優勝者。

（七）鬥法位置分配

《降魔變文》中記載鬥法位置分配的情節說：

> 波斯匿王見舍利弗，即敕群僚：「各須在意。佛家東邊，六師西畔。朕在北面，官庶南邊。勝負二途，各須明記。和尚得勝，擊金鼓而下金籌；佛家若強，扣金鐘而點尚宇。各處本位，即任拖張。」[15]

以上敘述在道場上雙方鬥法位置的分配爲：東邊是舍利弗，西邊是六師外道，南邊是群臣，北邊是波斯匿王。標記勝負的方式爲是六師外道獲勝擊金鼓，舍利弗獲勝扣金鐘。佛教經典沒有記載鬥法位置的情節，故鬥法位置分配的情節是《降魔變文》所新增的。

（八）舍利弗與勞度叉鬥法情況

《降魔變文》記載舍利弗與勞度叉鬥法情況說：

> 六師聞語，忽然化出寶山，高數由旬。……舍利弗雖見此山，心裏都無畏難。須臾之傾（頃），忽然化出金剛。……手執寶杵，杵上火焰衝天。一擬邪山，登時粉碎。……勞度差忽於眾裏化出一頭水牛。……舍利弗雖見此牛，神情宛然不動。忽然化出師子，勇銳難當。……水牛見之，亡魂跪地。師子乃先懾（摺）項骨，後拗脊跟，未容咀嚼，形骸粉碎。……六師既兩度不如，神情漸加羞惡。強將頑皮之面，眾裏化出水池。……舍利見池奇妙，亦不驚嗟。化出白象之王，……象乃徐徐動步，直入池中，蹴踏東西，迴旋南北。已（以）鼻吸水，水便乾枯。……不忿欺屈，忽然化出毒龍。……舍利弗安詳寶座，殊無怖懼之心，化出金翅鳥王。……其鳥乃先啅眼睛，後嚙四竪，兩迴動嘴，兼骨不殘。……忽於眾中，化出二鬼，……舍利弗跏踏思忖，毗沙門踊現王前，……二鬼一見，乞命連綿處，……思惟既了，急於眾中化出火樹，……舍利弗忽於眾裏化出風神，……解袋即吹。

于時地卷如綿，石同塵碎，枝條進散他方，莖幹莫知所在。外道無地容身，四眾一時唱快處。[16]

以上敘述舍利弗與勞度叉鬥法的激烈情況，兩方歷經六次變身：勞度叉變化成高峻寶山，舍利弗則變化成金剛力士而擊碎之；勞度叉變化成水牛，舍利弗則變化成師子而盡食之；勞度叉變化成寶池，舍利弗則變化成白象之王而蹴踏之；勞度叉變化成毒龍，舍利弗則變化成金翅鳥王而搏殺之；勞度叉變化成二鬼，舍利弗則變化成毗沙門天王而降伏之；勞度叉變化成大樹，舍利弗則變化成風神而摧折之。

《賢愚經・須達起精舍品》記載鬥法情況如下：

時舍利弗便昇須達所敷之座，六師眾中，有一弟子，名勞度差，善知幻術，於大眾前，咒作一樹，自然長大，蔭覆眾會，……；時舍利弗，便以神力，作旋嵐風，吹拔樹根，倒著於地，碎為微塵……。今勞度差，便為不如，又復咒作一池，其池四面，皆以七寶，池水之中，生種種華，……時舍利弗，化作一大六牙白象，……其象徐庠，往詣池邊，并含其水，池即時滅，……。勞度差不如，復作一山，七寶莊嚴，……時舍利弗，即便化作金剛力士，以金剛杵，遙用指之，山即破壞，……。勞度差不如，復作一龍身，有十頭，於虛空中，……；時舍利弗，便化作一金翅鳥王，擘裂噉之，……。勞度差不如，復作一牛，身體高大，……；時舍利弗，化作師子王，分裂食之，……。勞度差不如，復變其身，作夜叉鬼，形體長大，頭上火燃……；時舍利弗，自化其身，作毘沙門王，夜叉恐怖，即欲退走，四面火起，無有去處，唯舍利弗邊，涼冷無火，即時屈伏，五體投地，求哀脫命，辱心已生，火即還滅，眾咸唱言，舍利弗勝，勞度差不如。[17]

《賢愚經・須達起精舍品》與《降魔變文》在鬥法情況的比較，以回數而言，都是六回合，但鬥法的神變對象有些許差別，鬥法的順序也有所不同。《賢愚經・須達起精舍品》中的勞度差對舍利弗，由第一回合至第二回合是：「樹／旋嵐風」、「池／白象」、「山／金剛力士」、「龍（十頭）／金翅鳥王」、「牛／師子王」、「夜叉鬼／毗沙門王」。

據以上比較，《降魔變文》對物體狀貌的描述較為生動細膩，除誇大舍利弗與勞度差鬥法時的衝突場景，也敘述舍利弗與勞度差的心理變化，以及周圍群眾的反應。六師外道節節敗退的心理和神態，由「憤氣衝天，更發瞋心」的氣勢，轉為「既兩度不如，

---

[16] 參見《敦煌變文集新書・降魔變文》，頁631-636。
[17] 《賢愚經》（T.4, no.202）。

神情漸加羞惡。」的失意，再轉爲「頻頻輸失，心裏轉加懊惱」、「強打精神」、「五度輸失，尚不歸降」的頑固，到最後「面帶羞慚，容身無地」的降伏，描述得維妙維肖。舍利弗則在佛陀的神力加持之下，有著「心裏都無畏難」、「神情宛然不動」的篤定，以及「亦不驚嗟」、「安詳寶座，殊無怖懼之心」、「獨自安然」的鎮靜。至於圍觀的群眾，則是不停地讚嘆，記述如「四眾誰不驚嗟，見者咸皆稱嘆」、「百僚齊嘆希奇，四眾一時唱快」、「帝王驚嘆，官庶忙然」，此段情節的敘述讓聽眾感染到緊張刺激的氣氛，也提高了鬥法的臨場真實性。

四、《勞度差鬥聖變》壁畫與《降魔變文》之關係

《勞度差鬥聖變》僅在敦煌石窟出現，從榜題和表現內容來推查，這些壁畫的內容與《降魔變文》有關，顯然是《賢愚經》卷 10 第四十八則〈須達起精舍品〉的擴展和深化，繪製出佛教與外道鬥法的畫面。

敦煌壁畫的主題因年代有所變化，從北朝到隋唐初年主要是以本生、因緣等經典裡的故事爲題材，大都以單幅經變呈現，如莫高窟早期的《賢愚經》壁畫，是以觀像爲主，要旨在闡揚佛陀的慈悲情懷。到了晚唐、五代、北宋初年，壁畫的內容產生很大的轉變，以整部經典爲繪畫題材，即如《賢愚經變》，而以屏風畫展現，俗講僧邊講唱，邊指看「立舖」畫幅，引導信眾邊聽邊看，以宣揚佛教教義，在性質與功用上不同於以往的單幅經變，此時《賢愚經》的內容已成變文，經變壁畫與變文緊密結合，成爲最佳的宣教工具。

根據《敦煌石窟內容總錄》記載，《勞度差鬥聖變》壁畫出現自北周，經唐、五代，一直延續到宋代，保存於西千佛洞、敦煌莫高窟及安西榆林窟裡，共有 18 鋪，由此可見這個故事題材在敦煌地區受歡迎的程度。《勞度叉鬥聖變》壁畫通常採取對稱的構圖，畫出舍利弗與勞度叉各坐一方，呈現舍利弗泰然自若與勞度叉驚惶失措的形象，而在他們中間穿插著許多鬥法的情景，向佛教信徒們展現佛力無邊。18 鋪的《勞度差鬥聖變》壁畫如下所列[18]：

---

[18] 《勞度差鬥聖變》壁畫之表格引自梁麗玲，〈《賢愚經》在敦煌的流傳與發展〉，《中華佛學研究》第五期(台北：中華佛學研究所)，2001 年 3 月，頁 28-29。

	時　　　代	窟號及位置	內　　　容	保存狀況
1	北周	西千佛洞第 12 窟南壁	勞度差鬥聖變一鋪	西部燻黑
2	唐垂拱二年	莫高窟第335窟西壁	龕口內南側畫勞度差鬥聖變（勞度差），北側畫勞度差聖變（舍利弗）	變色
3	唐大順年間	莫高窟第 9 壁南壁	勞度差鬥聖變一鋪	精緻、完好
4	唐景福年間	莫高窟第196窟西壁	勞度差鬥聖變一鋪	完好
5	晚唐	莫高窟第 72 窟東壁	勞度差鬥聖變一鋪	殘
6	晚唐	第 85 窟西壁	勞度差鬥聖變一鋪	殘
7	五代唐同光四年	安西榆林窟第 19 窟	勞度差鬥聖變一鋪	殘
8	五代晉天福五年後	莫高窟第 98 窟西壁	勞度叉鬥聖變一鋪	殘，甚精
9	五代晉天福五年後	莫高窟第108窟西壁	勞度叉鬥聖變一鋪	殘
10	五代晉天福五年後	安西榆林窟第 16 窟東壁	勞度差鬥聖變一鋪	上部剝蝕
11	五代晉天福五年後	莫高窟第146窟西壁	勞度差鬥聖變一鋪	
12	宋建隆三年間	莫高窟第 55 窟西壁	勞度差鬥聖變一鋪	
13	宋開寶八年	莫高窟第342窟南壁	勞度差鬥聖變一鋪	燻黑
14	宋開寶八年	莫高窟第454窟西壁	勞度差鬥聖變一鋪	
15	宋開寶八年	莫高窟第 53 窟南壁	勞度差鬥聖變一鋪	殘
16	宋開寶八年	莫高窟第 25 窟南壁	勞度差鬥聖變一鋪	下殘
17	宋太平興國五年後	安西榆林窟第 32 窟南壁	勞度差鬥聖變一鋪	
18	宋太平興國五年後	莫高窟第 6 窟西壁	勞度差鬥聖變一鋪（舍利弗）	殘

　　《勞度差鬥聖變》在西千佛洞有北周末隋初的遺例，在莫高窟用這個故事主題來表現的，則以初唐第335窟爲最初具代表性的壁畫，非常受到注目，此故事常被用《降魔變文》來講唱，對敦煌經變來說，是相當值得關注的一幅壁畫。第335窟西壁龕內南側畫有勞度差（圖1）[19]，北側則有舍利弗相對，勞度差坐在几帳中，被舍利弗所召來的大風吹得狼狽不堪，鬍鬚和衣服都呈現飛揚的動態，勞度差緊閉雙眼，無技可施；在下方畫有外道的信女也受到強風侵襲，衣服貼在豐滿的身體上，神態描繪得十分有趣（圖2）[20]。

圖1：第335窟，西壁龕內南側，勞度差變相部分，壁畫，初唐。

圖2：第335窟，西壁龕內南側，勞度差變相部分，外道信女，壁畫，初唐。

　　晚唐第9窟，在南壁上（圖3）[21]，左爲舍利弗，右爲勞度差，分坐在高座上；壁面畫有購置園林的過程，左下方有須達與舍利弗坐談，還有須達的馬車等。壁上大都是舍利弗和勞度差鬥法的情景，分別描繪出六次比術的情節，中央則畫有波斯匿王端坐觀戰。舍利弗維持從容鎮定的神態，外道則露出慌張神情，形成強烈對比，正邪、勝敗的區分十分清楚。在勞度差一景中（圖4）

圖3：第9窟，南壁，勞度差變相部分，壁畫，晚唐。

圖4：第9窟，南壁，勞度差變相部分，壁畫，晚唐。

[19]　《勞度差鬥聖變》此處壁畫引自敦煌文物研究所主編，《敦煌藝術寶庫》-3(敦煌:敦煌文物研究所)。
[20]　同前注，《敦煌藝術寶庫》-3。
[21]　同前注，《敦煌藝術寶庫》-4。

[22]，其鼓架已被舍利弗所施的大風吹倒，外道連忙扶著鼓架，而大樹已被連根拔起，大蛇失去依靠，此時勞度差的敗跡已現。《勞度差鬥聖變》到張議潮統治的晚唐大為流行，其原因大概是階級意識和民族衝突日益高漲的關係。

還有，第196窟於西壁南側（圖5）[23]畫有舍利弗神情鎮定的安坐在高立的蓮台上，頭頂上覆蓋華麗的菩提大寶蓋。周圍繪有形體較小的畫面，包括：禪定的舍利弗、須達請舍利弗入座、須達與諸比丘同觀鬥法、比丘鳴鐘宣告佛教得勝、比術落敗的外道皈依佛法、六師外道淨身剃髮出家等題材，畫師以新奇的角度描繪，未採正面角度，人物表情具濃厚的現實樣貌，如外道歸順時，在素樸天真中帶有慚愧之態，十分可親可愛；這些特色使此經

圖5：第196窟，西壁南側，勞度差變相部分，舍利弗，壁畫，晚唐。

變的表現效果更較其他經變生動。第196窟西壁北側（圖6）[24]畫有外道勞度差坐在高床座上施展幻術，床邊斜置高梯，床座被舍利弗所遣的風神吹得搖搖欲墜，大樹被連根拔起，鼓架傾倒，四周徒眾無法站立，驚惶失措的攀梯扶床，牽繩打樁，女外道也無法保身，抱頭不支……；外道勞度差臉上露出狼狽、畏懼神情，其危傾欲倒的敗勢已顯而可見。

圖6：第196窟，西壁北側，勞度差變相部分，勞度差，壁畫，晚唐。

---

22 同前注，《敦煌藝術寶庫》-4。
23 同前注，《敦煌藝術寶庫》-4。
24 同前注，《敦煌藝術寶庫》-4。

　　五代晉天福五年後第 146 窟的《勞度差鬥聖變》，是曹氏畫院經變規模最大的一種，壁畫內容已超過《賢愚經》第四十八則〈須達起精舍品〉的範圍，繪製結構嚴密，情節增衍豐富，榜書多達有七十六條，包含七十六個情節，具體表現又多以變文為根據，凡此種種形成自晚唐至宋時期經變壁畫的重要特色。第 146 窟的四面牆壁上都畫滿了經變，西壁的整面畫有勞度差變相，此外在南、西、北三壁的腰壁分別以二十四扇屏風式壁畫描繪《賢愚經》的故事畫。舍利弗（圖 7）[25]和勞度差（圖 8）[26]分別畫在西壁的南

圖 7：第 146 窟，西壁南側，勞度差變相部分，　　　圖 8：第 146 窟，西壁北側，勞度差變相部分，
　　　舍利弗，壁畫，五代。　　　　　　　　　　　　　　勞度差，壁畫，五代。

側和北側，以鬥法中大風出現為主題，兩位形象呈強烈對比，而畫面各處配置與故事相

關的情節，很明顯的承襲唐以來描繪的形式。六回合鬥法場景有的被省略，有的則補充不足處；另外還畫有須達長者購園與建精舍等情景。西壁北側，其中景色有外道的徒眾在狂風中忙著釘椿拉繩（圖 9）[27]；下方是被吹落的帳幕包裹住幾位碧眼鬚髯、面露驚恐神情的外道（圖 10）[28]；在梯

圖 9：第 146 窟，西壁北側，勞度差變相部分，六師外道，壁畫，五代。

---

[25] 同前注，《敦煌藝術寶庫》-5。
[26] 同前注，《敦煌藝術寶庫》-5。
[27] 同前注，《敦煌藝術寶庫》-5。
[28] 同前注，《敦煌藝術寶庫》-5。

圖10：第146窟，西壁北側，勞度差變相部分，六師外道，壁畫，五代。

下方有四位外道信女禁不住強風吹襲，慌亂的以長袖遮臉，一副楚楚可憐樣，信女梳高

圖11：第146窟，西壁北側，勞度差變相部分，外道信女，壁畫，五代。

髻，身著花紋衣衫外繫長裙，此服飾或許是當時女子的平常穿著（圖11）[29]。西壁南側，其中景色有兩位外道歸順時，坐在蓮花座上等待剃髮出家（圖12）[30]；下方也畫出須達長者與舍利弗同訪祇園時，所乘的馬匹和牛車以及車夫和隨從等圖。第146窟可說是唐以後，所繪《勞度差鬥聖變》中表現最精采生動的壁畫。

在圖像研究上，敦煌《勞度差鬥聖變》壁畫可分為三個階段，第一階段是北周西千佛洞第12窟，位置於南壁窟門旁，畫面是敦煌早期的長條橫式，以左右對比的配置開展，壁畫的主題是「購園」和「鬥法」，文本來源依據《賢愚經‧須達起精舍品》。第二階段以初唐第335窟為代表，位置轉向於正壁壁龕內，顯示此經變壁畫在窟內的重要性提

29 同前注，《敦煌藝術寶庫》-5。
30 同前注，《敦煌藝術寶庫》-5。

圖12：第146窟，西壁南側，勞度差變相部分，外道歸依，壁畫，五代。

高，內容以「鬥法」為主，文本來源是《降魔變文》。第三階段則以晚唐第9窟為代表，主題除有「購園」和「鬥法」，還有「外道皈依」等趣味圖像，文本來源也是《降魔變文》，位置在南壁之視覺焦點處，且為大型通壁展現，達到高峰時期，此種型式從晚唐、五代到宋。五代以後，《勞度差鬥聖變》的圖像出現破碎化，或有增衍、自行組合等現象，如第146窟，此後逐漸走向衰弱的情況，宋代雖曾復古，但已無法挽回晚唐時期文本與圖像結合的表現。

五、《降魔變文》與經變壁畫之思想特色

佛經變文是對佛教經典的通俗變異，開始是為傳教，進而成為宗教文學，其中宗教屬性非常明顯；然隨佛教的中國化、普及化與世俗化，中國的儒家倫理道德思想和庶民色彩也相繼融入變文中，以下將探討《降魔變文》與經變壁畫的思想特色：

（一）佛教思想與民間思想交融

　　從佛教經典到變文，兩者都是宣揚佛教教義，但呈現不同的面貌，在不同的時空背景下各有展現。佛教變文之《降魔變文》在唐、五代、宋兼容並蓄的文化沃土上，借助於佛教的奇異瑰麗的想像以及來自於異國的特殊情調，使得佛教思想與中國悠久的傳統文化和庶民欣賞趣味，進行了別具新裁的大統合，營造出變文奇特的恢弘氣象。

　　於《降魔變文》裡，敘述阿難乞食，護彌的女兒奔赴瞻禮阿難的情形如下：

> 偶值阿難乞食，……執錫持盂，抗聲乞食。護彌家崇十善，每親延於佛僧；小大同心，咸欽敬於三寶。小女雖居閨禁，忽聞乞食之聲，良為敬重尤深，奔走出於門外，五輪投地，瞻禮阿難。問化道之勤勞，啟能仁之納慶。[31]

由以上見護彌家崇信佛教思想，且對佛僧十分敬重，其閨中女兒聽到阿難乞食的聲音，即奔出五輪投地瞻禮，並問候化道的辛勞，皆顯示以通俗化的鋪陳，敘述民間信佛的虔誠行為，並開啟仁愛布施的心，期能趨吉求福，此貼近民間心靈的追求，符合民間想法。還有，在須達尋光至佛所，竭其專精的心，注目瞻仰佛尊顏，悲喜交集的說：

> 須達佛心開悟，眼中淚落數千行。弟子生居邪見地，終朝積罪仕（事）魔王。伏願天師受我請，降福舍衛作橋梁。[32]

以上內容敘述須達開悟皈依於佛的感動，並說「生居邪見地，終朝積罪仕（事）魔王。」顯出昔日與大眾一般的真實生活情形，引發庶民聽講的興趣，且以「降福」作為請求，此心願易受庶民理解，接近百姓的生活與心靈訴求，與民間的思想頗為契合。

　　為了向大眾宣揚佛教，佛教變文採用通俗性的敘述，所包含的佛教內容，帶有濃厚的庶民色彩，逐漸發展成民間文學，遂使佛教變文擁有佛教思想與民間思想交融的特色；因此，佛教變文既是宗教文學，也是民間文學。

（二）包容儒家思想

　　齊家治國、忠君愛國是中國傳統儒家思想的主要內容，於佛教傳入之前，已深入人民的精神生活，成為中國悠久的世俗觀念。而佛教一向標榜「出家不存家人之禮，出俗

---

[31] 參見《敦煌變文集新書・降魔變文》，頁610。
[32] 參見《敦煌變文集新書・降魔變文》，頁612。

無霑處俗之儀」[33]，主要以脫俗出世爲行爲的最高準則；但在佛教變文裡，忠孝等儒家思想已全被佛教包容。

在《降魔變文》裡，須達誑騙祇陀太子賣其園林，事跡敗露後，祇陀太子責備須達說：

> 卿今應謀社稷，擬與外國相連；構扇君臣，離間父子。亡家喪國，應亦緣卿！夫爲君子者，居家盡孝，奉國盡忠；恭謹立身，節用法則。斯保其祿位，終其富貴。豈容爲臣不忠，出言虧信，非但殃身招禍，亦乃辱及先宗。寡人聞奏天恩，遣卿容身無地！昇沈榮辱，祇在呼吸之間。對面千里，叨處榮斑（班），尸祿素餐，卿今即是。須奏天斑（庭），身當萬誅！[34]

祇陀太子說的爲君子、爲臣子之道乃「居家盡孝，奉國盡忠」，即以儒家思想的忠孝爲其核心內容，符合儒家所強調的四維八德的修養觀，以及齊家治國爲一體的政治觀。之後須達對買賣祇園一事說：

> 老身雖居臣下，不那爾（耳）順之年。君子由仕（猶事）五更，夫子問於泰（太）廟。家依長子，國仗忠臣；船因水而運行，唇附齒而相託。唇疏齒路（露），水涸船停。有君闕臣，社稷憑何安立？熟知違情輕觸，祇可相順私和。家和可養冬蠶，進退皆須以禮。[35]

須達以「進退皆須以禮」回覆，仍以儒家的禮義傳統爲其核心思想，強調忠君愛國的觀念。後來，六師外道對於須達購置祇園，以建造精舍爲供養佛陀之事很不滿，因而向波斯匿王進言：

> 臣聞開闢天地，即有君臣；日月貞明，賴聖主之感化。即今八方懇款，四海來賓。唯有逆子賊臣，欲謀王之國政，懷邪抱佞，不謹風謠。叨居相國之榮，虛食萬鍾之祿。臣聞「佞臣破六國，佞婦鬪六親」，須達祇陀，于今即是。豈有未聞天斑（庭），外國鉤引胡神，幻惑平人，自稱是佛！不孝父母，恒乖色養之恩；不敬君王，違背人臣之禮。不勤產業，逢人即與剃頭；妄說地獄天堂，根尋無人的見。

---

[33] 《宋高僧傳》（T.50, no.2061, p.812b），大正新脩大藏經第五十冊 No. 2061，頁 812b。CBETA 電子佛典 V1.35 普及版。

[34] 參見《敦煌變文集新書・降魔變文》，頁 616。

[35] 參見《敦煌變文集新書・降魔變文》，頁 618。

若來至此，祇恐損國喪家。臣今露膽披肝，伏望聖恩照察。[36]

在佛教經典中原無六師指責佛教的記載，《降魔變文》中卻出現「胡神，幻惑平人」、「不孝父母，恒乖色養之恩」、「不敬君王，違背人臣之禮」、「不勤產業，逢人即與剃頭，妄說地獄天堂」等，這些都是以儒家道統詆毀佛教的言語。[37]變文講唱者為了讓聽眾感到親切，藉六師對佛教的質疑中，顯現中國人普遍的忠孝觀念，由此可見佛教對於儒家傳統觀念的遷就；因此佛經變文出現一種奇特的現象，既融合儒家的思想，又潛藏儒家對佛教構成的批判。

（三）出現貶抑道教的色彩

佛教變文對儒教常是採取妥協、調和的態度；但對道教則是採取貶抑、排斥的態度；此兩種不同的態度源於佛教和道教長期存有激烈的衝突和對抗，故在佛教變文中表現出來。

《降魔變文》在敘述舍利佛與六師外道鬥法的過程中，其中寶山一段，摹寫的情狀帶有道教的氣息，《降魔變文》說：

> 六師聞語，忽然化出寶山，高數由旬。……亦有松樹參天，藤蘿萬段，頂上隱士安居。更有諸仙遊觀，駕鶴乘龍，仙歌聊亂。……上有王喬丁令威，香水浮流寶山裡。飛仙往往散名華，大王遙見生歡喜。[38]

以上內容特別指出「諸仙遊觀，駕鶴乘龍，仙歌聊亂」、「上有王喬丁令威，香水浮流寶山裡。」、「飛仙往往散名華，大王遙見生歡喜。」這裡描繪一處道教的神仙洞府，王喬和丁令威都是道教常提到的神仙；因此，舍利弗化成金剛力士手執寶杵而摧毀寶山，此山即為道教的仙山。《降魔變文》的作者以其主觀感受，把道教也當作六師外道，最後被佛的神力所擊破，此情節表現出佛教和道教間的對立和攻擊。由此可見，佛教變文之《降魔變文》對道教出現排拒的態度，將道教加以批判，藉以表現佛教高於一切的優越感，這也是佛教變文的宗教目的之一。

儘管佛教在中國化過程中，常與道教有激烈的共存衝突，但當時玄宗皇帝曾有儒、佛、道三教並重的宗教策略。《降魔變文》作於開元天寶年間，唐玄宗自注《孝經》、《金

---

[36] 參見《敦煌變文集新書·降魔變文》，頁 622-623。
[37] 參見楊義，《中國歷朝小說與文化》(台北：業強出版社，1993 年 8 月)，頁 192。
[38] 參見《敦煌變文集新書·降魔變文》，頁 631。

剛經》、《道德經》之後，盛唐時期在講說《金剛經》之前，先頌揚玄宗皇帝云：

> 伏維我大唐漢聖主開元天寶聖文神武應道皇帝陛下，化越千古，聲超百王；文該
> 五典之精微，武折九夷之肝膽。八表總無為之化，四方歌堯舜之風。加以化洽之
> 餘，每弘揚於三教。或以探尋儒道，盡性窮原；注解釋宗，勾深致遠。聖恩與海
> 泉俱涌，天闕與日月齊明；道教由是重興，佛日因茲重曜。[39]

以上形成講唱佛教變文之前所說的一段願詞，由「每弘揚於三教」、「或以探尋儒道，盡
性窮原」、「注解釋宗，勾深致遠」、「道教由是重興，佛日因茲重曜。」可見唐玄宗提倡
三教並重，對於儒、佛、道三教均給予正面的肯定，佛教在「無為之化」的道教與「堯
舜之風」的儒學中同興共曜，藉著三教並列以反映出文化融通的開放態度。

六、結語

《降魔變文》的題材多取自《賢愚經・須達起精舍品》，《賢愚經》除經典原文流傳
外，其中主要故事因內容情節曲折、角色形象鮮明，十分膾炙人口，故成為變文與經變，
形成《降魔變文》與《勞度差鬥聖變》壁畫，在聽覺與視覺上吸引大眾，變成傳播佛教
教義的最佳工具；因此《賢愚經》主要的故事題材，促發敦煌俗文學裡講唱故事的變文
展現，並提供佛教壁畫的經變圖開展，既豐富了敦煌俗文學的內容，且開闢了敦煌壁畫
的新題材。

變文與經變之間具有密切關聯性，變文原本是說明經變圖畫的文字敘述，後來脫離
經變，獨立成為一種對觀眾演繹故事的底本，而成為說唱文學。《降魔變文》將佛教經
典中故事性強的精彩情節予以渲染鋪排，異於講經文的拘束，由《降魔變文》內容與《賢
愚經・須達起精舍品》記載之相較，可見在講唱故事時，變文盡情馳騁，受到許多聽眾
的熱烈歡迎，因而變文的文學藝術成就通常高過於講經文。

北周西千佛洞第 12 窟開啟《勞度差鬥聖變》壁畫的序幕；唐前期的《勞度差鬥聖
變》壁畫只出現一鋪第 335 窟，在吐蕃統治敦煌時期曾經中斷，到了晚唐又再度出現，
更呈現大場面的情節，主題包含「購園」、「鬥法」與「外道皈依」等圖像，如晚唐第 9
窟、第 196 窟的《勞度差鬥聖變》，表現佛教與婆羅門教兩勢力對峙的鬥爭；五代到宋，

---

[39] 參見《敦煌變文集新書・降魔變文》，頁 609-610。

《勞度差鬥聖變》出現增衍、自行組合等圖象，如第 146 窟等，此後漸入衰頹的情勢。

敦煌《降魔變文》與《勞度差鬥聖變》壁畫反映出在佛教中包容儒家思想的情形，摻揉忠孝禮義為其內容，並與民間思想交融，如此轉變的用意，為能從觀念上接近中國的庶民百姓，使一般大眾皆願意聽聞佛經變文的講唱，進而產生共鳴與信仰。佛經變文的敘述與經變壁畫的繪製具有來源根據、思想內涵與系統性；也呈現文化意識與審美體驗的豐富性；現探析敦煌《降魔變文》與經變壁畫，期冀未來有更深一層的研究。

（發表於：《育達科大學報》第 37 期，苗栗：育達科技大學，2014 年 3 月。）

參考文獻

專書：

（大正藏）（元魏）慧覺等譯，《賢愚經》，T.4，no.202，大正新脩大藏經第四冊 No. 202。
　　CBETA 電子佛典 Big5 App 版，最近更新日期：2009/04/15，中華電子佛典協會
　　（CBETA）依大正新脩大藏經所編輯。

《宋高僧傳》，T.50, no.2061，大正新脩大藏經第五十冊 No. 2061。CBETA 電子佛典
　　V1.35 普及版。

《降魔變文》，敦煌寫卷，現存 6 種：S.4398、S.5511、P.4524、P.4615、胡適藏本與羅
　　振玉藏本。

季羨林主編，《敦煌學大辭典》，上海：上海辭書出版社，1998 年。

南華大學敦煌學研究中心，《敦煌學第二十七輯》，台北：樂學書局有限公司，2008 年 2
　　月。

敦煌文物研究所主編，《敦煌藝術寶庫 1-5》，敦煌：敦煌文物研究所。本文敦煌壁畫附
　　圖引自此部書。

敦煌研究院編著，《中國美術全集──繪畫編──敦煌壁畫》，上海：上海人民美術出版社，
　　1988 年。

黃征、張涌泉校注，《敦煌變文校注》，北京：中華書局，1997 年 5 月。

荒見泰史（日），《敦煌變文寫本的研究》，北京：中華書局，2010 年 11 月。

楊義，《中國歷朝小說與文化》，台北：業強出版社，1993 年 8 月。

潘重規編，《敦煌變文集新書》，台北：文津出版社有限公司，1994 年 12 月。

羅宗濤，《敦煌變文》，台北：時報文化出版公司，1993 年 2 月。

羅宗濤，《敦煌講經變文研究》，高雄：佛光山文教基金會，2004 年 7 月。

期刊與專書論文：

齊飛譯，〈降魔變及變文—舍利弗與六師外道的鬥法〉，《雄獅美術》63，台北，1976 年
　　5 月。

李永寧、蔡偉堂，〈〈降魔變文〉與敦煌壁畫中的「勞度叉斗聖變」〉，《1983 年全國敦煌
　　學術討論會文集（石窟藝術編上）》，蘭州：甘肅人民出版社，1985 年 8 月。

梁麗玲,〈《賢愚經》在敦煌的流傳與發展〉,《中華佛學研究》第五期,台北:中華佛學研究所,2001 年 3 月。

羅宗濤,〈賢愚經與祇園因由記,降魔變文之比較研究〉,《中國古典小說研究專集》2,台北,1981 年 8 月。

敦煌壁畫中的唐代舞蹈形象

　　敦煌莫高窟壁畫中可見豐富的舞蹈畫面，這些生動的舞蹈常被統稱爲敦煌舞蹈，舞蹈內容充滿宗教精神，其細緻的藝術形象於絲路上展現光華，亦顯露東西方舞蹈交流的痕跡。

　　敦煌壁畫的舞蹈內容可分類爲三：第一，反映當時民間生活和社會風俗的舞蹈形象，經常出現於出行圖、宴飲圖和嫁娶圖等壁畫中；第二，天宮裡的舞蹈形象，包含：天宮伎樂、飛天伎樂、護法神伎樂（天王、金剛力士、藥叉、伽陵頻迦）、化生伎樂（化生菩薩、化生童子）等；第三，經變畫中的樂舞表現，包含禮佛伎樂等。

　　壁畫裡執樂器的伎樂人或伎樂天稱爲「樂伎」，這是中國古時對於表演樂舞者的稱呼。最初樂伎由宮廷或權貴所蓄養，後來民間也有樂伎；唐代宮廷中設有教坊、梨園、太常寺等樂舞機構，藉以培養優秀的專業藝人，各地爲官吏、軍官和貴族服務的伎樂人——官伎、營伎和家伎，也都能歌善舞；由於這些樂舞家的表演和創作，才使得唐代的音樂舞蹈欣欣向榮。

　　而「伎樂」係指表演的樂舞內容，在天宮的歡樂場景裡，以樂舞的形式，表達對佛的禮贊與奉獻；或者描繪民間歌舞，表現當時代的音樂舞蹈生活，反映社會的現實生活。

　　唐代的富裕經濟、豐沛人才，造就藝術的高度發展，舞蹈是其中之一。本文以敦煌莫高窟壁畫中唐代繪製的舞蹈形象與代表作爲題材，藉此初探輝煌燦爛的唐代舞蹈藝術。

一、反映唐代民間生活和社會風俗的舞蹈形象

（一）出行圖

　　以晚唐第 156 窟的「河西節度使張議潮統軍出行圖」（圖 1）爲例，張議潮爲河西隴右十一州節度使。圖中爲首的是騎兵儀仗隊，手裡拿著長角和旗幟，接著的舞蹈表現「八人舞」，分四人爲一組，兩組相對起舞，一齊甩開長袖。正面的四個男舞者都戴襆頭，有的穿花燈籠褲，他們擡

圖 1：第 156 窟，南壁腰壁，出行圖中的八人舞，壁畫，晚唐。

起左腳，右手插腰，左手甩袖在斜上方；而背向的四個女舞者頭上戴冠簪花，有的也穿花燈籠褲，她們左手插腰，右手甩袖在斜上方；這八人的舞蹈姿態頗像藏族的代表舞蹈「巴塘弦子」，整隊舞者都在行進中，舞姿整齊一致。在「八人舞」後面，有背大鼓以及舉起雙鎚打鼓的人，跟著有七個人手拿樂器。

再以第 156 窟的「宋國河內郡夫人宋氏出行圖」（圖 2）為例，宋國河內郡夫人正是張議潮之妻。圖中前方有四人，梳高髻，著漢裝，長裙長袖的紫色舞衣上，披有肩巾；舞者站在四方跳著「方舞」，甩右袖，蹺腳起舞，形象自然優美，具有民間舞蹈情調，此異域舞蹈也曾傳入唐宮；

圖 2：第 156 窟，北壁腰壁，出行圖中的方舞，壁畫，晚唐。

其後是七個男性樂工，一邊行進一邊奏樂，樂工所持樂器為琵琶、笛、笙、腰鼓、拍板、雞婁鼓、篳篥等。此圖的舞者人數、穿著和搭配的樂器，皆與《舊唐書·音樂志二》〈西涼樂〉的「方舞」相似，「方舞」即出自河西涼州（今甘肅武威）。

圖 3：第 360 窟，東壁南側下部，方便品宴飲圖，線畫，中唐。

圖 4：第 360 窟，東壁南側下部，方便品宴飲圖，壁畫，中唐。

（二）宴飲圖

民間宴飲的樂舞如中唐第 360 窟（圖 3、4），於東壁南側的維摩詰變下方，有一屏風畫「方便品」，場景是在小酒館裡，坐在桌旁的人，邊飲酒邊觀看舞蹈表演，其中一個人拿著拍板伴奏；右邊一個男舞者，袖子挽得短短的，雙手握拳，左腳踏地，舞動身體，動作頗富男性氣概。

（三）嫁娶圖

宴會嫁娶的樂舞曾出現在彌勒經變的故事畫，盛唐第 445 窟的民間嫁娶宴會圖（圖 5）裡，

圖 5：第 445 窟，北壁，嫁娶圖中的綠腰舞，壁畫，盛唐。

婚禮當中，依唐代禮俗，新郎跪拜，新娘站立作揖；賀客歡樂宴飲，圍坐著觀看樂舞表演；五人爲舞者伴奏，一人背對畫面獨舞，打扮爲戴冠穿袍，姿態爲左手在上，右手在下，一腳正要踏地，表現翩然起舞的片斷。舞者的服裝和舞姿和五代南唐《韓熙載夜宴圖》裡的「綠腰舞」非常相似；《綠腰》爲唐創軟舞，有漢族傳統舞風，依白居易《樂世》之詩序記載：樂工獻唐德宗一曲，摘錄其中最精彩處，即稱《錄要》，後稱《綠腰》，並配制舞蹈，舞姿由徐緩到急速，富有變化；此舞曾被傳至西藏高原（吐番）。

　　敦煌壁畫於繪作供養人時，也會繪作一些伎樂，即被稱做供養人伎樂，畫面直接客觀的展現供養人當時的樂舞生活，供養人伎樂的畫面比較小也不多，見於出行、宴飲和嫁娶等圖中。

二、天宮裡的舞蹈形象

（一）飛天

　　樂神乾答闥婆是飛翔於天宮的奏樂天人，被稱爲「天宮伎樂」；歌神緊那羅居住於天宮，奏樂歌舞，但不能飛翔；「飛天」一詞最早出現於北魏《洛陽伽藍記》之「飛天伎樂」，即乾答闥和緊那羅的合稱。飛天原爲印度佛教天人，傳入中國後，與道教羽人、西域飛天與中原飛天相互融合，成爲獨具風格的飛天形貌；在敦煌莫高窟的 492 個洞窟中，大約每窟都有飛天壁畫；始自十六國，終至元代，歷經十朝代、千餘年，現有飛天六千多名，是保留飛天最多的地方。隋唐兩代爲中國式飛天發展的高峰時期，同時飛天完成了女性化、歌舞化與世俗化，表現出空靈、歡樂、華貴的精神和形象。

　　以下爲唐代飛天的代表作：

　　第 321 窟的飛天（圖 6、7、8）

圖 6：第 321 窟，西壁龕頂南側，飛天，壁畫，初唐。

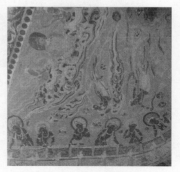

圖 7：第 321 窟，西壁龕頂南側，下墜的飛天，壁畫，初唐。

圖 8：第 321 窟，北壁東側，上方的飛天，壁畫，初唐。

於初唐或盛唐所繪，位於龕頂以及北壁之阿彌陀淨土變相上

方，共有二十多名。飛天遨翔於藍天中，飛舞姿態優美多樣，有的自在的穿梭於花幡、樂器間，有的悠然的滑行太空，有的流星般倒身下墜，有的緩緩的駕雲降落……，既瀰漫平靜安和、不鼓自鳴的氛圍，也流洩飛行的速度感。

圖9：第320窟，南壁，上方的飛天，壁畫，盛唐。

第320窟的飛天（圖9）於盛唐所繪，位於南壁阿彌陀淨土變相上方，飛天經變圖還保存完整的部分，可看到在寶蓋上面繪有四名飛天，因為原色變成暗褐色，所以俗稱為「黑飛天」，其優雅的神態常被引用於現代裝飾上。兩對飛天呈左右對稱，衣飾飄揚於空中，構圖精巧；每對飛天一名在前，一名在後，前者回頭顧盼，揚手散花，後者張開雙臂追逐呼應；畫面流露歡娛的氣氛，突出動人。

第158窟的獻瓔珞飛天（圖10）於中唐所繪，位於西壁上部，飛天頭上戴著寶冠，身上披掛瓔珞，乘彩雲飄然飛下，雙手拿著瓔珞，憂傷的敬獻釋迦，表達悼念之情，此景於《大般涅槃經後分》之〈機感荼毗品〉中曾有記載。

圖10：第158窟，西壁上部，供養飛天，壁畫，中唐。

圖12：第161窟，窟頂藻井部，四周的伎樂飛天，壁畫，晚唐。

第161窟的伎樂飛天（圖11、12）於晚唐所繪，位藻井四周，計有十六名，演奏的樂器有曲頸琵琶、篳篥、排簫、橫笛、笙、腰鼓、拍板、雞婁鼓、鳳首箜篌、手鼓等，在茫茫雲海上，伎樂天凌空飛行，意態瀟灑，饒富樂舞韻味。

圖11：第161窟，窟頂南面，上方的伎樂飛天，壁畫，晚唐。

（二）護法神伎樂之伽陵頻迦

伽陵頻迦伎樂是護法神伎樂之一，形象爲鳥身人首，常手持樂器演奏或作舞，在莫高窟中，執樂器的伽陵頻迦共八十多名，伽陵頻迦樂舞出現在唐代，有兩種畫面，一爲帶樂器起舞；一爲雙手合掌，舉在頭上，彈指作舞。中唐繪製的第 159 窟（圖 13、14），在南壁中格的觀經變相下方，出現伽陵頻迦舉雙手彈食指而舞，形象特殊；中唐第 158 窟（圖 15），在東壁北側金光明經變相的下方階梯，可看到伽陵頻迦手捧著供養之花，揮舞著翅膀，姿態靈巧。

圖 13：第 159 窟，南壁中格，下方的伽陵頻迦，壁畫，中唐。

（三）化生伎樂

化生伎樂之「化生」意謂：無所依托，憑藉業力而出現的菩薩或童子等；常常或坐或立在蓮花上，持各種樂器表現樂舞，分布於佛龕內外等處。

晚唐第 196 窟（圖 16），在佛龕下部的壺門繪有

圖 14：第 159 窟，南壁中格，下方的伽陵頻迦，線畫，中唐。

圖 16：第 196 窟，佛龕下部，壺門伎樂，線畫，晚唐。

「壺門伎樂」，兩名男青年舞者互相呼應，皆單腳立於蓮花上，上舉的手持有一朵蓮苞，平伸的手五指叉開，上著大翻領短衫，下

圖 15：第 158 窟，東壁北側，下方的伽陵頻迦，壁畫，中唐。

穿寬鬆的燈籠褲，披巾長曳，服飾具有西域風味。

佛像的坐床劃分的方格內也會出現化生伎樂，唐以後畫有不鼓自鳴的樂器及梳雙髻的童子於蓮花上；另外，禮佛樂隊前面的蓮花池中，往往有一群未持樂器的童子，裸身在池水中嬉戲。初唐第 329 窟（圖 17），所繪製的四童子舞，分爲兩組，分別上下踏於

蓮花或蓮蓬上，手撫蓮花或蓮苞。晚唐第 173 窟（圖 18），繪有一個童子立於蓮花上，雙手握拳，長長舞帶往上飄揚。

圖 17：第 329 窟，化生伎樂四童子舞，線畫，初唐。

三、經變畫中的樂舞表現

敦煌莫高窟中，唐代經變畫裡的伎樂畫面約有九十五處，初唐於第 205、220、321、329、331、334、335、341、386 窟等；盛唐於第 45、66、126、129、148、172、180、215、217、320、445、369 窟等；中唐於第 112、154、158、159、188、194、197、201、231、236、360、361、369 窟等；晚唐於第 12、85、128、138、144、150、156、173、177、196、232、468 窟等。以上石窟裡的舞伎數約有一百二十九名，樂伎數約有一千零一十六名。繪有伎樂的經變畫有西方淨土變、東方藥師變、阿彌陀淨土變、彌勒經變、梵天請問經變、觀無量壽經變、報恩經變、金剛經變、金光明經變、思益梵天經變、天請問經變等。經變畫裡的樂舞一般繪於主尊佛之前沿，作用為禮佛與娛佛，舞蹈表演位於中間，樂隊伴奏對稱於左右。

（一）第 220 窟的樂舞圖與胡旋舞

第 220 窟北壁的東方藥師淨土變（圖 19），繪於初唐貞觀十六年（公元六四二年）。四人為一組的舞伎站在前沿中間，即寶池前面的平台，分別於一圓形毛氈上作舞。右組兩名在散開的頭髮上戴著寶石花冠，裸露上半身，佩飾瓔珞、手鐲和臂釧，下著月白色長裙，赤足，挽著長披巾，舞姿為大幅度的

圖 18：第 173 窟，化生伎樂童子圖，線畫，晚唐。

圖 19：第 220 窟，北壁下部，四人樂舞圖(胡旋舞)，壁畫，初唐。

平轉。左組兩名戴寶石盔、瓔珞和手鐲，上著半臂錦甲，下著棕褐色荷葉卷邊的大口長褲，綠織品圍在腰際，罩上織錦薄紗石榴短裙，赤足，擺動長披巾，肢體重心放在右腿跟，提左腿往上的姿態。

這四人的背影畫得較多，右組中，左舞者向左方旋轉，已可看到左頰；右舞者向右方旋轉，已可看到右頰。左組處於最初旋轉的姿態，右組則處於轉到一半的姿勢，若有另外一組轉回到正面，就組合成旋轉的全部歷程。在同窟南壁的阿彌陀淨土變，樂舞圖裡的雙人舞伎彼此相對，各別單腳立於一小圓毯上，兩舞者上身赤裸，戴寶石花冠、項鍊、臂釧和銅鈴腕釧，披輕紗長帶，穿緊身窄管長黑褲，外罩短石榴裙，赤足。此圖兩人正面向前而舞，即轉回正面的舞姿；三組形成此舞旋轉的連續性，呈現背面、側面和正面之各面舞蹈形象。

敦煌經變畫中，僅有第 220 窟北壁的樂舞圖為四人共舞，其他都是雙人舞（圖 20）或獨舞。北壁和南壁的伎樂天所跳的舞很可能就是胡旋舞，此舞發源自西域康國，即今撒馬爾干，經由絲路傳進中國，敦煌是必經之地。《新唐書》〈禮樂志〉記載：「胡旋舞，舞者立於毯上，旋舞如風。」

圖 20：第 220 窟，南壁，雙人樂舞圖(胡旋舞)，壁畫，初唐。

唐詩人白居易也曾說：「胡旋女，胡旋女，心應弦，手應鼓，絃歌一聲雙袖舉，廻雪飄飄轉蓬舞。左旋右轉不知疲，千匝萬周，無已時。人間物類無可比，奔車輪緩旋風遲。」胡旋舞的特徵即舞者旋轉時，動作之快有如疾風電閃。唐杜佑《通典》〈康國樂〉記述：「舞急轉如風，俗謂之胡旋。」胡旋舞流行於盛唐，唐玄宗深好此舞，受寵幸的的楊太真和安祿山都精熟此舞藝，因而上自宮廷，下至民間，胡旋舞成為一時風尚。

唐代承續隋代的樂舞制度，貞觀十一至十六年，修訂為《十部樂》，依《舊唐書》〈音樂志〉記載有：《燕樂》、《清樂》、《西涼樂》、《天竺樂》、《高麗樂》、《龜茲樂》、《安國樂》、《疏勒樂》、《康國樂》、《高昌樂》共十部，其中只有《燕樂》、《清樂》兩部為漢族樂舞，其他都是邊疆或國外民族的樂舞，因此以國名或地名當做樂部名稱，這些具濃厚民族和地方風情的音樂舞蹈，受到唐代人民的喜愛，譬如《康國樂》就是俗稱的胡旋舞，極受當時朝野歡迎。

（二）第 112 窟的樂舞圖與反彈琵琶

中唐第 112 窟的樂舞圖有許多獨舞的畫面，譬如北壁西側的報恩經變圖（圖 21），於佛前的長方形舞樂場裡，中間的舞者頭上帶寶冠，上著緊身衫，在領襟、袖口有一圈花邊，下著花邊裙和小褲，露出一雙赤腳，兩手高舉，手指交叉，右腳上提，身體向右傾斜，舞姿曼妙，神韻怡人，左右則各有四名樂伎，畫面情趣盎然。

同窟南壁西側的金剛經變圖（圖 22），

圖 21：第 112 窟，北壁西側，樂舞圖，壁畫，中唐。

中間的舞者上身赤裸，配戴瓔珞、手鐲和臂釧，下著紅褐色長燈籠裝，腰圍一圈綠，露出左赤足，雙手臂舉至頭部，執長披巾舞動，舞者眼神向右看，體態生動活潑。

圖 22：第 112 窟，南壁西側，樂舞圖，壁畫，中唐。

圖 23：第 112 窟，南壁東側，觀無量壽經變之樂舞圖，壁畫，中唐。

同窟南壁東側的觀經變圖（圖 23、24），規模較小，但繪畫內容緊湊充實，最受注目的是阿彌陀前方的舞樂台上，有一背琵琶的舞者，此舞姿被稱為「反彈琵琶」。舞者露出雙赤足，右腳高舉，左腳著地，身體往右傾，似乎作左右輪替騰踏的姿態；舞者邊彈邊舞弄飄帶，技藝嫻熟，輕妙優美；在其左右各有三名樂伎，下面平臺還有四名樂伎，背對而坐演奏樂器。整個歡樂場景描繪得非常細緻，尤其「反彈琵琶」的特色鮮明，在莫高窟中約有十幾幅壁畫表現這樣奇妙的舞姿。

圖 24：第 112 窟，南壁東側，反彈琵琶圖，壁畫，中唐。

例如晚唐第 156 窟南壁西側（圖 25），思益梵天問經變圖中即有「反彈琵琶」之姿，但舞蹈形象異於上圖。圖內兩舞伎起舞於三角形圖案方毯上，左舞者正對畫面，雙手拍打腰鼓；右舞者背對畫面，可看到左頰，右腳往後提起，左腳踏地，右手指反彈著曲頸琵琶，因而能看見琵琶的正向全貌；舞者左右各有十名樂伎爲之伴奏。

圖 25：第 156 窟，南壁西側，反彈琵琶圖，壁畫，晚唐。

（三）第 205 窟的樂舞圖與龜茲舞

圖 26：第 205 窟，北壁，龜茲舞圖，盛唐。

盛唐第 205 窟北壁西方淨土變圖中（圖 26），有兩個舞者在方毯上起舞，左舞者正對畫面，身體稍微左傾，右手舉高彈指，左腳稍蹲，右腳上提；右舞者背對畫面，向左轉頭而可看到左頰，左腳稍蹲，右腳上提；兩人均腕上繫鈴，上身半裸，下著薄紗長裙，舞姿優雅和諧。此舞的特點在於彈指動作，宛似維吾爾和烏孜別克的民族舞，今新疆維吾爾地區庫車一帶即古龜茲，從古龜茲傳入的樂舞爲《龜茲樂》。

《龜茲樂》屬於西域樂舞，與《康國樂》兩部流傳最廣泛。唐杜佑《通典》記述：「龜茲人彈指爲歌舞之節。」「……乍動乍息，蹻腳彈指，撼頭弄目，情發於中，不能自止。」龜茲的民間歌舞相當興盛，推想《龜茲樂》的節奏鮮明，舞姿優美暢快，感覺活潑新鮮，致使唐代創作的新舞蹈大量吸取《龜茲樂》的養分。唐代宮廷表演《龜茲樂》的舞者穿著「紅巾包頭，大紅襖，白褲帑，烏皮靴。」（見《舊唐書》〈音樂志〉）；《龜茲樂》的舞蹈服飾和姿態都具有濃烈的新疆舞風。

（四）第 217 窟的樂舞圖與柘枝舞

　　盛唐壁畫第 217 窟北壁阿彌陀淨土變圖中（圖 27、28），在七寶池八功德水間的舞會正在舉行，有兩名站在蓮花上的伎樂天，手執長帶，快速廻旋的舞著，此舞稱為柘枝舞，在敦煌壁畫上表現柘枝舞的畫面十分少見，依此圖可推測唐代柘枝舞的情貌。

　　據《樂府雜錄》記載，柘枝舞與胡旋舞、胡騰舞……等屬於健舞，唐代舞蹈按照風格劃分為兩種品類——健舞和軟舞，多是單人或雙人舞蹈，作小型的

圖 27：第 217 窟，北壁，柘枝舞圖，壁畫，盛唐。　　圖 28：第 217 窟，北壁，柘枝舞圖，壁畫，盛唐。

表演，兩舞皆廣泛的流傳在宮廷貴族和民間。兩舞相較，健舞的動作豪邁剛強，節奏明朗；軟舞的舞姿悠然柔軟，節奏緩和，譬如盛唐第 201 窟，在北壁觀經變相的樂舞圖（圖 29），一舞者輕柔舒緩的舞動長帶，呈現另種韻味。

　　柘枝舞是西北少數民族的舞蹈，起源於柘支和呾邏斯一帶，在唐代屬安西大都護府管轄（於今俄羅斯境內江布爾和塔什干一帶）。此舞大多是年輕女性表演，舞者身著緊身薄軟的繡花窄袖上衫，孅纖細腰隨著鼓的伴奏而舞動，《全唐詩》裡曾描述此情景：「柘枝初擊鼓聲招」、「大鼓當風舞柘枝」、「歌停舞罷鼓連摧，軟骨仙娥暫起來。」輕盈飄逸和矯健奔放相互融合，舞者熱情揚溢，目光神情生動，舞蹈過程驚心動魄，《全唐詩》裡記述：「驚顧兮若嚴，進退兮若慎」

圖 29：第 201 窟，北壁，軟舞圖，壁畫，盛唐。

「驚游思之情香兮，注光波於穠睞。」「急破摧搖曳，羅衫半脫肩。」結束時，「鼓摧殘拍腰身軟，汗透羅衣雨點花。」雙柘枝之兩舞者姿態對稱諧和，神貌相契，如詩所說：「曾見雙鸞舞鏡中，聯飛接影對春風。」「將翱將翔，惟鴛惟鴦，稍隨緩節，步出東廂。始而再拜以離立，俄側身而相望。」

結　語

　　敦煌莫高窟壁畫中的唐代舞蹈形象，以《十部樂》裡來自西域的胡旋舞、龜茲舞爲常見的樂舞圖，也有屬於健舞的柘枝舞，以及顯示西涼民族舞貌的四方樂舞，唐創軟舞之綠腰舞……等畫面，舞蹈風格豐富多元。而唐初太宗至玄宗發展形成的立部伎和坐部伎，是融化國內外各民族的樂舞而創作的新舞，堂下立奏的爲立部伎，堂上坐奏的爲坐部伎，在莫高窟壁畫裡這些舞樂情景亦被保留下來。另外歌舞大曲如《霓裳羽衣舞》，於開元年間宮廷所創作，卻也吸收西域的樂舞成分，有一說法認爲來自《婆羅門曲》(《唐會要》記載)；在此附加說明唐代其他樂舞，種種可見舞蹈發展於唐代達到鼎盛時期。

　　經變畫中胡旋舞機敏旋轉，龜茲舞彈指優美，柘枝舞輕靈健朗，軟舞柔和輕盈，反彈琵琶舞姿奇妙；天宮中飛天神態歡愉，伽陵頻迦伎樂和化生伎樂構圖特別；四方舞自然，綠腰舞流暢，出行、宴飲和嫁娶中的樂舞均能反映民間的真實生活；敦煌壁畫中的唐代舞蹈，姿態瀟灑活潑，形象典雅美妙，實爲舞蹈藝術與視覺藝術的可貴寶藏。

（發表於：《歷史文物》No142，台北：國立歷史博物館，2005 年 5 月。）

參考書目：

王克芬、蘇祖謙，《中國舞蹈史》，台北：文津出版社，1996 年。

李國珍編撰，《大唐壁畫》，中國陝西旅遊出版社，1996 年。

季羨林主編，《敦煌學大辭典》，上海：上海辭書出版社，1998 年。本文敦煌壁畫附圖部
　　分引自此部書。

常任俠等，《中國舞蹈史》初編三種，台北：蘭亭書店，1985 年。

敦煌文物研究所主編，《敦煌藝術寶庫 1-5》，本文敦煌壁畫附圖部分引自此部書。

歐陽予倩，《中國舞蹈史》二編兩種，台北：蘭亭書店、業強出版社，1990 年。

莫高窟五代壁畫——《五臺山圖》賞析

一、前言：

　　敦煌莫高窟不僅是一佛教聖地，更是中國古典藝術的殿堂，其位於敦煌市東南二十五公里，鳴沙山東麓的斷崖上。自西元三六六年前後（魏晉時期）開始建龕，一直延續到元代，歷經一千年，現今洞窟經統計約 492 個，各洞窟以佛塑像爲主，四周有佛弟子和菩薩塑像，壁畫和圖案則佈滿壁面、甬道兩側及頂上藻井、龕楣、基壇等處。

圖1：初唐．第三三五窟．北壁．維摩經變相．壁畫。

　　壁畫內容包含人物、走獸、山水、花卉翎毛等。早期的山水在於襯托佛畫故事，只有象徵性的山岩，例如：初唐第 335 窟的維摩變（圖 1），以文殊菩薩背後的山峰最特別，有形式化的列樹，並藉石綠色紋的累層來表現山高，乃承襲五、六世紀古老傳統風格。八世紀盛唐的山水技法進展快速，逐漸顯現自然風貌，如第 172 窟的「十六觀」山水

圖2：盛唐．第一七二窟．北壁西側．觀經變相部分．十六觀：日想觀．壁畫。

（圖 2），表現「觀無量壽經」內容，其中「日想觀」構圖完整，景象豐美，可獨立欣賞：初升紅日和安坐人物形成對比，前者是動態，後者爲靜態；樹木枝幹柔弱，有漢魏之風；畫水則隨意富動感，遠水無波，與漢時畫小船或魚、北朝畫細弧線大不相同；此幅爲沒骨山水，直接用青、綠、赭石畫出，未勾線。

　　直至五代，出現了典型的山水畫——《五臺山圖》，成爲莫高窟中以山水爲主體、規模最宏大的佛教史跡壁畫。

二、主題與源由：

　　五代《五臺山圖》位於莫高窟第 61 窟西上部通壁，高 3.42 公尺，長 13.45 公尺。五臺山又名清涼山，在今山西省五台縣和繁峙縣境內，和普陀山、峨嵋山、九華山合稱爲中國四大佛教名山，此圖內容東起河北正定，西至山西太原，方圓五百里的當地名勝史跡，包含佛教盛況、風土民情、山水景物、寺廟建築等，是一幅描繪精美的古代社會風俗壁畫，故《五臺山圖》兼具歷史、地理的紀錄與藝術作品的價值。

圖 3：中唐，第一五九窟，西壁腰壁北側，五臺山圖，壁畫。

　　依據《大方廣佛華嚴經》與《文殊師利菩薩現寶藏陀羅尼經》等佛經所記載，五臺山爲文殊菩薩居所和說法道場，文殊曾於此地講「華嚴經」，影響遍及中外各地。北魏時五臺山已興建許多寺院，唐時即成文化交流彙點。文殊爲現在佛釋迦牟尼身旁的菩薩（另一爲普賢菩薩）；菩薩意譯「覺有情」、「道眾生」，乃求最高之佛道覺悟，以教化眾生，於未來成就佛果的修行者；若干菩薩備受民間信仰。五代時期隨著民間對文殊菩薩的信仰提高，莫高窟的《五臺山圖》內容就更加豐富。

　　以五臺山爲繪製主題，從中唐第 159 窟始，計有六個洞窟，分別爲中唐的第 159、222、237、361 窟，晚唐第 9 窟，五代第 61 窟；除了第 61 窟，其他皆爲屏風畫的形式。如第 159 窟的五臺山圖爲兩幅屏風形（圖 3）；唐龍朔年間（661-663 年），會頤被高宗派遣到五臺山察看佛迹時，創繪了五臺山圖。此圖左側中央有正殿；右側中央山頂圓光中有騎獅的文殊菩薩，左右山上升起彩雲圓光，有供養人跪拜，山間有供養寶塔的景觀。長慶四年（824 年）吐蕃遣使往唐求五臺山圖；開成五年（840 年）僧義圓贈圖給日高僧圓仁；如此，五臺山圖西傳河西、吐番，東傳日本。

　　五代第 61 窟是曹儀金之子曹元忠的功德窟，主室的佛塑像已失，卻因有《五臺山圖》而聞名於世。

三、壁畫內容：

據統計，《五臺山圖》中有塔寺、寺廟、建築共有 199 處、橋梁 13 座，佛與菩薩 20 尊，僧侶和人物 428 人，乘騎 48 匹，運駝 13 峰；標題豎條 130 多條，兼具欣賞性和實用性，如文章的段落感。圖中群峰聳立，河川遼繞，道路通達，寺院林立，其中有佛教聖迹、高僧說法、信徒朝拜、商人穿梭、農人勞動、牲畜活動；除了宗教信仰，穿插許多生活和生產的場景，充滿濃郁、熱絡的生命氣息。

圖 4：五代，第六十一窟，西壁南側右方，五臺山圖部分，通身光現，壁畫。

《五臺山圖》中顯示佛教聖迹的地方，例如：畫面在大清涼寺右方，有飄然雲朵，上豎「通身光現」（圖 4）標題；旁邊有金橋；最上面有佛手出現，這些都表示神迹化現。

圖 5：五代，第六十一窟，西壁北側，五臺山圖部分，湖南送供使，壁畫。

表現實際情節處，如圖下部橋邊豎條「湖南送供使」（圖 5），有一組人馬緩緩而行，引道人著圓頂灰黃衫，乘白地黃花馬，戴展角襆頭（《敦煌學大辭典》解：「展角襆頭始於五代，形制規矩，兩極均為方形，棱角畢露，兩腳平伸於兩側，長尺餘，已具後來烏紗帽形式。《雲麓漫抄》卷三說：『至劉漢高祖始仕晉為並州衙校，裹襆頭，左右長尺餘，橫直之不復上翹。』」）；前有拜迎人弓身合掌于馬前；後有駝夫戴斗笠、著褐衫，右手舉杖，左手拉著馱供品的三駝；再後為侍者，著紅衫，騎白馬正過橋；一侍從戴翹角襆頭，穿長袖黃衫，大步隨行……。此篇章大都依照實際情節，據《清涼傳》記載，後晉天福三年（938 年）五臺山的超化大師至湖南拜謁國主天公；天福十二年，湖南遣使至五臺山諸寺佈施。

在畫面左側可看到南台、西台、大清涼寺、大王子寺、大賢寺等，畫面上方畫著毗沙門天王、阿羅漢，還有毒龍、龍王、金佛頭、雷公等於雲中化現，下有太原到五台山

的道路。中部為中台之頂，下有五台縣。右側可見北台、東台、大佛光寺、大法華寺等，上部有觀音、諸菩薩、阿羅漢等，雲中有龍王化現，下有五台到鎮州（今河北正定）的道路。

《五臺山圖》中的寺廟建築是研究中國建築的珍貴材料，茲舉大寺如下：

（一）萬菩薩樓（圖6）：在西壁中央。角樓間有長廊，中庭佛殿是四層重樓，周圍坐著十二尊菩薩供養的情形則較少見，此樓被認為萬菩薩在此居住或文殊菩薩在此說法，故前有旅人或信徒合掌膜拜。

（二）大建安寺（圖7）：在萬菩薩樓南邊畫有此寺，佛殿是雙層重簷式，殿前有比丘、捧經侍者和拱手信徒。這部分圖色彩依舊鮮豔，由於正好在背屏後，讓背屏擋住了光線照射。

圖6：五代，第六十一窟，西壁中央，五臺山圖部分，萬菩薩樓，壁畫。

圖7：五代，第六十一窟，西壁中央，五臺山圖部分，大建安寺，壁畫。

（三）大清涼寺（圖8）：在右側中部，四周方形長廊圍繞，四個轉角處各有一座二層角樓，佛殿為二層樓閣式建築，一側

圖8：五代，第六十一窟，西壁南側左方，五臺山圖部分，大清涼寺，壁畫。

有二層樓閣一座，另一側有三層樓閣一座，屬不對稱的布局。角樓、佛殿、山門都是重層寄棟的建築形式，建在砌磚的基壇上。屋頂鋪藍瓦，大棟和降棟都是綠色，為「剪邊琉璃」的建法。

（四）大佛光寺（圖 9）：位於中部左側，院中佛殿是廡殿頂的二層樓閣，四周有方形迴廊，四轉角處有二層角樓，山門形如角樓。大佛光寺建於晚唐宣宗大中十一年（857 年），內有唐塑像和壁畫，爲現存最古老的唐朝木造建築，寺內尚存北魏的祖師塔和唐石幢等遺物；佛光寺於 1937 年被梁思成再發現（於山西五臺山南台豆村），更提高了《五臺山圖》的歷史與藝術價值。

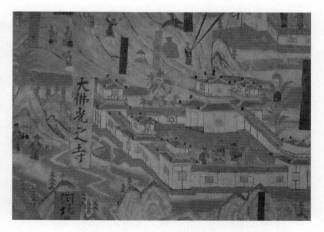

圖 9：五代‧第六十一窟‧西壁北側‧五臺山圖部分‧大佛光寺‧壁畫。

四、構圖與透視：

《五臺山圖》（圖 10、11）的結構探以鳥瞰式，視點在圖上端，觀賞者一目瞭然，所謂「百里山川盡收眼底」，表現出構圖的靈活性。圖中透視以散點透視法，把景物依序佈置，做充分的描繪，如北宋所稱「山形步步移，山形面面看」的方法，讓欣賞者到處走到處看，打破時空的限制，而得到最大的視覺滿足。若是停留在一段畫前，由畫面的下端到上端，則好像在欣賞一幅主軸；如

圖 10：五代‧第六十一窟‧西壁北側‧五臺山圖部分‧壁畫。

此一段一段的看，看完就可領會全幅的內容。但是爲了突出各大寺院及山水人物，建築物的比例不甚協調。

另外，幾何透視在本圖中很普遍，寺院建築的線條皆以平行方式展現，而非近大遠小、遠點消失的物理透視方法。

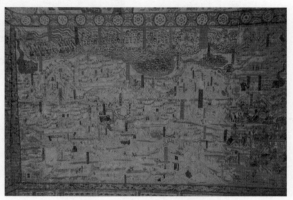

圖 11：五代‧第六十一窟‧西壁南側‧五臺山圖部分‧壁畫。

　　還有採用「前縮透視法」與「堆砌透視法」，如「南台之頂」，最前面的山最近，愈遠的山往左右兩邊擴散，用層層相疊、向上堆砌的方法以顯出全貌，於是我們可看到後面的山景，標題爲「龍王池」、「靈鳥現」、「吉祥之庵」……等景色。

五、繪畫風格：

　　《五臺山圖》的勾線填色、青綠重彩來自於唐李思訓，但不太一樣，色調較淡，沒有唐濃豔，特別的是先上赭石爲底色，再加上石綠、石青，以圓弧形的條圈式來塗色，似圖案畫，具有拙稚的裝飾意味。莫高窟中其他壁畫變色的很多，此圖大都使用礦物質顏料，故能長久保存，色彩比較清晰。

　　用色上，草地用青綠，莊稼用淡綠，衣服用深赭，深藍、墨色，或下褲用深色，上衣用白粉點染，馬用赭、白。雲嵐中間以石綠畫線條，間隔處是白色，外面輪廓再加紅色以使突出。寺院場地大都用赭石，牆面用白色，屋頂以淡青綠色爲主，頂部常以深黑色圓點爲裝飾，使建築物較爲突顯。道路多呈鋸齒狀，即顯示出「之」字形，路面爲白色。

　　猶如糖葫蘆形的樹林亦用青綠色爲調子，再加上深綠色點或線條。山

圖12：五代，第六十一窟，西壁南側，五臺山圖部分，壁畫。

石常只畫上黑色輪廓線或棱線，皴法很少，上施一層青綠色，一層赭石色，並加以暈染，顯出層次，和裝飾性又有不同。（圖12）

六、結語：

　　莫高窟中五代的《五臺山圖》是唐到北宋間的過渡作品，雖然表現的是佛教的內容，也反映當時社會的風土民俗、生活情趣。本文由主題與源由、壁畫內容、構圖與透視、繪畫風格等來探討此圖；「五臺山圖」場面龐大豐富，佈局密中有疏，描畫人事物景舒緩有致，道路形成脈絡延展其中，山水具象徵和裝飾意味，寺院為圖中最顯著的空間結構重點，木造的建築顯得嚴謹、華麗，畫中筆法著重「以線立骨」，意在概括物象。《五臺山圖》所傳達的時代美學思想與山水畫演變歷程，皆值得研究探索；特別此圖被稱為壁畫中最大的歷史地圖，而具有藝術與考古的價值。

　　（發表於：《歷史文物》No123，台北：國立歷史博物館，2003 年 10 月。）

參考書目

沈以正，《敦煌藝術》，台北：雄獅美術公司，1995 年。

季羨林主編，《敦煌學大辭典》，上海：上海辭書出版社，1998 年。

金維諾，《中國美術史論集》，台北：明父書局，1984 年。

敦煌文物研究所主編，《敦煌藝術寶庫 1～5》，本文附圖引自此部書。

敦煌研究院編著，《中國美術全集——繪畫編——敦煌壁畫》，上海：上海人民美術出版社，
　　　1988 年。

聶鋒，《敦煌莫高窟》，蘭州：甘肅人民美術出版社，1999 年。

敦煌莫高窟之元代石窟藝術探析

一、前言

　　元代在藝術上既發揚自身蒙古民族的傳統，也吸收了其他民族的特點，在內容、形式和風格上都有所進步，於壁畫、圖案、雕塑各方面都反映了此時期繪畫和造形藝術的創新表現。敦煌地區是較早受到元代統治的州郡，蒙元王朝非常重視中西文化的交流，並創造了良好的社會條件，其恢復水利，移民屯墾，發展生產，為文化、藝術的發展奠下經濟環境基礎。同時元代統治者一樣信仰佛教，極力推展佛教文化與藝術，因而敦煌莫高窟能持續的開鑿，為敦煌晚期的石窟藝術注入一股新氣象與風格。本文將從敦煌莫高窟的源始談起；接著探討元代敦煌莫高窟之佛教風格；及探索元代敦煌莫高窟壁畫的類型，即包含尊畫像、供養者像與裝飾圖案等；由此可探知元代石窟藝術獨具一格，可說是「空前絕後」的珍寶。

二、敦煌莫高窟的源始

　　敦煌石窟位於河西走廊（甘肅省）西端的敦煌，在三危山和鳴沙山間的斷崖壁面上的石窟，以精美的佛像彩塑、壁畫等宗教藝術聞名於世，是世界上現存規模最大、內容最豐富的佛教藝術勝地，記錄了佛教藝術的風格演變。敦煌是古代中原通往西域的交通樞杻，當地一片沙漠，環境險惡，運輸工具以駱駝為主，商旅為求絲綢之路平安順利，祈求神明庇佑或還願，而在此興建敦煌石窟，當地法師與僧人也在岩壁上開鑿石窟用來修禪。

　　敦煌石窟指莫高窟，俗稱千佛洞，它始建於十六國的前秦二年（西元 366 年），歷經十六國、北朝、隋、唐、五代、宋、西夏、元等歷代的興建，前後一千多年，形成巨大的規模，現有洞窟 735 個，內有泥質彩塑 2415 尊及壁畫 4.5 萬平方米，壁畫主要有佛像、佛教故事、佛教史跡、經變、神怪、供養人、裝飾圖案等七類題材。近代以來，又發現了藏經洞，內有 5 萬餘件古代文物，並衍生出一門專門研究藏經洞典籍和敦煌藝術的學科──敦煌學。

三、元代敦煌莫高窟之佛教風格

　　蒙古部落居於蒙古高原，自十至十二世紀，曾臣服于遼國、金國；到 1200 年左右，隨著勢力增強，停止對金進貢；1206 年，鐵木真統一蒙古各部，自稱「成吉思汗」，建立大蒙帝國；成吉思汗開始拓展版圖，進攻西夏、金國，在 1227 年滅西夏，消滅了西遼、花剌子模王國等國，同年三月攻陷沙洲，當時大蒙帝國包括蒙古高原，和中國西北、東北、華北的一部分，以及中亞、西亞大部分；成吉思汗因病死於 1227 年。從敦煌歷史來看，蒙元在敦煌沙洲路活動，約從 1227 年至 1402 年[1]。1279 年元世祖忽必烈以和林一地為中心，統一了全國，建立元朝，成為一個橫跨歐亞的大帝國，至元十七年（1280年）在沙洲路設統管府，從此河西走廊完全受蒙古人統治。

　　元代皇帝重視儒、道、佛三家思想，採用「以佛治心，以道治身，以儒治世」[2]的政策；另外，回教、基督教和猶太教也共相存。《元史》〈釋老傳〉開篇即說：「釋老之教，行乎中國也，千數百年。而其盛衰，每繫乎時君之好惡。」元代佛教的興盛與十代皇帝的崇奉非常密切。蒙古族原信仰薩滿教，十二、十三世紀，隨著蒙古社會的進展和軍事的征討，接觸到藏傳佛教（俗稱喇嘛教），並逐漸信奉佛教。元帝崇佛，保留蒙古民族草原特質的樸實無華，以講求實利為特色，主要求佛保佑、祈福消災；對於虛玄深奧的佛教義理似乎並無興趣。

　　元代對敦煌莫高窟的新建和重建即其重視佛教的最佳說明；元代的佛教以喇嘛教為主，忽必烈曾召請西藏名僧八思巴擔任國師，統管全國佛教，實際上是元代中央政體的顧問；因此，薩迦派密教流行於當時全中國，包括河西走廊一帶；薩迦派密教徒在元代的敦煌石窟中帶入了含有藏傳佛教風格的密教藝術。

　　至元十一年（1274 年），義大利人馬可波羅沿著古絲綢之路，旅行到中國敦煌，留下美好回憶而寫下行記；他看到甘州區域的佛像，曾說：「最大者大約有十步，餘像較小。有木雕者，有泥塑者，有石刻者。製作皆佳，外傅以金。」[3]又說：「敦煌偶像教『佛教』徒自有語言。」[4]至正八年（1348 年）的「莫高窟六字真言碑」上，記載有漢字、梵字、西夏文字、西藏文字、回鶻文字、八思巴文等，可見當時有許多不同民族的佛教徒居住在敦煌地區。13 世紀初，蒙古族曾使用畏兀兒體蒙文，就是用回鶻文字母拼寫蒙

---

[1] 林聰明編撰，《敦煌學講義》，台北，頁 34。
[2] 劉謐（元），《三教平心論》，大正藏 52，頁 781。
[3] 馮承鈞譯，《馬可波羅行紀》（台北：中華書局，1954 年），頁 208。
[4] 同馮承鈞譯，《馬可波羅行紀》，頁 190。

古語；忽必烈命八思巴創造蒙古新字，在 1269 年頒行，但這種蒙古字字形複雜，難以學習書寫，只能在蒙古貴族間使用，並沒有普遍流行於民間；到了元代後期，畏兀兒體蒙文又漸通行各地。而回鶻文字以及八思巴創造的蒙古文字均出現在敦煌莫高窟中。

元代的石窟大約有十窟，大都是新開鑿的石窟，至今尚存的洞窟有：第 1、2、3、95、149、462、463、464、465、477 窟[5]；若加上重修的石窟則有二十多個；石窟中保留許多藝術珍品，是元代沙洲文化發展的標誌。元代在敦煌莫高窟所開鑿的石窟大多在北段，為荒涼冷落的北段石窟增添不少神秘風采；石窟的形式共有三類：（一）方形覆斗窟頂；（二）主室是長方形，後方設有中心柱的窟形；（三）主室是正方形，中心設有圓壇的窟形。前兩種是前代的洞窟造形；第三種是西藏系密教的石窟典型形式，壇上置有塑像，周圍做圓形階梯式，四周皆有密教圖像、壺門彩繪；佛壇安置於窟中心，藉以增加窟壁空間，可以繪製全幅的大壁畫，此種圓壇是元代所創造的。

元代在敦煌莫高窟的塑像很稀少，據文獻記載有：「佛像 1 尊，菩薩像 5 尊，天王像 2 尊」[6]，主要是對前代洞窟中的塑像進行重塑和改塑；元代的造像藝術的水準有下降的趨勢，塑像缺少生動感，多顯枯板凝滯，由於開鑿數少以及藝術氛圍變化使然。石窟中的尊像與壁畫，其要旨在於宣揚佛教義理，勸導浮世眾生修行，於是利用塑像與壁畫藝術以感動世人，賞心悅目的視覺藝術將比說教更易被接受。

四、元代敦煌莫高窟壁畫的類型

元代的石窟壁畫可分為幾項類型，即尊畫像、供養者像與裝飾圖案；至於經變畫則自西夏以降種類逐漸減少，只有西方阿彌陀淨土變、藥師經變幾種而已，而畫面構圖呆滯平板少變化，且隨著密教廣為流行之後，大乘佛教的經變畫就逐漸衰退了。石窟壁畫的類型探討如下：

（一）尊畫像

元代尊畫像以非密宗的顯教[7]諸尊畫像為主，例如：多樣變化的觀音菩薩形象（圖 1、

---

[5] 引自聶鋒，《敦煌莫高窟》（蘭州：甘肅人民美術出版社，1999 年），頁 133。

[6] 引同聶鋒，《敦煌莫高窟》，頁 133。

[7] 同林聰明編撰，《敦煌學講義》，頁 64：「密宗（瑜伽密教，真言宗）將佛教分為顯密兩教，顯教是釋迦牟尼為啟導眾生而公開說教，密教則是大日如來向個別親信密傳真言實語。凡是非密宗的各派佛教，均為顯教。……密宗傳入中國

2、3）。觀世音菩薩是在中國最受崇奉的菩薩，菩薩意覺有情，菩薩超脫慾界，故無男女之分，不過爲化導眾生，而有男女的形像。菩薩像特徵是頭戴花冠、相貌端莊、胸前有瓔珞等，觀音菩薩是慈悲、智慧、自在和圓融的象徵。早期敦煌莫高窟中的菩薩畫像，大多爲佛的脅侍菩薩，侍立在佛主尊身旁的兩側，甚至在群像之中；後來佛教世俗化、民間畫，菩薩地位才逐漸提高，成爲單獨的尊畫像，供眾生供養。

1. 第 3 窟

元代至正年間（1346-1368 年），所開鑿的第 3 窟千手千眼觀音像（圖 4），畫工精細，其特色是觀音像有十一個頭相互重疊，猶如一座塔，千臂千手則連成車輪狀，並且每個手掌中有一慈眼（圖 5），這正是「千眼以遙觀，千手以接應」[8]的寫照，千眼能觀眾生的疾苦，千手則能濟眾生的苦難。畫家使用多種線描來繪出不同質感，使形象更爲真切感

圖 1：第 3 窟，東壁北側，觀音菩薩，壁畫，元。

圖 2：第 3 窟，西壁南側上部，菩薩，壁畫，元。

圖 3：第 3 窟，西壁龕內南側，菩薩，壁畫，元。

圖 4：第 3 窟，南壁，千手千眼菩薩，壁畫，元。

圖 5：第 3 窟，南壁，千手千眼菩薩部分，壁畫，元。

人。通常敦煌壁畫大多未簽屬畫家名字，而此窟壁畫在西壁外北側觀音左下方留有作者的款識：「甘州史小玉筆」，史小玉的生平雖不可考，卻在元代留下精美的石窟壁畫。

壁畫上方飛天（圖 6、7）起舞，「飛天」一詞最早出現於北魏《洛陽伽藍記》之「飛天伎樂」，即樂神幹答闥和歌神緊那羅的合稱。飛天原爲印度佛教天人，傳入中國後，

後，有『漢密』與『藏密』之分。『漢密』主要經典有《大日如來經》和《金剛經》……『藏密』傳入後，『漢密』衰落」……然密教盛行於敦煌時，卻以『漢密』爲主，故敦煌保存一些珍貴的『漢密』資料。」
[8] 敦煌文物研究所主編，《敦煌藝術寶庫 5》，頁 153。

圖 6：第 3 窟，南壁西側上部，飛天，壁畫，元。

與道教羽人、西域飛天與中原飛天相互融合，成為獨具風格的飛天形貌；在敦煌莫高窟的洞窟中，大約每窟都有飛天壁畫；始自十六國，終至元代；元代流行密教，較少有飛天，但顯教就有風格獨特的飛天，觀察元代第 3 窟的飛天，手持蓮花，乘著雲朵飛翔，下視人寰，具有中原風格，如同元人歌詠神仙的詩句：「神仙可有情緣意，手把芙蓉欲贈誰？」[9]情景十分類似。飛天的線條構成造型，使面容和身體有誇張變形的相貌；更重要的是飛天所表現的意境，則是充滿想像的，蜿蜒曲折的長線延伸了空間，展現和諧和舒展的情趣，增加藝術的美感，意境猶如「極樂世界」中天人合一的愉快幸福境界。

圖 8：第 3 窟，北壁西側，吉祥天，壁畫，元。

圖 7：第 3 窟，北壁西側上部，飛天，壁畫，元。

壁畫兩側的有吉祥天（功德天）（圖 8）、婆藪天（圖 9）[10]、護法金剛（圖 10）[11]、毘那夜迦等並居，構成緊密逼真的畫面；畫像多具中原風格，衣冠有如道家神像的外貌；都繪得栩栩如生、楚楚動人，是敦煌莫高窟壁畫中的精品。

這些畫像的繪畫風格既真實又富變化，元代甘州畫工史小玉借著線描提高了畫像造形的水準，其線描的技法熟練，以鐵線描描繪臉部和軀體輪廓，蒼勁有力而具美感；以折蘆描繪出衣服，

圖 9：第 3 窟，北壁東側，婆藪天，壁畫，元。

9 同林聰明編撰，《敦煌學講義》，頁 55。

10 據敦煌文物研究所主編，《敦煌藝術寶庫 5》，頁 207：「吉祥仙女又稱為吉祥天、功德天，專司國家安泰及人民之福德。傳說中，吉祥仙女是毗沙門天的妹妹或王妃，專司古印度人民之命運及財富，乃是美的化身。」「婆藪天原稱外道仙人，由於在天祀犯了殺生之罪，而墮入地獄，後來皈依佛門。極早以前，就有畫家將其描繪在龕內正壁之佛座兩側，而得千手千眼觀音部眾之一尊的地位。」

11 據敦煌文物研究所主編，《敦煌藝術寶庫 5》，頁 207：「（護法金剛）左邊的一尊，有三面八臂，各面有三目。八臂中的二臂交叉於胸前，而二臂的姆指及中指伸長形成結印，其他六臂則分持五鈷杵、法輪、劍、五鈷鈴及羂索。只有腰部裹著獸皮，其他部分均呈裸形，所以全身的肌肉幾乎都顯現於外。鬚眉稀疏、頭髮直豎、背後繪有熊熊火焰。這種作風乃是汲取唐代吳道子流派之繪法而發展出來的。」

表現層層折紋的厚重感；並用釘頭鼠尾描描畫鬍鬚和頭髮，表現微妙細緻的毛髮。壁畫的色調非常淡雅和諧，其風韻來自中原風格。從種種畫風看來，可知元代繪畫藝術具有極高的水準。

2. 第 61 窟

第 61 窟甬道上南壁的熾盛光佛（圖 11），可能是在元代建設窟簷時所描繪的佛像，這是敦煌莫高窟最大的熾盛光佛，意為藉著佛身上所散發出的熾烈光芒以化解各種災難。在此壁畫上，巨大的熾盛光佛坐在二輪寶車上，右手指尖上方有法輪，寶車前方兩旁有諸天神導引，寶車後面有

圖 10：第 3 窟，北壁西側，護法金剛，壁畫，元。

圖 11：第 61 窟，甬道南壁，熾盛光佛，壁畫，元。

龍旌旗飄揚，並有金剛力士隨行，上空有許多天人與天宮十二星宿（即十二宮）。於《佛說大威德金輪佛頂熾盛光如來消除一切災難陀羅尼經》經典中記述：

疑是觀音菩薩，易體徑行；薩訶聖人，改形化現。由是山谷地，佛剎之精麗難名。窟宇途，梵宮之殊嚴莫喻。厥有節度押衙知畫行都料董寶德等，謙和作光，溫雅為懷。守君子之風，蘊淑人之勵節。故得丹青之妙，粉墨希奇，手跡及於僧繇，筆勢鄰于曹氏。畫如活，佛鋪妙越於前賢；貌影如生，聖諭雅超於後哲。……[12]

由以上推知，第 61 窟以文殊爲中心的壁畫內容與本熾盛光佛圖有密切關係。

3. 第 95 窟

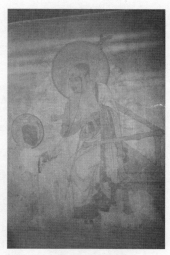

圖 12：第 95 窟，南壁西側，羅漢，壁畫，元。

敦煌莫高窟元代第 95 窟的壁畫，有「賓頭羅漢」（圖 12），是十六羅漢之一，此窟當時有十六尊羅漢，現存只有十一尊。畫中「賓頭羅漢」手持拐杖，坐在竹床座上，垂長的眉毛讓比丘尼以雙手捧持著。羅漢的原意爲殺賊（煩惱賊）、供應、不生；引稱爲小乘佛教的聖者，其未成佛道，僅是佛弟子，只求個人潛修；當人修成正果，就可以達到無憂無慮的極樂世界，脫離人間一切苦難，也就成了羅漢。宋元的羅漢圖像在繪畫和雕塑上都趨創作的黃金時期，造形生動特殊。第 95 窟的羅漢與公元前三世紀的印度阿育王同時期；羅漢形象接近當時世間人物，神態表情較爲溫和，也接近於中國人的容貌。雖然在小乘佛教經典中，提到「賓頭羅漢」甚多，五代在中原已有其畫像，卻在莫高窟晚期才出現在壁畫上。

4. 第 465 窟

圖 13：第 465 窟，窟頂東面，阿閦儀，壁畫，元。

除了顯教的諸尊畫像，還有屬西藏密教圖像，第 465 窟的壁畫展現薩迦派密教藝術，內容有以大日如來爲中心的五方佛，其下在東、南、西、北四個斜面繪有四佛：阿閦、寶生、無量壽、不空成就；東面是阿閦佛與其眷屬（圖 13），畫面中央的阿閦佛身上塗藍色，右手觸地結跏趺坐。還有各種明

---

[12] 《佛說大威德金輪佛頂熾盛光如來消除一切災難陀羅尼經》，大正藏 19，頁 338。

王的憤怒像；以及「聖嗣金剛降
魔圖」，即歡喜天人或歡喜金剛，
圖16是釋迦牟尼為調伏欲界眾生
而顯現的雙身合抱像[13]，色彩強
烈，輪廓描線純熟，整體畫面具
有濃厚的裝飾性；圖14是歡喜金
剛下部的舞者；圖15是歡喜金剛
上部的天女，婆娑起舞於火焰
中，線條用強韌的鐵線描法，更
加細緻巧妙。

圖14：第465窟，西壁中央，歡喜金剛部分，壁畫，元。

　　窟頂可見到各種伎樂、持花
菩薩等，窟頂南面寶生佛右脇的供養
菩薩（圖 17），造型與色彩極美，菩
薩頭上結髮髻，並有垂肩捲髮，戴寶
冠，裸現上半身，披掛胸飾、瓔珞，
手持蓮花，姿態恭敬的供養著中尊；
菩薩的眉稜高，下顎突出，顯示異於
中原人物的容貌。從這些壁畫可看到
畫像的繪畫手法深受印度與尼泊爾
影響，並且含有西藏原始宗教--苯教
的成分，而整體表現出薩迦密教藝術
的特殊風格，可窺見屬於蒙古族自身
的文化淵源。此石窟畫風細密，色調
鮮明濃厚，極其美豔，令人驚歎，藝
術效果表現強烈，意境極為獨特，成
為薩迦派密教藝術的代表作。

圖15：第465窟，南壁中央，歡喜金剛部分，壁畫，元。

---

[13] 據敦煌文物研究所主編，《敦煌藝術寶庫5》，頁205-206：「本圖中的男天乃是八面（各三面三目）十六臂，藍色身體，
　　頭髮豎立、頭戴髑髏之冠、頸飾五十人之項、十六隻手各持一宛如缽之顱骨器，每一器具中均收有馬、牛、駱駝及諸
　　天神之姿，而女天則成一面三目二臂之裸形，右手持勾刀與男天互擁之姿。女天的肉身是黑褐色，據推測其肉身原先
　　應該是紅色。」

圖 16：第 465 窟，北壁中央，歡喜金剛，壁畫，元。

圖 17：第 465 窟，窟頂南面部分，供養菩薩，
壁畫，元。

（二）供養者像

供養者像是指供養人
的畫像，供養人出資建造
洞窟，塑製佛像，繪製壁
畫，藉此累積功德，祈求
福祉保佑，因而也在石窟
裡繪出供養人像。元代的
供養者像大約只有一、二
處而已，供養人大都是黨
項、回鶻和蒙古族等民族
形象。第 332 窟甬道壁畫
有供養者（圖 18）及女子
供養者（圖 19）。供養畫像
的特徵是容貌寬胖，頭戴
笠帽，身穿窄袖袍，腳穿

圖 18：第 332 窟，甬道北壁西側，供養者，壁畫，元。

六合鞋，是當時「搭護」的裝束，即蒙古族騎士的穿著，服飾以青綠色為主，描繪的手法很簡略；女子供養者穿著蒙古族的服裝「質孫」（只有一種顏色的衣服），衣裳或有刺繡紋樣，長裙及地，頭戴「顧姑冠」，這是蒙古貴婦的服飾裝扮，其背後還跟隨著婢女。雖然敦煌石窟中元代的供養者像不多，但在人物造形與衣冠服制上都表現出蒙古民族的特色。

圖19：第332窟，甬道南壁西側，女子供養者，壁畫，元。

（三）裝飾圖案

敦煌莫高窟晚期的裝飾圖案是基於曹氏畫院[14]而發展出來的，元代的第61窟，在甬道壁畫上，熾盛光佛乘坐的寶車後方龍旌旗上的龍紋圖樣（如圖 11），是晚期裝飾藝術的代表作。晚期的裝飾圖案也能表現出新時代的特色，最常見紋樣是龍與鳳凰的圖案，常在藻井、衣冠及旌旗上描繪飛天王龍、飛翔的鳳凰、迴旋的雙鳳、團龍、戲珠的雙龍等，也有並用浮塑貼金的方法，以提高裝飾的效果；其他的裝飾圖案有牡丹、石榴、蓮荷、三葉、團花等植物紋，以及古錢、連環、龜甲、鎖、回紋等幾何紋，還有卷雲等瑞祥紋。

---

[14] 據敦煌文物研究所主編，《敦煌藝術寶庫5》，頁 142-144、151：「天祐四年（907 年），唐亡。……曹議金於後唐同光二年（924 年）正式就任為歸義軍節使，此後，曹氏歷經五代均統治河西……曹議金視佛教為『聖力』，並認為『非虔信佛理、仰仗慈門』，無以安定社會（註：敦煌石窟遺書 p2692〈曹議金禮佛疏〉……當時，為了營造寺院及石窟，曹氏除禮請僧尼外，亦召請開窟、造像、壁畫畫師等專業人才，以謀營造之事。當時，曹氏政權傲中原，而設立了畫院。……曹氏畫院機構繪製的壁畫基本上是承襲晚唐的規範，但內容又較晚唐多彩與豐富。……裝飾圖案主要可分為藻井、圓光、緣飾、壁畫的圖案等。圖案紋的種類包括：團龍紋、團鳳紋、鸚鵡紋、孔雀紋、獅子紋、蓮花紋、團花紋、三角花紋、菱紋、回紋、連珠紋及波狀纏枝石榴紋等。」

五、結語

　　敦煌莫高窟本身就是集石窟建築、壁畫與塑像三者一體的藝術結構體。莫高窟於元代的塑像很少；而在莫高窟壁畫題材中，元代承續了西藏傳來的薩迦派密教藝術，以密教爲壁畫題材，發展出新式樣，打破莫高窟後期沉悶停滯的狀態，顯現嶄新的藝術風格。在壁畫技法上，運用各種線描手法如鐵線描、折蘆描、遊絲描和釘頭鼠尾描等，使造形水準提升。在壁畫色調上，一般流露典雅的風韻，顯然承繼中原的畫風；另有表現薩迦派密教藝術的色彩，則強烈濃豔。賞析元代莫高窟壁畫的各種畫風，得知元代繪畫藝術表現手法極佳。

　　敦煌莫高窟的藝術發展在唐代以後邁入晚期，由於河西區域動盪不安，使得政治、經濟和文化的發展衰退，導致敦煌莫高窟的的藝術也逐漸沒落。在此時期四百多年裡，歷經四個朝代，其間有三個異民族政權統治過中原，由於這些統治者都努力推行佛教，因此也持續開設洞窟與造塑像、製壁畫，尤以元代爲最富特色；元代之後，莫高窟的建造走入絕途。以石窟藝術的發展來看，元代雖然開窟數與壁畫數都很少，卻具有精闢的描繪表現方法，石窟藝術進展至此，雖是晚期卻具有顯著的特點並呈現高度的藝術價值。

（發表於：《歷史文物》第 23 卷第 06 期，台北：國立歷史博物館，2013 年 6 月。）

參考文獻

《中國文明史：第七卷元代》上、下冊，台北：地球出版社，1994 年 2 月。

《佛說大威德金輪佛頂熾盛光如來消除一切災難陀羅尼經》，大正藏 19（元）劉謐，《三教平心論》，大正藏 52

巴東，《荒漠傳奇璀璨再現——敦煌藝術大展》，台北：國立台南藝術大學、橘園國際藝術策展（股）公司，2005 年 3 月。

沈以正，《敦煌藝術》，台北：雄獅美術公司，1995 年。

季羨林主編，《敦煌學大辭典》，上海：上海辭書出版社，1998 年。

金維諾，《中國美術史論集》，台北：明父書局，1984 年。

林聰明編撰，《敦煌學講義》，台北。

馮承鈞譯，《馬可波羅行紀》，台北：中華書局，1954 年。

敦煌文物研究所主編，《敦煌藝術寶庫 1-5》，本文敦煌壁畫附圖引自此部書。

敦煌研究院編著，《中國美術全集——繪畫編——敦煌壁畫》，上海：上海人民美術出版社，1988 年。

樊錦詩、陳萬雄主編，《發現敦煌》，台北：商務印書館，2000 年 7 月。

聶鋒，《敦煌莫高窟》，蘭州：甘肅人民美術出版社，1999 年。

金庸小說《射鵰英雄傳》之俠義與民族意識探析

一、前言

　　金庸的作品《射鵰英雄傳》是其所著十五部武俠小說的其中一部。武俠小說的特徵，在於主角等人物都是屬於俠士英雄，俠士對武功非常精通，且採武打方式以解決面臨的問題，由是擅場於虛構的江湖領域。在《韓非子》、《列子》、《史記‧遊俠列傳》等書均有俠義本質的說明與對俠客的描寫，《韓非子‧五蠹》說：「俠以武犯禁。」「其帶劍者，聚徒屬，立節操，已顯其名。」指出俠客善用武力而成名且不受拘束；《列子‧黃帝篇》記敘范子華憑藉一群俠客的力量而擅霸晉國；東漢司馬遷在《史記‧遊俠列傳》中說：「今遊俠，其行雖不軌於正義，然其言必信，其行必果，已諾必誠，不愛其軀，赴士之阨困。」顯現遊俠的人品誠信果敢。《漢書‧季布傳》的注釋說：「俠之言挾也，以權力輔人也。」表示俠士以武力保護幫助他人而具有義氣。因此，「俠」是一種精神，實行「俠義」、「俠行」是對完善道德的一種期盼，從保家扶弱到鎮邦衛國，都是外化的形式。

二、《射鵰英雄傳》中的俠義與民族意識

　　金庸曾說：「武俠小說中的人物......路見不平，拔刀相助，是出於惻隱之心，除暴安良，鋤奸誅惡，是出於公義之心；氣節凜然，有所不爲，是出於羞惡之心；挺身赴難以德報怨，是出於是非之心。」可見俠士利他的俠義精神與中國傳統的美德與價值觀息息相關，甚至金庸直言：「江湖唯一重視的道德是義氣。」由是金庸認爲「中華民族所以歷數千年而不斷壯大，在生存競爭中始終保持活力，給外族壓倒之後一次又一次的站起來，或許與我們重視情義有重大關係。」在金庸的觀念裡，俠義之氣使中華民族能突破困頓不安的情勢，而能屹立不頹。(本段引言取自金庸《韋小寶這傢伙》)

　　在金庸的作品中，「愛國情操」與「民族意識」常是小說情節的出發點和主題，例如中國遭受外來異族的的威脅侵略，於是就有道德高尚、憂國憂民的俠士挺身出來，反抗異族，救國衛民，以俠士的行動保護民眾；《射鵰英雄傳》也是採取這套模式，由於書中主角郭靖受到家族、出身和時代變化的影響，他注定要成爲一個愛國俠士。

　　郭靖之名來自「靖康」二字，因北宋末年靖康年間，金佔北宋首都開封，擄宋徽宗、欽宗兩帝，從此北方淪陷，郭靖之父郭嘯天與至交楊鐵心具愛國熱忱，爲兩人未出世的小孩取名郭靖與楊康，起於勿忘靖康國恥，但之後只有郭靖實現父親的願望；由此可見他是一個天生的愛國主義者。郭靖小時履聽母親李萍的教誨，小說中記敘：「郭靖平常聽母親講金人殘暴的故事，在中國如何姦淫擄掠，虐殺百姓，如何與漢奸勾結，害死中國的名將岳飛等等，小小的心靈中早深種下對金人的仇恨。」(《射鵰英雄傳》，頁 126。)所以郭靖從小就在心底埋下愛國的種子。

　　《射鵰英雄傳》中的金人即女真人，金國於十二世紀初興起，本向北方遼國(契丹族)進貢，後與遼國分裂。女真族完顏阿骨打(即金庸筆下完顏洪烈的祖先)於西元 1115 年稱帝，建立「大金」國，與北宋聯手攻破遼國燕京，滅遼國；金太宗完顏晟即位後，於 1127年攻打北宋，北宋滅亡，即小說中的靖康國恥；最後金在蒙古與南宋的夾擊下，於 1234年滅亡。(參自王鐘翰主編：《中國民族史》)

　　小說中的蒙古人被描寫得又詳盡又逼真，金庸在全書後記表示小說中有關成吉思汗所參考的資料，來自「以漢字寫蒙古語」的《蒙古秘史》(即《元朝秘史》)。蒙古部落居於蒙古高原，自十至十二世紀，曾臣服於遼國、金國；到 1200 年左右，隨著勢力增強，停止對金進貢；1206 年，鐵木真統一蒙古各部，自稱「成吉思汗」，建立大蒙帝國；成吉思汗開始拓展版圖，進攻西夏、金國，在 1227 年滅西夏，消滅了西遼、花剌子模王國等國，當時大蒙帝國包括蒙古高原，和中國西北、東北、華北的一部分，以及中亞、西亞大部分；成吉思汗因病死於 1227 年。

　　郭靖因成吉思汗企圖侵犯中原，進一步成爲一個保衛祖國的愛國英雄；郭靖以國家與民眾安危爲重，當冰雪聰明的黃蓉說，即使大宋與蒙古人作戰敗退，郭靖和她仍可憑一身好功夫迅速避難，然而郭靖說：「咱們既學了武穆遺書中的兵法，又豈能不受岳武穆『精忠報國』四字之教，咱倆雖人微力薄，卻也要盡心竭力，爲國禦侮……。」(《射鵰英雄傳》，頁 1560-1561。)於是郭靖主動承擔起捍衛國土與民眾的重任。郭靖生長在蒙古荒漠，竟成了儒俠，可見儒家的文化已滲入漢人郭靖的血骨精神中，這位少年俠士苦思如何當一個英雄，甚至思考當英雄的意義，因此金庸筆下的郭靖形象可說比其他武俠小說的俠士更具有深度。

　　由上郭靖以國爲重，與成吉思汗反目成仇，進一步分析原因有二：一爲郭靖排斥攻擊性的戰爭，此即「俠義」的意識；二爲郭靖是漢人的血緣，血緣關係比後來吸收有蒙古文化更爲重要；此即民族意識。

到了小說結局，郭靖向成吉思汗說出一番話：「自來英雄而爲當世欽仰，後人追慕，必是爲民造福、愛護百姓之人。以我之見，殺的人多卻未必算是英雄。」(《射鵰英雄傳》，頁 1569。)也可視爲整部《射鵰英雄傳》中愛國愛民道理的精髓以及彰顯身爲俠士須具備俠義精神。郭靖已體會到用武只爲助人、救國，其他自私動機皆不符合此種嚴格的道德標準。

三、《射鵰英雄傳》始末與主角省思

《射鵰英雄傳》以南宋爲歷史背景，這時中國北方已被金國統治，而金國一直虎視眈眈的持續威脅著南宋。郭、楊兩家爲世交，郭嘯天和楊鐵心在妻子懷子未出世時，兩家人就不幸遭金朝王爺完顏洪烈所謀害而失散。因完顏洪烈喜愛楊鐵心之妻包惜弱，將她劫到金國，使得其子楊康在金國出生成長；而郭嘯天之妻李萍逃亡到蒙古，郭靖在鐵木真的部落長大成人，並與「江南七怪」習武，郭靖不忘中原，立志報殺父之仇。在旅途中遇黃蓉，與她產生愛情；也隨即捲入武林高手爭取武林至尊的明爭暗鬥中。丐幫幫主「北丐」洪七公、大理國前皇帝「南帝」段智興(法名一燈)、桃花島島主「東邪」黃藥師(黃蓉之父)、以及「老頑童」周伯通等武林高手，都曾多多少少傳授武功給郭靖(除了「西毒」歐陽鋒沒有)，造就郭靖一身高強的武藝。

郭靖身爲蒙古將領，爲成吉思汗攻破撒馬爾罕城，在此戰役中金國完顏洪烈身亡，因此郭靖報了殺父之仇，郭靖見到戰爭造成的屠殺，疑惑於習武與生存的意義，郭靖心想：「我勤勤懇懇的苦學苦練，到頭來只有害人。早知如此，我一點武藝都不會反而更好。如不學武，那麼做什麼呢?我這個人活在世上，到底是爲什麼呢？」(《射鵰英雄傳》，頁 1503-1504。)此時老道人丘處機化解掉他的疑慮，即是學武功是一種個人的修練，如熟練到很高的境界，就可變成一種藝術，甚至是一種生活態度，這未必與外在的社會意義有關。丘處機並舉例說：「只有洪七公洪幫主行俠仗義，扶危濟困，我對他才佩服得五體投地，華山二次論劍之期轉瞬即至，即令有人在武功上勝過洪幫主，可是天下豪傑之士，必奉洪幫主爲當今武林中的第一人。」(《射鵰英雄傳》，頁 1507。)因此郭靖想到師父洪七公，他找到了答案：「只要我將一身武功用於仗義爲善，又何須將功夫拋棄忘卻？」(《射鵰英雄傳》，頁 1530。)

金庸小說常是書中主角的成長記載，《射鵰英雄傳》的主角郭靖習武成俠，走入江湖，經歷各種打殺報仇，捲入搶奪爭霸侵略。蒙古從中原退兵後，郭靖和黃蓉就不留在

暫無戰火的中原，而是依黃藥師的囑咐回到桃花島；闖遍武俠世界之後，走出江湖，是一種幡然徹悟，從有限的人生經驗，體驗到無限性，得到生命的超越。

四、《射鵰英雄傳》中的武與道

《射鵰英雄傳》的主角郭靖曾先後與江南七怪、洪七公和周伯通等人學武藝，細究郭靖所學的全是正派的武功，當中最具代表性的是洪七公教他的「降龍十八掌」，這套功夫招式簡明，而勁力精深，正好符合郭靖誠樸質實的個性，郭靖一番苦練之後，成為武林高手。

關於洪七公的武功「降龍十八掌」，林保淳在《解構金庸》中指出其基於《易經》，但有一些與《易經》有所出入，他說：「『降龍十八掌』的設計，恐也不宜視為金庸武學的極境。」並說：「『亢龍有悔』置於第一招，實大失《易經》原意。」但一般讀者實難與學者一樣看出洪七公的武功命名有何問題，小說的吸引力亦不受影響，武功的設計可視為作者在藝術手法上的運用，金庸在小說中加入強烈的民族特色，營造出中國古文化的氛圍；尤其中國文化的精神表現在《射鵰英雄傳》裡發揮得非常完美實在，這就是俠義精神，戴俊一針見血的指出：「俠義精神是中國人的傳統精神。」（《千古世人俠客夢》，頁2。）俠義精神與武功遂形成了俠士的必要條件。

金庸小說一向宣稱「內力」是俠士練武成俠最重要最基本的修練，而獲得最高內力的人幾乎都是樸拙的人，因其內心純淨無雜念，才能修得充沛精到的內力，郭靖即是如此一人，他與全真教的馬鈺習得內功的高深武學，奠定武功根基；「內力」的效果宏大，如郭靖和黃蓉在內力堅強以後，就能抵禦丐幫長老的「攝魂大法」。而內力的獲得除靠練氣也需研讀，可見俠士的「內力」是一種文化修養；武功層層提高，是從劍術、武術到修養、研讀而獲得內力。

金庸小說傳達修習武功的止境，在於從器的層次昇華為對道的領悟，最後跳出功利的目的，在技藝層面「散去武功」，成為「無功之功」，猶如道家說「無為」，卻也「無不為」，金庸器道體用的結論是：「至高之俠，主客觀合一，物我相融。」因此，從金庸小說可見表現的寓意、思想是以「無為」為至高境界；以容忍為永遠的善，因任何道德都非絕對的，只需禮讓息爭；以適度為標準，任何思想都不宜太過執著，只有圓融守中，才不會走火入魔，墮入惡行。

五、《射鵰英雄傳》中的現實層面與審美層面

金庸的「現實主義」的寫作態度主要表現於高度尊重民族鬥爭的史實，在重大歷史事件中既有魄力動大手筆描述，又不違反歷史文獻的記載，在寫作藝術創作與歷史真實之間產生平衡。《射鵰英雄傳》內有南宋、金國、蒙古等民族之交互間的戰爭，金庸對民族之間的爭鬥基本上態度是抱持否定和惋惜的。

小說中成吉思汗對橫掃歐亞的威風是非常自豪的，而在郭靖看來，這些用殺人無數所累積而來的功業，根本不算令人尊敬的英雄事蹟。金庸在〈成吉思汗家族〉中說：「他的西征南討雖然也有溝通東西文化的功勞，但對於整個人類，恐怕終究還是罪大於功。《射鵰英雄傳》所頌揚的英雄，是質樸厚道的平民郭靖，而不是滅國無數的成吉思汗。」看小說情節，的確吻合其所贊同的英雄是為民除害的民間俠士典型。

民族鬥爭的現實層面是金庸小說的基礎層面；此種現實層面是顯性的，可以直接觀察到，它以感性形象呈現；它也是理智的對象，在創作時可以是逼真的或變形的現實描寫，是作家有意為之，讀者可以自覺接受到的。審美層面是現實層面的昇華，現實層面是審美層面的現實基礎和物質實體，在深刻的現實經驗的基礎上，才能昇華出深刻的審美體驗。《射鵰英雄傳》在動盪不安的時代背景下，彰顯出俠義的意識，俠士以赤膽忠心、憂國憂民、悲天憫人的情懷，來伸張國家民族的大義，此即由現實層面昇華至審美層面；而在現實的描寫上，小說中武俠的內容與金庸的書寫形式，構成整體的審美層面。

六、結語

小說是一門藝術，它表達人類之情感，包含人間喜怒哀樂愛惡欲、人情事故、家國民族的情感。武俠小說雖是通俗文學，金庸小說《射鵰英雄傳》在立意與藝術的追求上，創造出一種雅俗共賞、蘊藏文化學術的小說境界，其中含有文化氣息、歷史軌跡和民族精神，使得《射鵰英雄傳》表現了俠、武、情，即俠義精神、武功打鬥和人生情感，結合民族精神、生命意義，構成《射鵰英雄傳》豐富的內容與內涵。

(發表於：《中國語文》月刊第 111 卷第 6 期，台北：中國語文月刊社，2012 年 12 月。)

文藝美學論集

作　　者　楊佳蓉

發 行 人　陳滿銘
總 經 理　梁錦興
總 編 輯　陳滿銘
副總編輯　張晏瑞
編 輯 所　萬卷樓圖書股份有限公司
印　　刷　彩藝得印刷有限公司
封面底繪畫作品　楊佳蓉

發　　行　萬卷樓圖書股份有限公司
　　　　　地址　臺北市羅斯福路二段 41 號 6
　　　　　樓之 3
　　　　　電話　(02)23216565
　　　　　傳真　(02)23218698
　　　　　電郵　SERVICE@WANJUAN.COM.TW
大陸經銷　廈門外圖臺灣書店有限公司
　　　　　電郵　JKB188@188.COM

ISBN 978-957-739-894-9
2014 年 11 月初版

定價：新臺幣 420 元

如何購買本書：

1. 劃撥購書，請透過以下郵政劃撥帳號：
　帳號：15624015
　戶名：萬卷樓圖書股份有限公司
2. 轉帳購書，請透過以下帳戶
　合作金庫銀行　古亭分行
　戶名：萬卷樓圖書股份有限公司
　帳號：0877717092596
3. 網路購書，請透過萬卷樓網站
　網址 WWW.WANJUAN.COM.TW

大量購書，請直接聯繫我們，將有專人為
您服務。客服：(02)23216565　分機 10

如有缺頁、破損或裝訂錯誤，請寄回更換

國家圖書館出版品預行編目資料

文藝美學論集 / 楊佳蓉著.
　-- 初版. -- 臺北市：萬卷樓, 2014.11
　　面；　公分

ISBN 978-957-739-894-9(平裝)

1.文學美學　2.文集

810.7　　　　　　　　　　　103022190